Donna Leon

LE GARÇON QUI NE PARLAIT PAS

ROMAN

*Traduit de l'anglais (États-Unis)
par Gabriella Zimmermann*

Calmann-Lévy

TEXTE INTÉGRAL

TITRE ORIGINAL
The Golden Egg
ÉDITEUR ORIGINAL
William Heinemann, Londres, 2013
© Donna Leon et Diogenes Verlag AG, Zurich, 2013

ISBN 978-2-7578-5686-4
(ISBN 978-2-7021-5452-6, 1re publication)

© Calmann-Lévy, 2015, pour la traduction française

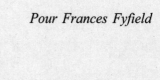

Pour Frances Fyfield

Permettez que j'embrasse mon fils adoré,
mon bien le plus précieux.
Ah quel malheur !

Jules César
Haendel

1

Paisible soirée chez les Brunetti, où le dîner se passait dans la plus douce des harmonies. Le commissaire était assis à sa place habituelle, avec son fils Raffi à ses côtés ; en face de lui se trouvaient sa femme Paola et sa fille Chiara. L'assortiment de friture, généreusement garni de légumes, et plus particulièrement de carottes, la dernière lubie de Chiara, avait créé cette calme atmosphère, entretenue par la conversation : l'école, le travail, un nouveau petit chien chez les voisins, le premier labradoodle jamais vu à Venise. Les sujets variaient, se croisaient, mais restaient tous liés, de près ou de loin, à la ville où ils vivaient.

Même s'ils étaient vénitiens, la conversation se déroulait comme toujours davantage en italien qu'en vénitien : Brunetti et Paola savaient que leurs enfants apprendraient le dialecte avec leurs copains et dans la rue, et ce fut le cas. Les enfants parlaient vénitien aussi facilement que leur père qui avait été élevé dans cette langue. Paola, elle – et c'était tout à son honneur d'être gênée de l'avouer – le devait bien plus aux domestiques qui s'affairaient dans le palais de son enfance qu'à ses parents, ce qui fait qu'elle le parlait moins couramment que les autres. En revanche, elle n'était pas gênée d'être devenue, grâce à sa nounou anglaise, quasiment bilingue, et était ravie d'avoir réussi à transmettre cette langue à ses deux enfants, même s'il avait fallu la perfectionner par des cours particuliers et, l'été, par des séjours linguistiques en Angleterre.

Les familles, tout comme les églises, ont des rituels et des règles qui intriguent ceux qui n'en font pas partie. Elles accordent aussi beaucoup de valeur à des choses auxquelles les membres d'autres groupes n'en prêtent pas forcément autant. Si les Brunetti avaient une religion, outre leur goût certain pour le décorum de la chrétienté, c'était la langue. Les calembours et les jeux de mots, les mots croisés et les contrepèteries leur tenaient lieu de communion et de confirmation. Les fautes de grammaire étaient un péché véniel ; la corruption volontaire du sens, un péché mortel. Les enfants étaient fiers d'avoir atteint le degré de conscience leur permettant de prendre part à des sacrements de plus en plus importants ; élevés dans cette foi, ils ne songeaient pas à remettre en question les dogmes.

Une fois que la table fut débarrassée de leurs assiettes de fenouil cuit au four et aromatisé de romarin, Chiara posa son verre d'eau avec un bruit sourd et déclara : « Ils vécurent heureux et eurent beaucoup d'enfants.

– Les yeux de Clorinda croisèrent ceux de Giuseppe et tous deux les posèrent avec joie sur leur bébé », continua Paola, d'une voix débordante d'émotion.

Raffi regarda sa sœur et sa mère, pencha le menton et observa un tableau de l'autre côté de la pièce, puis affirma : « Et il en fut ainsi : l'intervention radicale en laissa pantois les auteurs eux-mêmes : en effet, pour la première fois dans l'histoire, un enfant était bel et bien né du corps d'un homme. »

Brunetti enchaîna : « Pendant qu'on l'emmenait dans la salle de travail, Giuseppe eut le temps de lui dire :

"Elle n'est rien pour moi, mon amour. Tu es la seule et unique mère de mon enfant". »

Chiara, qui avait écouté toutes ces répliques avec un intérêt croissant, ajouta : « Seul le plus solide des mariages pouvait survivre à un tel événement, mais Clorinda et Giuseppe étaient liés par un amour qui dépassait l'entendement et surmontait tous les obstacles. Cependant, Clorinda vacilla un instant : "Mais avec Kimberly ? L'amie de mon cœur ?" »

Retour à Paola, qui récita sur le ton froid du narrateur : « Afin de préserver le principe d'honnêteté sur lequel reposait leur mariage, il était nécessaire pour Giuseppe d'avouer jusqu'où l'avait mené son désir d'enfant. "Cela n'avait aucune importance, mon amour. Je l'ai fait pour nous."

– "Espèce de brute, s'exclama Clorinda entre deux sanglots, ainsi me trahis-tu. Qu'en est-il de mon amour ? Qu'en est-il de mon honneur ?" » Telle fut la seconde contribution de Raffi, qui renchérit : « "Et avec ma meilleure amie." »

S'engouffrant dans la brèche, Chiara n'attendit pas son tour : « Il baissa la tête de honte et proclama : "Hélas, c'est l'enfant de Kimberly." »

Paola tapa de la main sur la table pour attirer leur attention et rétorqua : « "Mais c'est impossible. Les docteurs nous ont dit que nous n'aurions jamais d'enfants." »

Furieux d'avoir été privé de son tour – et par son épouse, de surcroît –, Brunetti leur coupa la parole, imitant de son mieux la voix d'une femme enceinte : « "Je porte un enfant, Clorinda." »

Pendant quelques instants, personne ne souffla mot ; ils revirent tous le dialogue et les didascalies pour vérifier s'ils remplissaient bien les conditions familiales pour jouer un mélo à deux sous, truffé de clichés et de personnages outrageusement stéréotypés. Lorsqu'il fut clair qu'il n'y avait plus rien à rajouter au début de cette histoire, Paola se leva et annonça : « Il y a un gâteau à la ricotta et au citron comme dessert. »

Un peu plus tard, tandis qu'ils prenaient leur café au salon, Paola demanda à Brunetti : « Est-ce que tu te souviens de la première fois où Raffi a amené Sara à la maison et où elle croyait qu'on était tous dingues ?

– Plutôt intelligente, cette fille. Et qui ne se trompe pas sur les gens.

– Allez, Guido, tu sais bien qu'elle avait été choquée.

– Elle a eu des années pour s'habituer à nous.

– Effectivement », acquiesça Paola, en s'enfonçant dans le canapé.

Brunetti prit sa tasse vide et la posa sur la table basse devant eux. « Dois-je y voir le désir de devenir grand-mère ? », s'enquit-il.

Sans réfléchir, elle se tourna sur le côté et lui donna un coup sur le bras : « Ne plaisante pas avec ça.

– Tu n'as pas envie de devenir grand-mère ? répéta-t-il d'un ton faussement innocent.

– Je veux devenir la grand-mère d'un bébé dont les parents ont un diplôme universitaire et un emploi, répondit-elle, soudain sérieuse.

– Est-ce si important ? répliqua-t-il, d'un ton tout aussi sérieux.

– C'est ce qu'on a tous les deux, non ? fit-elle, en guise de réponse.

– D'habitude, on répond aux questions par des réponses, pas par d'autres questions. » Il se leva et alla à la cuisine, en ramenant les deux tasses avec lui.

Il revint quelques minutes plus tard, avec deux verres et une bouteille de calvados. Il s'assit près d'elle et remplit les verres. Il lui en tendit un et but une gorgée du sien.

« Et s'ils acquièrent un bon niveau d'études et un travail, ils seront plus mûrs pour avoir des enfants. Peut-être plus sages aussi, poursuivit Paola.

– L'étions-nous ? »

Ignorant la question, elle continua : « Et, s'ils acquièrent un bon niveau d'études, ils auront plus de connaissances et ça peut aider.

– Pour trouver un emploi ?

– Ce n'est pas si important, je crois. Raffi est brillant, il ne devrait pas avoir de mal à en trouver un.

– Brillant, et avec un bon carnet d'adresses », spécifia Brunetti, songeant que toute allusion directe à l'aisance et au pouvoir de la famille de Paola aurait manqué d'élégance de sa part.

« Bien sûr, reconnut-elle. Mais être brillant, c'est plus important. »

Brunetti, d'accord sur ce point, hocha simplement la tête et prit une autre gorgée de calvados. « La dernière fois qu'on a abordé le sujet, il m'a dit qu'il voulait faire des études de microbiologie. »

Paola y réfléchit et confessa : « Je n'ai pas la moindre idée de ce que c'est. » Elle se tourna vers lui et lui sourit. « Tu as déjà songé à cela, Guido, à toutes ces disciplines qu'on cite chaque jour : microbiologie, physique, astrophysique, ingénierie mécanique. On les mentionne, on connaît même des gens qui travaillent dans ces branches, mais je serais incapable de dire ce que ces gens font véritablement. Et toi ? »

Il secoua la tête. « C'est tellement différent des anciennes matières – la littérature, la philosophie, l'astronomie, les mathématiques – où ce qu'on y fait est clair, ou tout au moins, ce que sont les matériaux sur lesquels les gens travaillent. Les historiens essaient de reconstituer ce qui s'est passé, puis de reconstituer pourquoi ça s'est passé. » Il plaça son verre entre ses paumes et le frotta à la manière d'un Indien essayant de faire du feu. « Tout ce que je peux imaginer pour la microbiologie, c'est qu'ils observent la croissance de petites choses. Les cellules.

– Et après ?

– Dieu seul le sait.

– Dans quelles études tu te lancerais si tu devais tout recommencer à zéro ? Tu referais du droit ?

– Pour le plaisir, ou pour obtenir un emploi ?

– Tu as fait des études de droit pour obtenir un emploi ? »

Cette fois, Brunetti glissa sur le fait qu'elle avait répondu en posant une autre question et expliqua : « Non. Je les ai faites parce que ça m'intéressait, ce n'est qu'après que j'ai réalisé que je voulais entrer dans la police.

– Et si tu pouvais faire des études juste pour le plaisir ?

– Je m'inscrirais en lettres classiques, répondit-il sans une once d'hésitation.

– Et si Raffi choisissait ça ? »

Brunetti y réfléchit un moment : « J'en serais heureux si c'est ce qu'il veut étudier. La plupart des enfants de nos amis sont au chômage, quel que soit leur diplôme, alors autant qu'il fasse ces études par amour que pour leur hypothétique débouché.

– Où est-ce qu'il irait les faire ? » Question qui inquiétait davantage une mère qu'un père.

« Pas ici.

– Ici à Venise, ou ici en Italie ?

– Ici en Italie », précisa-t-il, malheureux de devoir le dire, et elle de l'entendre.

Ils se tournèrent et se regardèrent, forcés de se confronter à l'inévitable : les enfants grandissent et les enfants s'en vont. Lorsque leur téléphone sonnera après minuit, il ne leur sera plus possible de longer le couloir et d'aller jeter un coup d'œil dans leur chambre pour avoir l'assurance immédiate, concrète, qu'ils y sont. Endormis ou réveillés, en train de lire sous leurs couvertures avec une lampe de poche ; plongés dans le sommeil ; faisant la tête, contents ou mécontents : rien de tout cela n'ayant plus la moindre importance, face à la certitude qu'ils sont bien là, sains et saufs, à la maison.

Quels enfants que ces parents. Il suffit d'une sonnerie dans la nuit pour que leur cœur se glace et que leurs jambes se mettent à trembler. Qu'il s'agisse d'un ami ivre mort qui se plaint de sa femme, de la questure qui enjoint à Brunetti de se rendre sur le lieu du crime commis en ville, voire de quelqu'un qui s'excuse au bout du fil de s'être trompé de numéro à une heure aussi tardive : c'est la même peur qui secoue ces parents en proie au destin.

Était-ce donc le prix à payer, pour avoir un de leurs enfants dans une ville étrangère, dans un pays étranger ? Ils avaient du cran, Guido Brunetti et Paola Falier, et ils s'étaient souvent moqués de cette tendance au mélodrame, un des traits de caractère majeurs des Italiens. Cependant, ils en étaient là, tous les deux, quasi prêts à se répandre des cendres sur la tête[1] à l'idée que leur fils pourrait un jour aller poursuivre ses études ailleurs.

Paola se pencha sur le côté, s'appuya contre le bras de son mari et posa sa main sur sa cuisse. « Nous n'en finirons jamais de nous faire du mauvais sang pour eux, n'est-ce pas ?

1. Tel le personnage biblique de Tamar.

– C'est le contraire qui ne serait pas normal, répondit Brunetti, en souriant.

– Tu dis ça pour me réconforter ?

– En fait, non », admit Brunetti, qui précisa : « C'est ce que nous avons de mieux à faire, nous inquiéter pour nos enfants.

– Nous deux, ou nous les êtres humains ?

– Nous, les êtres humains, spécifia Brunetti. Et nous deux, aussi. » Mais, comme la solennité était un vêtement qui les gênait vite aux entournures, il assena : « S'il décidait de devenir plombier, il pourrait faire sa formation ici et continuer à vivre à la maison, tu sais. »

Elle se pencha et saisit la bouteille. « Je crois que j'ai trouvé ma source de consolation », dit-elle, en se versant un autre verre.

2

Sur le chemin de la questure, Brunetti ne pensait plus aux jeux de langage de la soirée précédente et restait insensible à cette fraîche journée d'automne ; son esprit était encombré de sujets moins divertissants. La veille, au moment de sortir du bureau, il avait reçu un e-mail lui disant que son supérieur hiérarchique, le vice-questeur Giuseppe Patta, voulait lui parler le lendemain matin. Comme à l'accoutumée, Patta n'avait donné aucune indication sur l'objet de cette rencontre. Il cultivait toujours l'effet de surprise, persuadé que ne pas révéler l'argument dont il souhaitait traiter lui garantissait une position avantageuse. Mais c'était ignorer la profonde loyauté de sa secrétaire, signorina Elettra Zorzi, qui mettait toujours au courant la personne qu'elle accompagnait au bureau de son chef. Un jour où Brunetti lui en fit la remarque, elle répliqua que ce n'était jamais que dire aux chrétiens derrière quelle porte se cachaient les lions du Colisée.

Ce matin-là ils se cachaient, semblait-il, derrière la porte des bureaux des *vigili urbani*, ces officiers non armés dont le travail consiste à s'assurer que les ordonnances municipales sont bien appliquées. « C'est à propos du magasin de masques sur le campo San Barnaba, lui apprit-elle après leurs échanges de politesse. Un des commerçants sur le *campo* a porté plainte. Ils payent des taxes pour pouvoir installer leurs tables dehors et se servir de cet espace comme d'une terrasse, mais les gens du magasin de masques n'en payent pas et ils disent et répètent qu'il y a une seule explication à cela. »

Brunetti traversait souvent cette place et connaissait le magasin en question. En fouillant dans ses souvenirs, il réalisa qu'effectivement, devant cette boutique, les tables exposant les masques *made in China* avaient poussé comme des champignons. Comme cette question était du ressort des *vigili*, et non pas de la police, Brunetti ne s'y était pas intéressé. Si soudoyer les *vigili* pour qu'ils ferment les yeux revenait moins cher que de payer ses taxes, quel marchand n'opterait pas pour cette solution ?

« Mais en quoi cette affaire le concerne-t-il ? s'étonna Brunetti, en indiquant d'un geste rapide de la tête la porte de Patta.

– Il a reçu un coup de fil hier en fin d'après-midi. Quelques minutes plus tard, il est sorti et m'a demandé de vous envoyer cet e-mail.

– Qui est-ce qui l'a appelé ?

– Le maire.

– Ah ! ah ! dit Brunetti doucement.

– Ah ! ah ! dit-elle en lui faisant écho.

– Et le magasin ?

– Je suis en train d'y travailler… », commença-t-elle puis, passant le plus naturellement du monde à une voix plus froide pour achever sa phrase : « … dans son bureau où il vous attend, commissaire. »

Comme Brunetti savait qu'avec Patta, on ne risquait jamais d'en faire trop, il déclara, d'une voix pleine d'une fervente – mais fausse – ardeur : « J'ai vu son mail à l'instant, je suis descendu immédiatement. »

Sur ce, la porte du bureau de Patta s'ouvrit en grand et le vice-questeur apparut. Brunetti se dit qu'à l'opéra, on aurait salué l'arrivée d'un tel personnage au son de la trompette. Portant beau, d'une allure noble et d'une élégance impeccable : on ne pouvait que le contempler, comme on contemplerait une urne remarquablement ouvragée. Ce jour-là, le temps s'était rafraîchi, et Patta portait un costume en cachemire gris d'une coupe si exquise que, si elles avaient connu la destination finale de leur laine, des flopées de chèvres rares et menacées d'extinction se seraient battues pour être tondues les premières. Le coton de sa chemise était d'une blancheur aveuglante et servait à réfléchir la lumière vers son visage toujours et encore hâlé.

Comme cela lui arrivait parfois, Brunetti dut réprimer son envie pressante de lui dire comme il le trouvait beau. Sachant combien il était déjà ardu de traiter avec son supérieur et combien Patta était enclin à interpréter de travers ce qu'on lui disait, Brunetti limita son enthousiasme à un sourire et à un aimable « Bonjour, monsieur le vice-questeur ».

Manifestant clairement son manque d'intérêt pour leur conversation, signorina Elettra retourna à son ordinateur ; son attitude laissait nettement entendre qu'elle le jugeait bien plus captivant. Elle sembla disparaître, comme si elle occupait véritablement moins d'espace dans la pièce, une tactique que Brunetti admirait et lui enviait.

Patta retourna dans son bureau, en décrétant par-dessus son épaule : « Entrez donc. »

Avec les années, Brunetti s'était forgé une carapace et il était désormais vacciné contre les mauvaises manières de Patta. Sa désinvolture doublée de mépris, son manque de respect pour toute personne qu'il considérait comme inférieure : ces choses ne le touchaient plus. Tant que la violence de Patta, ou toute menace de violence se cantonnait à une irrévérence passive, Brunetti restait imperturbable.

« Asseyez-vous », ordonna Patta en faisant le tour de son bureau. Brunetti vit le vice-questeur croiser ses jambes, puis les décroiser aussitôt, comme s'il avait pensé d'un coup au pli de son pantalon, et poser son regard neutre sur son subordonné. « Savez-vous pourquoi je veux vous parler ?

– Non, monsieur, répondit Brunetti, en affichant la plus profonde ignorance.

– C'est pour quelque chose d'important », déclara Patta, en regardant de côté après avoir énoncé ces mots. « Le fils du maire. »

Brunetti se retint de demander comment le fils du maire, dont il savait que c'était un avocat bien peu talentueux, pouvait être important. Il préféra se montrer curieux des révélations du vice-questeur. Il fit un signe d'assentiment avec une neutralité calculée.

Patta recroisa ses jambes. « En fait, il s'agit d'une faveur pour la fiancée de son fils. Cette fille – cette jeune femme – est propriétaire d'un magasin. En vérité, de la moitié du magasin. Elle a un associé. Et son associé est en train de se comporter d'une façon qui pourrait être à la limite de la légalité. » Patta s'arrêta, soit pour reprendre son souffle, soit pour trouver une façon d'expliquer à Brunetti comment quelque chose « à la limite de la légalité » pourrait participer de la corruption d'un agent de la fonction publique. Brunetti se tenait assis tout tranquillement à sa place et attendait de voir quel chemin emprunterait Patta.

Un chemin droit et étroit, visiblement, du moins à la manière dont le vice-questeur entendait ce terme.

« Pendant un certain temps, son associé a réussi à persuader les *vigili* de ne pas tenir compte des tables situées à l'extérieur de la boutique. » Patta s'interrompit. Son recours au mot de « persuader » attestait qu'il avait déjà épuisé son lot de franchise.

« Où se trouve cette boutique, dottore ? s'enquit Brunetti.

– Sur le campo San Barnaba. On y vend des masques. »

Brunetti ferma les yeux et fit semblant de fouiller dans sa mémoire. « Près du magasin qui vend ces fromages passablement chers ? »

Patta leva rapidement la tête et regarda fixement Brunetti, comme s'il l'avait surpris en train de voler son portefeuille. « Comment savez-vous cela ? » demanda-t-il.

Calmement, très calmement, et avec un léger sourire, Brunetti précisa : « J'habite à côté, monsieur, donc je traverse souvent ce *campo*. » Comme Patta se taisait, Brunetti l'éperonna : « Je ne comprends pas bien en quoi vous êtes impliqué dans cette affaire, dottore. »

Patta s'éclaircit la gorge. « Comme je l'ai mentionné, c'est son associé qui traitait avec les *vigili*, et ce n'est que maintenant que la jeune femme réalise qu'il les a peut-être encouragés à fermer les yeux sur le fait qu'elle se serve de l'espace devant la boutique. »

En réponse au regard intentionnellement morne de Brunetti, Patta enchaîna : « Il est possible qu'ils n'aient pas toutes les autorisations voulues pour utiliser cet espace. »

Entendant le mot « encourager » et l'expression « il est possible », Brunetti se demanda ce qu'il devait faire pour conduire Patta à utiliser le terme de « pots-de-vin ». Tenait-il la main au-dessus d'une flamme ? L'avait-on menacé de lui arracher une oreille ? Et avait-il seulement l'intention de révéler l'identité de l'associé ?

« Vous avez des amis qui travaillent là-bas, n'est-ce pas ? s'informa Patta.

– Où, monsieur ? » répliqua Brunetti, qui ne savait pas très bien si Patta entendait le bureau qui délivrait les autorisations et, si c'était le cas, pourquoi le maire, qui avait juste à traverser le hall de la mairie, ne se décidait pas à faire le sale boulot pour son fils.

« Chez les *vigili*, bien sûr », rétorqua Patta qui commençait à perdre patience. « Ils sont tous vénitiens, vous devez les connaître. » Même s'il y avait plus de dix ans qu'il travaillait à Venise, Patta se pensait encore comme un Sicilien, opinion partagée dans toute la questure.

« J'en connais bien certains, dottore, fit Brunetti qui, soudain lassé de cette conversation, lui assena : Que voudriez-vous que je fasse ? »

Patta se pencha en avant et répondit d'une voix douce : « Leur parler. »

Brunetti hocha la tête, espérant qu'il répondrait à ce signe par une autre information.

Prenant sans doute conscience que ses instructions manquaient de précision, Patta spécifia : « Je voudrais que vous vérifiiez si les *vigili* impliqués sont fiables.

– Ah », s'autorisa à dire Brunetti, ne laissant aucunement paraître la grande vague d'hilarité qu'avait déclenchée en lui l'adjectif choisi par Patta. Fiables ? Pour ne pas avoir révélé qu'ils ont accepté des pots-de-vin de l'associé de la future bru du maire ? Fiables ? Pour ne pas avoir révélé qu'une demande d'informations leur avait été envoyée par un commissaire de police ? Fiables ? Brunetti trouvait intéressant que Patta ne se soit jamais demandé, apparemment, si l'on pouvait en dire autant du maire, de son fils, ou de la fiancée de son fils.

Le silence se fit dans la pièce. Une minute s'écoula ; c'est long lorsque deux hommes se tiennent assis l'un en face de l'autre. Brunetti fut soudain saisi d'un accès d'opiniâtreté. Si Patta voulait quelque chose de lui, il n'avait qu'à le lui demander directement.

Patta dut en avoir partiellement l'intuition, car il finit par lâcher : « Je veux savoir s'il y a un risque que cette affaire devienne publique, si cette fille va causer des problèmes au maire. » Il gigota sur son siège et affirma : « Ce n'est pas un moment facile. »

Nous y voilà donc : cette fille pourrait constituer une source d'ennuis pour le maire qui se représentait aux élections. Il n'était donc pas question de loi mais de réputation, et probablement de réélection. Dans un pays où personne n'était sans peur et sans reproche, tout le monde craignait la première main qui se saisirait d'une pierre, surtout si la main sortait de la manchette d'un uniforme. Une fois que le processus était lancé, il était impossible de savoir à quel moment la main suivante, se saisissant aussi d'une pierre, sortirait cette fois de la manche de l'uniforme gris pâle de la Guardia di Finanza.

« Mais comment puis-je le savoir ? l'interrogea Brunetti par politesse, alors qu'il était déjà en train de dresser la liste des différents stratagèmes possibles.

– Vous êtes vénitien, pour l'amour du ciel. Vous pouvez parler à ces gens, ils vous font confiance. » Puis, en aparté, comme s'il s'adressait à quelqu'un d'invisible, chargé de comptabiliser les injustices : « Vous formez un club secret, vous autres Vénitiens. Vous faites les choses entre vous, à votre façon. »

Entendre ça, de la bouche d'un Sicilien, se retint-il de répliquer.

« Je vais voir ce que je peux faire », fut tout ce que Brunetti trouva à dire. Il se leva et sortit du bureau.

Signorina Elettra jeta un coup d'œil dans sa direction et souleva un sourcil. Brunetti souleva le sien en retour et fit un geste circulaire d'une main, pour lui signifier de monter chez lui dès que possible. Gardant un visage sans expression, elle retourna à l'écran de son ordinateur et Brunetti quitta la pièce.

Il s'arrêta à la salle de la brigade des officiers. Il pria Pucetti de le suivre et, une fois installé, il lui demanda : « Tu as souvent affaire aux *vigili* ? »

Pucetti essaya d'imaginer pourquoi il lui posait cette question, ce que Brunetti appréciait chez lui. « Mon cousin Sandro en est un, monsieur. Son père l'était aussi, jusqu'à ce qu'il ait pris sa retraite.

– Tu es proche d'eux ?

– C'est la famille, monsieur.

– Assez proche pour parler avec eux de pots-de-vin ? »

Pucetti soupesa ce détail avant de répondre. « Sandro, oui ; mon oncle, non.

– Parce que tu ne pourrais pas le lui demander, ou parce qu'il ne te le dirait pas.

– Un peu des deux, je crois, monsieur ; mais surtout parce qu'il ne me le dirait pas.

– Combien de temps il a travaillé pour eux ?

– Quarante ans, monsieur. Jusqu'à sa retraite.

– Donc vous êtes une famille de policiers ? conclut Brunetti avec un sourire.

– Je suppose que oui, dottore. Le frère de Sandro, Luca, est garde-côte.

– Et quelqu'un d'autre encore ?

– Non, monsieur. » Puis Pucetti se ravisa, et sourit : « Ma mère a un berger allemand. Est-ce que ça compte ?

– Je ne pense pas, Pucetti. Sauf s'il a été dressé pour flairer les bombes ou la drogue. »

Le sourire de Pucetti s'élargit. « J'ai bien peur que tout ce qu'il sache flairer, c'est sa pâtée, dottore. Que voulez-vous savoir sur les *vigili*, monsieur ?

– C'est au sujet du magasin de masques sur le campo San Barnaba. On m'a dit que les *vigili* ont fermé les yeux sur le *plateatico*[1] qu'ils utilisent. »

Pucetti détourna son regard pour visualiser la boutique dans sa mémoire. Il revint vers Brunetti et lui assura : « Je vais demander à Sandro, monsieur. »

Brunetti le remercia et le renvoya à la salle de la brigade. Il jeta un coup d'œil à sa montre. Il était un peu tard pour prendre un café au bar du pont et Signorina Elettra ne tarderait pas à monter, il en était certain.

---

1. Portion d'espace public très sévèrement réglementée et assujettie à de lourdes taxes.

3

Afin de se vider l'esprit, Brunetti descendit quand même les escaliers et demanda à Vianello s'il voulait venir prendre un café avec lui. L'inspecteur ferma le dossier qu'il était en train de lire et se leva. Ils marchèrent le long du quai l'un à côté de l'autre, s'écartant de temps à autre du flot de gens venant en sens inverse. Vianello parla de ses vacances, qu'il avait repoussées au mois de novembre et qu'il essayait d'organiser.

Dans le bar, ils échangèrent quelques plaisanteries avec Sergio, le propriétaire, qui ne travaillait plus que quelques jours par semaine. Ils commandèrent deux cafés ; pendant qu'ils attendaient, Vianello sortit une brochure de sa poche et la posa sur le comptoir, devant Brunetti. Il vit une longue étendue de sable blanc, avec les incontournables palmiers se penchant au bord de l'eau et au loin les plages, tout aussi blanches, aménagées sur de petites îles.

« C'est où ? demanda Brunetti, en pointant du doigt un de ces arbres.

– Aux Seychelles », répondit Vianello au moment où Sergio apportait leurs cafés. Vianello déchira un sachet de sucre et le versa dans sa tasse, puis ajouta : « Nadia veut y aller.

– Tu dis ça comme si tu n'en avais pas envie, remarqua Brunetti, en touillant le sucre dans son café.

– Non.

– Cela dit, tu l'as bien prise, observa Brunetti, léchant sa cuillère pour en tapoter la brochure.

– Non, c'est Nadia qui se l'est procurée, spécifia Vianello.

– N'empêche que tu l'emmènes partout avec toi. »

Vianello but une gorgée de son café, fit tourner deux fois le café dans la tasse et la finit. Il la posa sur la soucoupe et lui expliqua : « Peut-être que je l'emmène partout, mais j'emmène aussi le reçu de l'hôtel en Ombrie qu'on avait réservé pour les deux premières semaines de novembre.

– Tu peux encore annuler la réservation ? » s'informa Brunetti.

Vianello haussa les épaules. « Je suppose que oui. Nadia allait à l'école avec le propriétaire et il sait combien mon emploi du temps peut être dingue. Mais je voulais que les enfants voient l'endroit.

– Pour quelle raison ?

– Parce que c'est une ferme en activité. Pas une de celles où on garde un âne dans un champ et où on te vend des pommes à lui donner, déclara Vianello d'un ton méprisant. Ils ont des vaches, des moutons, des poules, tous ces animaux qui pour mes enfants vivent à l'intérieur du poste de télévision.

– Allons, Lorenzo, fit Brunetti avec un sourire, ils sont un peu trop grands pour ça. »

Vianello sourit en retour : « Je sais. Mais les animaux pourraient aussi bien vivre dans la télé. Comment veux-tu que les enfants des villes sachent ce qu'est un animal, ce qu'il fait, ou ce que c'est que travailler la terre ?

– C'est important, d'après toi ?

– Bien sûr que c'est important, rétorqua Vianello, d'un ton peut-être trop impétueux. Tu sais que ça l'est. Tout le monde dit qu'il faut respecter la nature, mais si les enfants ne la voient jamais, comment peuvent-ils la respecter ? Ils n'en ont que ces idées folles que leur donne la télé.

– C'est le boulot de la télé, je pense, répliqua Brunetti.

– C'est-à-dire ?

– De donner aux gens des idées insensées. Qu'est-ce que tu vas faire ? » Il connaissait la femme de Vianello et il était étonné qu'elle ait eu cette idée : « Tu es sûr que Nadia veut vraiment aller aux Seychelles ? »

Vianello demanda un verre d'eau du robinet et se tut jusqu'au moment où le serveur vint le placer devant lui. « Elle a pris la brochure et a dit que ce serait merveilleux d'échapper au froid. » Il but son eau et reposa le verre. « Ça ne te donne pas l'impression qu'elle ait envie d'y aller ? demanda-t-il à Brunetti sans le regarder.

– Tu vas me la dire, la vraie raison ? » Brunetti surprit Vianello par cette question, et se surprit peut-être lui-même. « Pourquoi tu n'as pas envie d'y aller ? » Sans laisser le temps à Vianello de protester, Brunetti enchaîna : « Je sais, je sais, les enfants ont besoin de se confronter à la nature. »

Vianello reprit son verre et constata à sa stupéfaction qu'il était vide. Il mit deux euros sur le comptoir et gagna la porte. Une fois dehors, ils se dirigèrent d'un même pas vers la questure. Brunetti, satisfait d'avoir posé sa question, attendit que son ami reprenne la parole. Un bateau passa devant eux avec, à la proue, un chien au pelage tacheté de marron, qui jappait de joie aux mouvements de l'embarcation.

« On ne devrait pas faire ce genre de choses, finit par dire Vianello.

– Comme quoi ?

– Voyager sur d'aussi longues distances, précisa Vianello. Juste pour aller t'allonger sur une plage et regarder la mer, ce genre de choses. » Les jappements diminuèrent et Vianello continua : « Si tu es un neuro-chirurgien et que tu dois aller quelque part pour sauver une vie, alors oui, tu prends un avion et tu pars. Mais pas pour aller t'allonger sur une plage. Ce n'est pas bien. » Puis, heureux de trouver une autre justification, Vianello ajouta : « Sans compter que le soleil, ce n'est pas bon. »

Ils firent encore quelques pas. « Pas bien, dans une perspective écologique ? » s'enquit Brunetti, incapable de résister à son envie d'asticoter Vianello qui, de plus en plus enthousiaste, lâcha un « oui ».

Brunetti ralentit et s'arrêta. Il posa les bras sur la rambarde en métal longeant le canal et se tourna vers le clocher penché de l'église grecque. Un autre bateau entra dans le canal sur la droite, passa devant eux, puis devant la questure et continua son chemin.

Brunetti restait là, à regarder le bateau amorcer le tournant au fond du canal et réfléchissant à ce que Via-nello voulait dire par « ce n'est pas bien ». C'était un bateau sans prétention, qui n'avait rien d'un bateau de transport, donc l'homme pouvait très bien se rendre à Castello pour y rencontrer quelques copains et y taper le carton en buvant un verre. Comme tous les moteurs, même peu puissants, il laissait une traînée de pétrole dans l'eau, ce qui augmentait la pollution, qui fera mourir un jour la lagune. Donc, si l'on s'inscrit dans la logique de Vianello, est-ce que le passage de cet homme doit être considéré comme « pas bien », et donc condamnable, ou faut-il prendre en compte le facteur quantitatif ? Ou encore, si l'on s'en tient au jugement de Vianello, prendre en compte le facteur de nécessité ? De quelle marge dispose-t-on avant de basculer dans le « pas bien » ?

Les prêtres avaient enseigné, à Brunetti et ses amis, que la gourmandise était l'un des péchés capitaux, mais il n'avait jamais su ce qu'était la gourmandise. Ou, plus précisément, même s'il avait saisi que cela signifiait trop manger, il n'avait jamais compris où commençait ce trop. Comment le fait d'avoir envie que sa mère lui resserve des sardines marinées pouvait être « pas bien » ? Quelle était la sardine qui le ferait passer du stade du plaisir au stade du péché ? Cette subtilité laissa toujours le jeune Brunetti perplexe et lui révéla avec quelle force les prêtres associaient le plaisir au péché ; prise de conscience qui l'éloigna irrémédiablement de la religion.

« Eh bien ? demanda Vianello une fois le bateau disparu, alors que Brunetti gardait le silence.

– Je pense que tu devrais aller en Ombrie.

– Et la raison pour laquelle j'ai envie d'y aller ?

– Elle est parfaitement légitime », répondit Brunetti qui s'écarta de la rambarde et se mit en route pour la questure.

Vianello resta en arrière ; comme il ne l'entendait pas marcher, Brunetti s'arrêta, se tourna vers lui et leva le menton, d'un air interrogateur.

« Tu penses qu'elle est légitime, ou tu es d'accord avec moi ?

– Je pense qu'elle est légitime et je suis d'accord avec toi, déclara Brunetti, qui rejoignit Vianello et lui donna une tape sur l'épaule. Je ne sais pas le bien que ça va faire à l'univers, commença-t-il d'une voix traînante.

– Mais ?

– Mais si tu n'y vas pas, tu évites de faire quelque chose de néfaste pour la planète, et ça c'est une bonne chose. »

Vianello sourit : « Je ne le voyais pas de cette manière. Tout ce que je savais, c'est que ce n'était pas bien. » Et au bout d'un moment, il avoua : « En plus, j'ai toujours voulu apprendre à traire une vache. »

À ces mots, Brunetti s'immobilisa. Il le regarda de près pour voir s'il plaisantait et finit par demander : « Tu es sérieux ?

– Bien sûr », lui confirma Vianello.

En retournant à la questure, Brunetti lui lança, pardessus son épaule : « Tu m'as payé mon café, alors je ne dirai rien à signorina Elettra. »

4

Comme il devait passer devant le bureau de signorina Elettra, Brunetti lui évita de se déplacer jusqu'au sien ; en outre, il était curieux d'apprendre les raisons qui se cachaient derrière la requête de Patta. Il tint parole et ne révéla pas les désirs bucoliques de Vianello. Le calme sourire qu'elle lui adressa indiqua à Brunetti que le vice-questeur était parti quelque part en croisade contre les malfaisants.

« Qu'avez-vous trouvé au sujet du fils du maire ? » demanda Brunetti, ne doutant pas le moins du monde qu'elle se fût mise en quête de cette information.

Elle repoussa une mèche folle et tourna son écran vers lui. « Comme vous pouvez le voir, dit-elle en montrant un formulaire, il a mis huit ans à finir ses études à l'université et il lui a fallu trois autres années avant de passer les examens d'État.

– Et maintenant ?

– Il travaille dans le cabinet juridique d'un ami de son père. »

Elle fit défiler un autre document et désigna un point sur l'écran : « Il a aussi un emploi comme conseiller régional.

– Qu'est-ce qu'il y fait ? » s'enquit Brunetti qui, se souvenant qu'il s'agissait du monde politique, rectifia sa question : « Qu'est-ce qu'il est censé y faire ?

– Il a été nommé pour assurer la liaison entre les étudiants et le département régional du sport. »

Son ton était aussi neutre que celui des Médecins sans frontières.

« Ce qui signifie ? » s'informa Brunetti avec une curiosité qu'il n'avait pas besoin de feindre. Elle tapa quelques mots et appuya sur la touche « Entrer » : une nouvelle page apparut sur l'écran, avec le nom du jeune homme en haut et, en dessous, une rangée de chiffres. « Et cela ?

– C'est le versement qui a été effectué sur son compte bancaire par la trésorerie régionale le mois dernier », expliqua-t-elle. Elle tourna davantage l'écran en direction de Brunetti.

Le traitement de base du jeune homme était de 4 400 euros par mois ; plus une somme fixe de 900 euros pour les dépenses administratives et 1 900 euros pour une secrétaire.

« Puis-je vous demander le nom de sa secrétaire ?

– Lucia Ravagni.

– Est-elle par hasard la propriétaire d'un magasin sur le campo San Barnaba ? demanda-t-il, comme si une voix lui avait chuchoté à l'oreille la question inéluctable.

– Oui.

– Si lui est avocat et si elle tient une boutique, quand ont-ils le temps de travailler comme conseiller régional et comme secrétaire ? Et où ? s'étonna Brunetti.

– Il y a un bureau qui leur est assigné aux Uffici Regionali[1].

– Assigné ?

– Un de mes amis, qui travaille dans un des bureaux au deuxième étage – leurs bureaux sont au premier – dit qu'ils sont rarement là.

1. Bureaux de la région.

– En train de suivre de près, sans aucun doute, les événements sportifs, suggéra Brunetti.

– Ou les étudiants », ajouta-t-elle du ton enjoué qu'elle prenait face aux nombreuses absurdités de la vie. Mais signorina Elettra lui demanda ensuite, d'une voix plus grave : « Pourquoi tolérons-nous cela ? Pourquoi les laissons-nous nommer leurs frères, femmes et enfants et ne les poursuivons-nous pas avec des gourdins ? »

Brunetti, comme cela lui arrivait de plus en plus souvent, prit son accès de colère au sérieux. « Je pense que c'est parce que nous sommes un peuple tolérant et que nous comprenons la faiblesse humaine. Et parce que, pour la plupart d'entre nous, les seules personnes en qui nous ayons confiance sont les membres de la famille, donc nous comprenons que d'autres en fassent autant.

– Vous avez confiance dans les membres de votre famille ? demanda-t-elle, en déployant une curiosité qui ne lui ressemblait pas.

– Oui.

– Tous ?

– Oui, plus que dans l'État, ou dans la majeure partie de ses représentants », certifia Brunetti. Puis, pour se sortir – ou peut-être pour les sortir tous les deux – de l'intimité inaccoutumée où avait glissé la conversation, il spécifia : « Je voudrais que vous trouviez tout ce qui existe à leur sujet.

– Je me suis renseignée auprès de quelques personnes. »

Fortement conscient du fait que, en qualité d'employée civile, signorina Elettra n'avait aucun rôle officiel dans la police ni n'avait prêté serment à l'État, et ne devrait donc avoir aucunement connaissance des enquêtes policières, Brunetti clarifia : « Le maire veut que Patta s'assure que l'on ne saura rien des pots-de-vin que l'associé de sa bru a payés jusque-là aux *vigili*. »

Elle pianota une touche et l'écran s'obscurcit. Elle le tourna machinalement vers elle, mais garda ses yeux sur Brunetti : « Je me demande ce qui se passe.

– Effectivement. »

Comme étonnée de sa propre prise de conscience, elle proféra : « Il y a quelque chose de la pureté du syllogisme dans mon envie folle à traiter ce dossier.

– C'est-à-dire ?

– Je veux qu'il arrive malheur aux hommes politiques. Le maire est un homme politique. Donc, je veux qu'il arrive malheur au maire. »

Son sourire était littéralement rayonnant : « Cela ne me laisse pas grand choix, n'est-ce pas ?

– En tant que syllogisme, votre raisonnement ne fait pas un pli », observa Brunetti, la logique ayant été une de ses matières favorites à l'université. Puis il souligna sobrement : « Mais on a affaire ici à des émotions, pas vraiment à des faits, donc je ne suis pas sûr que cela puisse relever du syllogisme. Tout au moins, pas en tant que moyen de preuve. »

Elle répliqua, d'un air posé : « Il n'y a pas d'erreur de fait, dottore : pas dans la prémisse majeure, ni dans la mineure, et certainement pas dans la conclusion. Puis, d'un ton léger : Je vous communiquerai tout ce que je trouverai. »

Ça n'a pas de sens. Ça n'a pas de sens. Ça n'a pas de sens, se répétait Brunetti en montant à son bureau. Puis, sur la dernière volée de marches, il reprit : pas de sens, pas de sens, pas de sens. Qu'est-ce que le maire avait à l'esprit lorsqu'il enjoignait à Patta de veiller à ne pas faire de vagues ? Plus on demandait aux gens de ne pas faire de vagues, plus on avait de chances que l'information déferle. Ou bien le maire était-il convaincu, comme beaucoup de ses acolytes, qu'il était au-dessus des lois qui régentaient le comportement humain ? Pourquoi, sinon, les hommes politiques continuaient-ils à parler ouvertement de leurs crimes et de leurs méfaits sur leurs portables, dont ils savaient qu'ils étaient livrés aux oreilles de la police ? Pourquoi continuaient-ils à négocier des pots-de-vin avec les hommes qui les payaient ? Ou à donner des milliers d'euros aux prostituées et à déclarer, pris en flagrant délit, que cet argent était destiné à leur éviter de se retrouver sur le trottoir ? Combien ils doivent nous trouver stupides ; quels méprisables moutons nous devons être, à leurs yeux. Certes, ce n'était pas le cas de tous les hommes politiques. S'il en était ainsi, réalisa Brunetti, les seules options possibles pour une personne d'honneur restaient l'émigration, ou le suicide.

Son téléphone sonna alors qu'il entrait dans son bureau. Croyant que ce pouvait être Patta, subitement revenu à la questure, il répondit en donnant son nom.

C'était Paola : « Tu connais le garçon qui ne parle pas ? » Brunetti ne put que lui répondre : « Quoi ?

– Le garçon qui travaillait au pressing. Le sourd. » Il put sentir à sa voix que Paola était perturbée, mais il lui fallut un moment pour se remémorer le garçon que l'on voyait parfois au fond du magasin, en train de plier des choses, ou juste là, à ne rien faire, à bouger la tête d'avant en arrière, en suivant des yeux les mouvements du fer à repasser qui remettait de l'ordre aux chemises et aux robes. Brunetti n'avait qu'un vague souvenir de lui, sa manière de plier, sa façon étrange et arythmique de se déplacer.

« Oui, finit-il par dire. Pourquoi ?

– Il est mort », assena Paola, attristée par la nouvelle. Mais elle précisa : « Tout au moins, c'est le bruit qui court dans le quartier.

– Qu'est-ce qui s'est passé ? » Brunetti se demandait quelle sorte d'accident pouvait bien lui être arrivé et dans quelle mesure sa surdité pouvait y avoir contribué. Les nombreux livreurs, qui poussaient de par la ville leurs chariots aux roues métalliques, criaient pour avertir les gens de leur arrivée et les exhorter à s'écarter de leur chemin : comme il ne pouvait pas entendre, on aurait pu lui rouler dessus, l'écraser, ou Dieu sait quoi. Ou encore lui faire dévaler les marches d'un pont, ou le faire tomber à l'eau.

« J'étais au bar en train de prendre un café quand un homme a dit qu'il avait vu une ambulance devant une maison, ce matin et quand ils sont sortis, ils transportaient un grand sac en plastique. Il savait que c'était là qu'il vivait – le sourd –, donc il a demandé aux hommes qui c'était. Tout ce qu'ils lui ont dit, c'est que c'était quelqu'un du premier étage, un homme. » Elle marqua une pause, puis demanda : « Ce sont les morts qu'on transporte dedans, non ? »

Brunetti, qui n'en avait que trop vu, le lui confirma.

Il y eut un long silence, puis Paola avoua : « Je ne sais pas quoi faire. »

Sa réflexion troubla Brunetti. S'il était mort, il n'y avait plus rien qu'elle pût faire, ni personne d'autre. « Je ne comprends pas.

– Sa famille. Fais quelque chose pour eux.

– Est-ce que tu sais au moins qui c'est, sa famille ?

– Ce sont les gens du pressing, non ? »

Brunetti se sentit, à l'idée de perdre son temps avec cette histoire, en proie à une violente colère, puis submergé de honte. Pouvait-il décemment réprimander sa femme pour son excès de compassion ? « Je ne sais pas. Je n'ai jamais fait attention.

– C'est tout à fait ça, fit Paola. Il ne servait pas à grand-chose. J'ai toujours imaginé que c'était le fils de la gérante ou peut-être de l'une des repasseuses. Personne d'autre ne l'aurait embauché. » Après un moment, elle ajouta : « Même si ça faisait un bon bout de temps que je ne le voyais plus. Je me demande ce qui s'est passé.

– Je n'en ai aucune idée. Tu ne peux vraiment pas te renseigner, hein ?

– Non. Non.

– Peut-être auprès du marchand de journaux ?

– Tu sais bien que c'est le dernier auquel je vais aller m'adresser », lui rappela Paola.

Quatre ans plus tôt, elle avait eu une vive altercation avec ce marchand de journaux à qui elle avait demandé pourquoi il vendait un certain journal. Comme il lui avait répondu que c'était parce que les gens le voulaient, Paola, qui n'était pas connue pour sa modération, lui demanda s'il alléguerait le même argument pour vendre de la drogue, lui jeta les pièces pour ses journaux et s'en alla.

Au cours de leur dîner, elle raconta cet incident à Brunetti qui lui apprit que le fils de cet homme était mort quelques années plus tôt d'une overdose, ce qui lui fit verser des larmes de honte. Elle retourna le voir le lendemain et voulut présenter ses excuses, mais l'homme lui tourna le dos et continua à déficeler son paquet de magazines. Depuis, c'était à Brunetti qu'il incombait d'acheter les quotidiens.

« Tu pourrais le lui demander ? Ou à quelqu'un d'autre du quartier ? » s'enquit-elle.

Avant d'accepter, Brunetti voulait savoir pourquoi :
« Par curiosité, ou par intérêt pour lui ?

– Par intérêt pour lui, répondit-elle immédiatement.
C'était une si misérable créature. Je ne saurais pas te
dire combien de temps je l'ai vu là. Ou dans la rue. Ou
debout au fond du magasin, en train de plier des habits
ou de regarder les gens travailler. Et il avait toujours
l'air terriblement triste. »

Brunetti se rappela les gestes gauches du garçon, les
mouvements étranges de sa tête qui laissaient deviner
d'autres problèmes, plus graves que la surdité qui l'avait
coupé du monde.

« Est-ce qu'il y avait autre chose chez lui qui n'allait
pas ? la coupa-t-il.

– Qu'est-ce que tu veux dire ? Ça ne suffit pas d'être
sourd et muet ?

– Il était muet, en plus ?

– Tu l'as déjà entendu parler ?

– Non, répondit Brunetti, ne sachant pas très bien
si la surdité impliquait forcément le mutisme. Je te l'ai
dit, je n'ai jamais vraiment fait attention à lui. »

Paola soupira : « Je crains que ce ne soit ce que dira
la plupart des gens. C'est terrible, hein ?

– Oui. Vraiment.

– Oh mon Dieu. Je ne sais même pas son nom si
je veux poser des questions à son sujet. C'est juste le
garçon qui ne parle pas. Qui ne parlait pas.

– Je pense que les gens comprendront qui tu veux
dire.

– Ce n'est pas de cela que je parle, Guido. » Ces
mots, qui s'accompagnaient habituellement d'un ton
fâché, n'exhalaient à présent que de la tristesse. « C'est
cela qui est terrifiant. Essaie de réfléchir à l'âge qu'il
pourrait avoir. Trente-cinq ans ? Quarante ? Plus ? Et

on parle tous de lui comme d'un garçon. » Puis, après une autre pause : « Le garçon qui ne parlait pas.

– Je vais voir s'ils ont des infos en bas, lui proposa Brunetti. Et à l'hôpital.

– Merci, Guido. Je sais que je peux donner l'impression d'être une gamine là-dessus, mais c'est horrible d'avoir eu une vie comme ça, puis de mourir, et que les gens ne savent même pas comment tu t'appelles.

– Je vais voir ce que je peux faire. » Brunetti raccrocha.

Il composa immédiatement le numéro de la morgue. Il s'identifia auprès de l'assistant de Rizzardi et vérifia si on leur avait bien amené un homme de San Polo ce matin-là.

« Il est avec lui en ce moment », expliqua l'homme, comme si Rizzardi était un médecin normal, en consultation dans la salle d'examens pour déceler le problème.

« Je suis dans mon bureau. Pourriez-vous lui demander de m'appeler lorsqu'il aura terminé ?

– Bien sûr, dottore. »

Paola avait raison, reconnut-il. Avoir vécu toute sa vie, et de surcroît une vie terrible, sans avoir de nom, vivre parmi des gens qui ne savent même pas comment vous vous appelez : Brunetti ne trouvait pas les mots pour décrire cet état de fait. Si cet homme – il le désignerait comme un homme, désormais, non plus comme un garçon – avait été sourd et muet, comment avait-il communiqué avec le monde environnant ? Comment avait-il exprimé même le plus simple de ses désirs, autrement qu'en montrant du doigt la chose qu'il voulait ? Mais qu'en était-il lorsqu'il avait froid ou chaud, ou qu'il voulait quelque chose à manger : sa vie avait-elle été réduite à une vaste pantomime ? Quelqu'un lui avait-il appris à lire ? À écrire ? À signer ? Et si ce n'est pas le cas, comment avait-il établi son contact avec le monde ?

Brunetti se sentait bouleversé, face à la dimension pathétique de la situation.

Le téléphone sonna. Il entendit la voix de Rizzardi au bout du fil. « Ciao, Guido. Franco m'a dit que tu as appelé à propos de l'homme de San Polo.

– Oui. Ma femme m'a téléphoné et m'a dit qu'il était mort. Nous le connaissions. D'une certaine manière. »

Rizzardi n'exigea pas d'éclaircissements, ce qui incita Brunetti à se demander si nous tous, en fait, ne connaissons pas les gens de cette façon superficielle. Il continua : « Donc j'ai appelé pour te demander ce que tu sais à son sujet.

– Il s'appelle, commença Rizzardi, attends une minute », et il posa le combiné. De retour quelques secondes plus tard, il précisa : « Davide Cavanella, ou en tout cas, c'est le nom écrit sur les papiers qui l'accompagnaient. Quelqu'un a dû le leur dire, là où il habitait.

– De quoi est-il mort ?

– Ce pourrait être un suicide, suggéra le médecin légiste.

– Un suicide ? répéta Brunetti, étonné. Mais il était sourd et muet. Et peut-être même retardé mental. » Il ne savait pas pourquoi ces trois éléments devraient exclure la possibilité d'un suicide, mais c'est ainsi qu'il ressentait la chose.

« Je ne vois pas bien le rapport, répondit Rizzardi avec douceur. Je serais d'avis que les probabilités que ces pauvres diables se tuent soient plus grandes que pour nous. Au moins, nous, nous pouvons nous plaindre de nos vies et trouver du réconfort auprès des gens qui nous écoutent.

– Tu plaisantes, Ettore ? »

Après une courte pause, Rizzardi reprit : « Peut-être que je plaisantais effectivement, au moment où je te l'ai dit, mais je pense que c'est vrai. Toi, je ne sais pas, mais moi ça m'aide de pouvoir me lamenter ou me mettre en colère, et d'avoir des gens qui me disent que j'ai raison de penser ce que je pense.

– Moi aussi, approuva Brunetti, qui poursuivit : Comment est-il mort ?

– De manière tranquille au début, puis ça a tourné au cauchemar.

– C'est-à-dire ?

– Il a ingéré des somnifères, une bonne quantité, avec je pense du chocolat chaud et quelque chose de sucré : des biscuits ou du gâteau. Beaucoup de ces comprimés sont très colorés.

– Pardon ?

– Tu as bien dit qu'il pouvait être retardé mental. Il est possible qu'il ait pris les comprimés pour des bonbons. »

Brunetti envisagea cette possibilité, puis enchaîna : « Et ensuite ?

– Il s'est endormi sur le dos et il s'est mis à vomir, commença Rizzardi, qui s'arrêta pour demander : Tu sais ce qui se passe, n'est-ce pas ?

– Oui. »

Il s'écoula un certain temps avant que Rizzardi ne reprenne la parole. « Ça doit être affreux. Tu crois que tu vas te coucher paisiblement et tu meurs suffoqué. Pauvre diable. C'est terrible. Terrible. »

Il n'était arrivé qu'une seule fois, à Brunetti, d'étouffer lorsqu'il était jeune et qu'un morceau de pain lui était resté en travers de la gorge. Heureusement, il mangeait dans une *trattoria*[1] et par chance, le serveur qui s'occupait de la table voisine laissa tomber les assiettes qu'il avait dans les mains, saisit Brunetti par-derrière et le souleva par les pieds, en le tenant avec une poigne de fer. Épouvanté, Brunetti toussa en crachant le morceau de pain, rapidement suivi de tout ce qu'il avait mangé ce jour-là. Étalé en travers de la table, sa manche dans une assiette de pâtes, Brunetti reprit peu à peu son souffle et, revenu à la vie, s'étonna de se retrouver dans une salle presque vide.

Des dizaines d'années plus tard, il se souvenait encore de la terreur qui s'était emparée de lui et de sa certitude qu'il allait mourir. Ce qui l'avait surpris, à l'époque, c'était la sensation que tout se déroulait au ralenti. Les mains du serveur avaient saisi sa gorge au rythme d'un serpent ; les assiettes que ce dernier avait lâchées pour accourir à ses côtés tombaient par terre en flottant, tels des flocons de neige. Et le coup violent qu'il lui avait asséné à la poitrine et qui lui avait sauvé la vie avait mis une éternité à l'atteindre.

Il se rappelait encore cette étrange dilatation temporelle et l'impression, lorsqu'il leva les yeux de la table, en respirant presque normalement, que le temps avait repris son rythme normal.

« ... aucun signe de lésions organiques, entendit-il Rizzardi affirmer.

– Comment ? demanda Brunetti.

– Je n'ai trouvé aucun signe de lésions organiques.

– Mais il est mort, rétorqua Brunetti d'un ton perplexe, essayant de se remémorer les quelques notions qu'il avait de physiologie. Lorsqu'on étouffe, on bloque l'oxygène, non ? » À part cela, il n'avait aucune idée

1. Petit restaurant sans prétention.

de ce qui pouvait être la cause effective de la mort. Un manque d'oxygène au cerveau ? Ou aux poumons, puis au cerveau ? Mais qu'est-ce que cela *faisait* ?

« En fait, je parlais de ses oreilles, rectifia Rizzardi. Je n'ai vu aucun signe de blessures ou de cicatrices d'une maladie qui auraient pu causer la surdité. » Le médecin légiste continua, d'un ton méditatif : « Mais si c'était génétique, on n'aurait rien vu, de toute façon. Il n'y avait pas non plus de signes de lésions à ses cordes vocales. »

Brunetti, encore intrigué par les causes véritablement physiques de la mort, ne réagit pas à cette déclaration et demanda simplement : « Est-ce que les somnifères l'auraient tué de toute manière ? Même sans étouffer ?

– Je crois que oui.

– Tu crois seulement ? »

D'une voix qu'il imprégna d'un calme paternel, Rizzardi répliqua : « J'attends les résultats des tests du laboratoire.

– Fais-moi savoir quand tu les as, d'accord ?

– Je t'enverrai le rapport », lui assura Rizzardi qui ajouta, comme s'il avait la faculté de lire dans l'esprit de Brunetti : « L'étouffement coupe l'arrivée de l'oxygène au cerveau, ce qui bloque tout le système. Il suffit de quelques minutes pour que cela se produise. » Sur ce, le médecin légiste raccrocha.

Cette expression de « quelques minutes » raviva en lui le souvenir de sa propre expérience et de la terreur qui s'ensuivit. Qu'est-ce que cela devait être d'étouffer pendant plusieurs minutes ? Ce pauvre mort avait-il aussi vécu cette étrange sensation de dilatation du temps ?

5

Brunetti n'avait pu raconter que dans les grandes lignes la mort de l'homme à Paola, car l'arrivée des enfants pour déjeuner mit un terme à leur discussion. Au moment de la salade de carpaccio accompagnée de betteraves, roquette et parmesan, Chiara demanda la permission de participer à un voyage scolaire à Padoue le samedi suivant et ses parents la lui accordèrent au moment des paupiettes de poitrine de poulet, qu'elle ignora et remplaça par du fromage. Le repas fini, Chiara partit travailler dans sa chambre et Raffi sortit jouer au football avec des amis : la famille n'y vit aucune objection, vu que c'était probablement l'un des derniers doux après-midi d'automne. Brunetti retourna à la questure.

Signorina Elettra était partie avant l'heure du déjeuner ; elle s'était désignée elle-même pour assister cet après-midi-là à la présentation, par la Guardia di Finanza, des toutes dernières techniques de détection et de lutte contre le vol d'identité et le piratage des ordinateurs. Lorsque Brunetti l'apprit, il s'attendit à des protestations de la part des policiers qui étaient bien plus en droit d'être choisis pour y participer. Mais il n'y eut pas la moindre plainte.

S'il s'était agi de n'importe quel autre employé, Brunetti aurait vu d'un mauvais œil cette autosélection, mais la manière de faire de signorina Elettra, bien que n'étant pas au-dessus de tout soupçon, était assurément au-dessus de toute question : de même que sa perception du temps s'était dilatée lorsqu'il s'était étouffé à cause du morceau de pain, de même s'étaient étendues les prérogatives de l'assistante de Patta.

Avec le sens du devoir qui le caractérise, Brunetti passa l'après-midi à éplucher les dossiers qui s'étaient accumulés sur son bureau au cours des dernières semaines, les parcourant méthodiquement. Comme il avait vécu plus de vingt ans au côté d'une femme qui attaquait les maladresses de la langue avec l'ardeur d'un requin attiré par le sang d'une blessure, l'intérêt de Brunetti resta éveillé, si ce n'est par les sujets de ces documents, du moins par la langue avec laquelle ces sujets étaient traités. Un homme qui avait assommé sa femme – qui perdit l'usage d'un œil suite aux coups – expliqua, pendant son interrogatoire, sa « difficulté à vivre une relation axée sur un goût profond de la vie » ; la femme d'un éminent avocat, surprise à la porte de la boutique Armani avec sur le dos une veste courte en cuir, dont l'étiquette du prix avait été minutieusement découpée, prétendit qu'elle avait « de graves difficultés à distinguer les limites arbitraires de propriété établies entre le magasin et le client » et qu'elle était, de toute façon, juste sortie dans la *calle* pour en voir la couleur à la lumière du jour. Le sac qu'elle portait en bandoulière, contenant cinq tee-shirts et deux pantalons, n'éclaira en rien sa théorie, mais éclaira la situation. Moins de deux heures plus tard, son mari se présentait à la questure avec en main une expertise psychiatrique, attestant « les difficultés » que sa femme avait toujours eues à « attribuer toute forme de propriété » : ainsi fut-elle relâchée.

Brunetti imaginait qu'il serait perturbé, ou tout au moins mal à l'aise, face au divertissement que ces expressions provoquaient en lui, surtout pour la première affaire, mais il ne le fut pas. Les hommes politiques faisaient des discours dont le sens échappait systématiquement ; peu de médecins employaient le mot de « cancer » avec les patients qui en étaient atteints et le terme d'« émigré » ne pouvait plus être suivi de celui de « clandestin ». Séparez les mots des choses, et le monde vous appartiendra.

Étonné de formuler ces pensées, Brunetti se leva en secouant la tête et alla à la fenêtre. La communauté féline se trouvait toujours devant l'église de San Lorenzo. À cette distance, il ne pouvait percevoir aucun des résidents, mais la vue de cette minuscule structure lui mit du baume au cœur, comme toujours. Quelles créatures indisciplinées que ces chats, et profondément, incorrigiblement désobéissantes. Si Paola n'y était pas allergique, ils en auraient un, peut-être même deux. Il se surprit à dire tout haut, en anglais, comme elle : « Car ils apprennent aux enfants à exercer leur bienveillance sur eux. » Et c'est bien ce qu'ils font, constata Brunetti.

Il retourna à son bureau et à ses rapports en se forçant, comme un nageur dans une eau glacée, à s'y coller et à avancer, même si la ligne d'arrivée semblait s'éloigner au fur et à mesure qu'il luttait pour l'atteindre. C'est un coup de fil de Paola qui le tira vers le rivage.

« J'ai appelé Donata Masi », dit-elle, en nommant une collègue de l'université qui habitait campo dei Frari, non loin du pressing, réalisa Brunetti.

« Qu'est-ce qu'elle t'a dit ? demanda-t-il, sachant de quoi il retournait.

– Qu'il n'était le fils d'aucune des deux femmes là-bas. Elle a dit qu'elle avait posé la question, il y a des années de cela, et qu'elles lui avaient dit qu'il leur faisait de la peine, alors elles le laissaient faire semblant de travailler.

– Faire semblant comment ?

– Oh, tu le sais bien. En pliant les vêtements et en apportant parfois les paquets des clients à domicile. En repassant les choses plates. » Il voulait lui demander comment cela avait pu durer des années, sans jamais faire l'objet de la moindre inspection officielle, pour voir qui travaillait à cet endroit, mais sa femme était la dernière personne qui pouvait le savoir, donc il éluda la question.

« Autre chose ?

– Non, fit Paola, d'un ton déçu. Je lui ai demandé si elle connaissait sa famille, mais elle s'est tue et m'a dit qu'elle ne voulait pas être impliquée dans cette histoire. Donc j'ai changé de sujet et la conversation a bifurqué sur la réunion qu'on a demain. »

Brunetti ne perdit pas de temps à lui demander en quoi Donata ne voulait pas être impliquée. La possibilité qu'une autorité pût s'intéresser à un sujet – quel qu'il soit – suffisait à créer un *cordon sanitaire*[1] autour du sujet en question. Les gens s'arrêtaient de parler et, oubliant tout en un clin d'œil, plongeaient dans une profonde amnésie. Les journaux avaient été récemment remplis de rapports de femmes violées par les *carabinieri* qui les avaient arrêtées ou violées, dans certains cas, par les agents auxquels elles étaient venues signaler un crime. Comment alors faire confiance à la police ?

« Et donc ? l'éperonna-t-il.

– Donc, je ne sais pas quoi faire », avoua Paola.

1. En français dans le texte.

D'une voix qu'il imprégna de toute sa tristesse, il déclara : « Il n'y a rien que tu puisses faire, Paola. »

Elle mit un moment à répondre. « La moindre des choses, c'est de faire savoir à sa famille que certains d'entre nous le gardent dans leur souvenir. Pas seulement les femmes du pressing, mais certains d'entre nous, qui l'ont vu toutes ces années.

– Et qu'est-ce que cela pourra bien faire ? » Il savait qu'il n'aurait pas dû poser cette question, mais parfois il perdait patience face au sempiternel désir de noblesse de son épouse.

– « Cela ne *fera* rien, Guido, rétorqua-t-elle violemment. Ce n'est pas censé *faire* quelque chose. Il est mort, il n'y a donc plus rien que l'on puisse *faire*. Mais au moins, on peut laisser entendre que certaines personnes le connaissaient et qu'il n'était pas juste un pauvre sourd qui a traversé toute sa vie sans que personne ne prête attention à lui. »

Cette dernière description de l'homme mort correspondait bien au peu d'éléments que Brunetti avait pu observer chez lui, mais il n'eut pas envie de le dire. Il éluda toute confrontation en affirmant : « Je vais me renseigner en bas et appeler le service des ambulances pour voir ce qu'ils savent de la famille. S'il en a une. Il s'appelait Davide Cavanella. » Et anticipant la question de Paola, il précisa : « C'est Rizzardi qui me l'a dit.

– Il était autorisé à vivre seul ? explosa-t-elle.

– Paola, répliqua Brunetti d'un ton très ferme, je vais passer quelques coups de fil et voir ce que je peux trouver sur lui. D'accord ? » Il ne s'agissait pas là de mesurer leur volonté respective, pas vraiment, mais il voulait s'assurer qu'elle pouvait encore se maîtriser et éviter de tomber dans ces excès de langage qu'elle regrettait ensuite invariablement.

Son silence fit comprendre à Brunetti qu'elle était consciente, autant que lui, de ce que chacun d'eux attendait du comportement de l'autre. « Très bien, conclut-elle. Appelle-moi… », commença-t-elle par dire, puis elle changea d'avis : « Non, tu m'en parleras à la maison. »

Il la salua en usant d'un nom affectueux et raccrocha.

Il passa un coup de fil au rez-de-chaussée, pour savoir si quelqu'un avait appelé la questure pour signaler la mort de l'homme. Aucun appel dans ce sens. L'hôpital civil lui répondit la même chose et on le renvoya aux *carabinieri* de la Riva degli Schiavoni. Au bout d'un moment, ils lui dirent qu'ils avaient reçu un appel à 6 h 13 ce matin-là et que comme ils avaient appris que l'homme était mort, ils avaient envoyé le corbillard municipal qui relevait de l'ULSS[1], puisque l'hôpital ne s'en était pas chargé.

Brunetti prit une profonde inspiration afin de recouvrer le calme nécessaire pour traiter avec la bureaucratie et composa le numéro que les *carabinieri* lui avaient donné. Ils lui donnèrent finalement l'adresse du mort : San Polo 2364. Comme c'était souvent le cas, le numéro ne disait rien à Brunetti. Il consulta son *Calli, Campielli e Canali*[2] et vit que la maison se trouvait dans une des petites *calli* au-delà du campo San Stin.

Il ouvrit le tiroir du bas pour en sortir l'annuaire, fâché de ne pas avoir d'abord pensé à cette simple solution. Toutefois il s'arrêta dans sa lancée, se remémorant que l'homme était sourd : sans doute n'était-ce pas du tout la solution. Mais peut-être qu'il vivait avec un

1. Sigle pour Unità Locale Socio Sanitaria, l'agence responsable du service de Santé.
2. Répertoire de toutes les rues, places et canaux de Venise.

membre de sa famille : il y aurait dans ce cas quelqu'un capable de répondre au téléphone. Brunetti fixa le mur au loin et fit resurgir tous ses souvenirs relatifs à cet homme : son visage sans expression, éternellement concentré sur quelque chose que personne d'autre ne pouvait voir, ou entendre ; sa bouche toujours entrouverte, peut-être pour s'aider à respirer ; son manque incessant de coordination, qui affectait sa démarche, et la façon dont il tapotait les vêtements qu'il essayait de plier au fond du pressing.

Il ouvrit le volume et parcourut des yeux les C jusqu'à ce qu'il trouve Cavanella, Ana, à l'adresse en question. Avant même d'en prendre conscience, Brunetti avait composé le numéro. Au bout de la sixième sonnerie, une voix grave, qui était probablement la voix d'une femme, répondit « Oui », sans la moindre trace d'interrogation, ou de curiosité.

« Signora Cavanella, commença Brunetti.

– Oui, répéta-t-elle.

– Je suis le commissaire Guido Brunetti. Je vous appelle pour... » Brunetti n'eut pas le temps de finir sa phrase qu'il se retrouva devant un mur de silence : la femme avait raccroché.

Il regarda sa montre. Il était juste 5 heures passées ; il se mit donc en devoir d'aller lui parler en personne. Il serait si près de chez lui après cet entretien que cela n'aurait aucun sens de retourner à la questure.

Il prit le numéro 1 pour San Tomà, passa devant les Frari, descendit le pont et longea le canal, en direction du campo San Stin. Il le traversa et prit la deuxième *calle* à droite. Le nom qu'il cherchait était sur la troisième porte à gauche. Il sonna et attendit.

Après ce qui lui parut un long moment, il entendit qu'on ouvrait un volet au-dessus de lui. Il se recula et leva les yeux. Une femme avec un nuage de cheveux exagérément roux se tenait à la fenêtre du premier étage et le regardait d'en haut.

« Qui êtes-vous ? lui demanda-t-elle sans ambages et sans la moindre affabilité.

– Je suis le commissaire Brunetti, signora », répondit-il poliment, ne sachant plus très bien tout à coup comment il s'était retrouvé là, à regarder ce visage peu avenant. « Nous avons quelques questions à vous poser », improvisa-t-il. Tout en parlant, il l'étudiait – elle était à peine à cinq mètres de lui – cherchant des signes de ressemblance avec cet homme dont il avait avoué qu'il se souvenait à peine et que, hormis ses étranges mouvements de robot, il n'aurait probablement pas reconnu.

« À quel sujet ? » s'enquit-elle. Brunetti se demanda ce que la police pouvait bien venir lui demander, à son avis. Bien que frappé par le manque absolu d'émotion dans sa question, il songea que son chagrin, ou les médicaments qu'elle avait pris pour le combattre, pouvaient l'avoir retranchée dans un espace au-delà de tout affect ou de toute capacité à l'intérioriser.

Il recula dans la *calle*, de manière à pouvoir lui parler sans avoir à regarder directement au-dessus de lui.

« Qu'est-ce que vous voulez ?

– Vous parler, signora », répondit-il, même s'il ne savait toujours pas clairement ce qu'il voulait lui dire.

Elle prit sa déclaration en considération et acquiesça par un « *Va bene*[1] », puis ferma la fenêtre et s'éloigna.

Brunetti regagna la porte et attendit, attendit encore. Après quelques minutes, la porte s'ouvrit. La femme fit un pas en avant et se tint dans l'embrasure, en réitérant

1. D'accord.

56

sa question : « Qu'est-ce que vous voulez ? » Elle parlait d'une voix neutre. Il aurait très bien pu essayer de lui vendre une batterie de casseroles, ou de la convertir à l'amour de Jésus.

« Tout d'abord, vous exprimer mes condoléances, signora, puis vous demander s'il y a quelque chose que les services municipaux puissent faire pour vous. » Brunetti savait que pour le premier point, il ne pouvait offrir que son humanité, tandis qu'il ne pouvait rien garantir pour le second. Mais il avait dit à Paola qu'il essaierait d'apporter son aide et il le ferait, peu importait sous quelle forme.

Elle le regarda droit dans les yeux et Brunetti eut l'étrange sensation qu'elle attendait de réentendre ses mots dans sa tête pour en comprendre le sens. Dans ce genre de situation, le mouvement instinctif de Brunetti était habituellement de recommencer à parler, mais il garda le silence, curieux de voir combien de temps elle mettrait à répondre. Pendant un long moment elle le regarda les yeux vides, et lui, l'observa.

Elle devait avoir la cinquantaine, mais il ne savait pas trop si elle se situait au début ou à la fin de cette tranche d'âge. Les cheveux roux s'arrêtaient à deux centimètres du cuir chevelu et passaient au blanc, retrouvant ainsi leur teinte naturelle. Elle avait les yeux bleu clair et la peau tout autour n'était presque pas ridée. Son nez et ses joues bien dessinées laissaient également deviner qu'elle avait dû être autrefois d'une grande beauté. Et c'est à l'angle de ces pommettes qu'il put saisir une furtive ressemblance avec l'homme mort.

Elle était plus grande que la moyenne, même si sa taille désormais épaissie suggérait qu'elle avait été encore plus grande par le passé. Ses mains, remarqua-t-il, avaient des doigts étonnamment courts et leur peau luisante indiquait qu'elles avaient passé beaucoup de temps dans de l'eau froide.

Brunetti comprit qu'elle n'avait nullement l'intention de parler : il aurait pu demeurer là le restant de l'après-midi sans qu'elle ne le gratifie d'un seul mot. « Aimeriez-vous venir voir Davide, signora ? » finit-il par lui demander.

En entendant ce nom, elle recula d'un demi-pas, comme si elle cherchait à le fuir, ou à fuir le chagrin qu'il lui infligeait. Elle leva une de ces mains épaisses, marquées par le travail, pour se protéger des mots du commissaire, rentra chez elle et referma la porte.

6

Brunetti aurait très bien pu rentrer aussitôt à la maison, du fait que la femme s'était barricadée chez elle, mais il éprouvait un sentiment d'insatisfaction pour ne pas être parvenu à lui parler et, étrangement, de gêne, car il était censé être encore au travail à cette heure. Il se dit qu'il ne devait pas se comporter comme un élève craignant d'arriver à l'école après que le professeur a fait l'appel et, prenant son courage à deux mains, il se rendit au bar sur le campo San Polo et s'installa à la terrasse. Il commanda un spritz, sûr que ce serait le dernier de la saison : dans un mois, l'idée de glaçons et d'Aperol froid – ou de n'importe quelle boisson froide – le ferait grincer des dents. Mais les rayons de la fin d'après-midi étaient doux sur son visage et il était heureux d'être assis au soleil, à regarder le monde suivre son cours et s'emplir de choses qui ne devaient plus lui causer la moindre préoccupation en cette journée.

Il contemplait le *campo*, ravi que ce soit l'un des plus grands, où les gamins pouvaient jouer au football et faire du vélo, même si cette seconde activité violait une ordonnance municipale à laquelle personne n'avait envie ou ne se souciait d'obéir. Sa consommation arriva et il la laissa un instant devant lui, pour mieux savourer le goût de la première gorgée. Il pêcha la rondelle d'orange et la mordilla, puis se mit à siroter cette fraîche boisson douce-amère. Trois moineaux atterrirent près de ses pieds. Il se pencha sur la table d'à côté et prit une chips dans le bol que les derniers clients avaient laissé en partant, l'écrasa entre ses doigts et en lança des miettes aux oiseaux, qui se précipitèrent vivement sur elles. Il prit une autre gorgée et les observa.

Une ombre traversa sa table et son verre. Il leva les yeux et fut momentanément aveuglé par le soleil, mais lorsque sa vision redevint claire, il aperçut le lieutenant Scarpa, l'assistant du vice-questeur Patta, debout au-dessus de lui. « Bonjour, commissaire, dit le lieutenant. On s'occupe d'oiseaux, maintenant ? » Le lieutenant était en complet uniforme, avec sa veste en laine foncée, mais il semblait notablement détendu. Comme s'il se souvenait tout à coup qu'il était en train de parler à un supérieur, il enleva son chapeau et le tint sur le côté, le coude plié, d'un geste raide.

« Oui, lieutenant, répondit Brunetti avec un calme sourire, les propriétaires ont dit qu'ils étaient en train de voler des chips dans les bols sur les tables, donc je suis venu enquêter sur l'affaire. » Il indiqua du doigt l'oiseau à l'autre bout à gauche et ajouta : « Je soupçonne l'un d'entre eux d'être le chef de la bande ; je reste ici et finis ma boisson tout en les surveillant, juste pour m'en assurer.

– Je suis impatient de lire votre rapport », répliqua le lieutenant, qui le salua nonchalamment. Il remit son chapeau et s'en alla, prenant la direction d'où Brunetti était arrivé.

Paola avait retenu beaucoup d'expressions anglaises des nounous qui avaient vécu dans sa famille quand elle était petite, et l'une d'entre elles revint à l'esprit de Brunetti : « Un fantôme marcha au-dessus de ma tombe » ou

« un fantoche » ? Et comment était-il possible que l'on puisse parler depuis une tombe ? Indépendamment du sens de l'expression, ou de la personne qui marchait, elle rendait parfaitement l'effet que la présence de Scarpa produisait sur Brunetti. Le fait que le lieutenant prît la route de San Stin le mettait mal à l'aise.

Brunetti finit son verre, paya le serveur et rentra chez lui. Paola était à la maison, en train de laver la salade ; elle leva les yeux, surprise de le voir arriver. Il lui embrassa le front, sur le côté droit, et lui dit : « J'ai trouvé l'adresse et j'y suis allé, mais la mère… » Sa voix devint inaudible un instant. « Elle a refusé de me parler et m'a claqué la porte au nez. »

Paola jeta l'eau accumulée au fond de l'essoreuse à salade, y remit les feuilles et tourna pour les sécher. « Qu'est-ce qu'elle a dit ? demanda-t-elle par-dessus le bruit du tourbillon.

– Rien. Tout était très bizarre.

– Pourquoi est-ce qu'elle n'a pas parlé ? Si elle est venue à la porte, c'est qu'elle a entendu la sonnette, donc elle n'est pas sourde.

– Non, non. Elle entend et elle parle. Mais tout ce qu'elle a fait, c'est de me demander pourquoi j'étais là.

– Tu lui as dit que tu étais policier ?

– Oui. Je le lui ai dit au téléphone et je lui ai redit là-bas.

– Alors, pourquoi elle ne voulait pas te parler ?

– Par crainte de la police, tu sais bien que les gens n'aiment pas nous parler. Ou à cause du choc, ou du chagrin, comme tu l'as dit toi-même.

– Mais elle est bien venue à la porte ? » Comme cette question sembla le troubler, Paola spécifia : « Sinon, comment est-ce qu'elle aurait pu te la fermer au nez ?

– Je te l'ai dit : tout était très bizarre, répéta Brunetti.

– Tu peux m'en dire plus sur les circonstances de sa mort ?

– Il a pris des somnifères », expliqua Brunetti, ne voyant pas de raison de lui en dire davantage.

Cette information l'étonna. « Tu veux dire qu'il s'est suicidé ? »

Brunetti haussa les épaules. « Il se peut qu'il les ait pris par accident. Mais il a succombé. »

Paola se tut un très long moment, puis reprit : « Est-ce qu'il faut que tu retournes lui parler ?

– J'ai bien essayé, mais elle ne voulait pas s'entretenir avec moi.

– Non, je veux dire lui parler officiellement. En tant que policier. Est-ce que tu en as l'obligation du fait qu'il soit mort de cette manière ? » Il n'avait pas vu le rapport des ambulanciers, qui avait dû se perdre sur un des bureaux ; il le récupérerait dans la matinée.

« Oui. Dans un cas comme celui-ci, on préfère habituellement exclure la possibilité du suicide. » Elle lui lança un étrange regard, mais ne souffla mot. Elle ôta les feuilles de l'essoreuse et les mit dans un grand saladier. Comme si de rien n'était, elle lui dit : « Tu me donnerais un verre de vin ?

– Blanc ? »

Elle regarda par la fenêtre avant de répondre, en direction des Dolomites, même si elles étaient cachées par l'écran de pollution et de brouillard qui se formait sur la Vénétie une bonne partie de l'année. « Non, je pense qu'il est temps de recommencer à boire du rouge », répliqua-t-elle, et elle se pencha pour prendre une poêle à frire dans le placard.

Brunetti obéit et choisit une simple bouteille de cabernet. Un blanc aurait été meilleur à la suite d'un spritz, mais Paola voulait du rouge, donc ce serait du rouge.

Elle posa la poêle sur la gazinière, regarda sa montre et prit le verre qu'il lui offrit. Elle en but une gorgée, hocha la tête en signe de remerciement et lui proposa : « Tu crois qu'on a le temps de contempler le coucher de soleil ? »

Il leur était déjà arrivé de s'asseoir sur le canapé du salon et de regarder la lumière disparaître à l'ouest : c'étaient des moments qui nourrissaient leur âme. Avant que Brunetti n'ait le temps de faire le mari en lui demandant comment s'était passée sa journée, elle nota : « Elle a un drôle de comportement, cette femme, tu ne trouves pas ? »

Par superstition, il ne lui demanda pas comment elle se comporterait si elle venait de perdre son fils ; en vérité, il bannit la question avant même de l'avoir complètement formulée dans son esprit. « Comment est-elle censée se comporter ? Je ne sais pas si c'est son seul fils, ou son seul enfant. » Il réfléchit à ces propos, puis affirma : « Mais ça ne change rien à l'affaire, n'est-ce pas ? »

Gardant les yeux sur la lumière qui continuait à décliner par-delà les toits, Paola secoua la tête et sirota son vin.

Brunetti commença à se demander si leur attitude relevait d'une véritable préoccupation ou d'une pure et simple curiosité, et pourquoi l'une était noble, et l'autre ignoble. Avant de se marier et de devenir père, il pouvait déblatérer toutes sortes de platitudes sur l'horreur que devait être la mort d'un enfant pour les parents, mais maintenant, il ne pouvait plus tenir ces propos, ni même s'autoriser à les penser. Tel un paysan du Moyen Âge, il refusait d'ouvrir la porte aux pestiférés.

La lumière continuait à s'affaiblir. Paola regarda son verre et déclara : « J'ai réfléchi à ce que tu as dit.

À propos du suicide. » Elle prit une toute petite gorgée :
« Je me demande s'il est possible qu'il en soit arrivé
au point où sa vie était si dure qu'il ne pouvait plus
la supporter. »

Brunetti y songea un instant et précisa : « Encore aurait-
il fallu qu'il sache qu'elle était dure, tu ne crois pas ? »

Elle tourna brusquement la tête vers lui, bouche bée.
Mais avant de pouvoir lui demander ce qu'il voulait
dire, Brunetti vit qu'elle réfléchissait à sa question. Elle
finit par conclure : « Bien sûr. Si c'est la seule vie qu'il
connaissait, c'était juste ça la vie, pour lui. Il a dû se
passer quelque chose de pire, je suppose. »

Ils gardèrent le silence, chacun essayant d'imaginer
ce qui pourrait être pire que la vie qu'ils l'avaient vu
mener, puis Paola reprit la parole : « Ou peut-être tout
simplement qu'il les a trouvés et les a pris pour autre
chose et les a mangés.

— C'est l'hypothèse de Rizzardi. Tout dépend de son
niveau d'entendement. » Brunetti constata alors que
c'était bien là l'insondable énigme : comment pénétrer
dans l'esprit d'un autre, si ce n'est par les mots ?

« Dieu seul le sait, je le crains, affirma Paola, mais
cela peut expliquer le comportement de la mère.

— La culpabilité ? »

Paola prit une autre gorgée, haussa les épaules et
finit son vin. « Je vais commencer à faire à manger.

— Bonne idée », approuva Brunetti.

Ce fut un repas tranquille : les enfants captèrent l'état
d'esprit de leurs parents et respectèrent la gravité qui les
tenaillait. Chiara parla d'un cas de conscience auquel
elle avait été confrontée. Une de ses amies voulait
qu'elle appelle ses parents et leur demande si elle pouvait aller dîner chez elle et y rester étudier, de manière

à pouvoir rencontrer son petit ami ; Chiara avait refusé et la fille ne lui parlait plus.

« Pourquoi tu as refusé ? » s'enquit Raffi, non pas qu'il fût étonné, mais juste par curiosité.

Chiara piqua une crevette dans son risotto et l'observa, comme si elle lui demandait de l'aider à lui fournir la bonne réponse. « Ses parents ont toujours été très gentils avec moi. Je ne voulais pas leur mentir. »

Brunetti attendait que Paola s'érige en Socrate et demande à Chiara ce qu'elle aurait fait si les parents de son amie n'avaient pas été gentils avec elle, mais elle ne pipa mot et finit son risotto.

« Est-ce qu'il y a de l'eau minérale ? demanda Raffi.

— Non, et il n'y en aura plus, assena Chiara. Cette maison est une zone libre d'eau minérale.

— C'est toi qui l'as déclarée ainsi ? » s'informa calmement Raffi. Après tout, il connaissait sa sœur depuis toujours et il n'y avait pas grand-chose qui pouvait le surprendre sur elle, ou venant d'elle.

« Oui.

— Pourquoi ?

— Parce qu'on ne garantit absolument pas ce qu'il y a dedans.

— De l'eau, je présume, énonça Raffi du ton ironiquement détaché de sa mère.

— Oui, de l'eau. Assurément, approuva Chiara, en s'efforçant de prendre le même ton, mais sans y parvenir véritablement. Et beaucoup d'autres choses, dont nous ne savons rien.

— Et ça ? » Raffi arbora la carafe censée désormais contenir, réalisa-t-il, l'eau du robinet : « C'est bon, peut-être ? Rien que la dose de chlore qu'il y a dedans.

— Au moins, c'est testé, se défendit Chiara. Ce qui n'est pas le cas avec l'eau qu'on a bue la semaine dernière, si tu prends la peine de lire l'étiquette sur les bouteilles. » Il se mit alors en place toute une dynamique que Brunetti avait pu observer des années durant. Chiara embrayait sur une discussion : on le devinait au ton qu'elle adoptait et Raffi s'arrangeait pour contrecarrer sa position en jouant sur son plus grand âge et son plus grand nombre de connaissances.

Brunetti prit le train en marche. « … qui vient des Pouilles, d'une source qui est à quatre kilomètres d'une usine chimique qui a été fermée sur un ordre de la cour il y a trois semaines. » Raffi essaya d'intervenir, mais Chiara fonçait tête baissée, indépendamment des arguments avancés et continuait sur sa lancée. « Parce qu'ils ont déversé des produits chimiques dans la terre pendant trente ans. Ce qui signifie – même si pour un avocat, cela ne ferait que suggérer – que les produits chimiques se trouvent maintenant dans la nappe phréatique et donc dans l'eau minérale. Et si tu veux continuer à croire que la liste des quantités de minéraux sur les étiquettes des bouteilles reflète la réalité, eh bien vas-y. Mais moi, je bois l'eau du robinet. »

Brunetti songea que si elle avait été un véritable avatar de Paola, elle aurait alors saisi la carafe et aurait rempli son verre. Mais c'était encore une novice en la matière et elle se contenta donc de piquer une autre crevette et la mangea, ne se rendant pas compte de tout le potentiel dramatique cristallisé dans cette carafe. Dans quelques années, se dit-il, elle y pensera et passera à l'action, et elle deviendra, tôt ou tard, imbattable.

Raffi, pour ne pas s'en laisser imposer, insinua : « Tu es sûre que ce n'est pas parce que tu en as marre de monter les bouteilles d'eau ?

– Je n'ai rien à voir avec les bouteilles en plastique », rétorqua Chiara d'un air hautain. Avant que Raffi ne pût contrattaquer, Paola proclama une trêve en se levant et en lui demandant de l'aider à débarrasser la table.

L'accord de paix fut scellé autour d'un gâteau au cassis, dont les baies fraîches étaient agrémentées de crème Chantilly. Brunetti, en simple spectateur de la discussion, se garda bien de montrer sa joie à l'idée que, grâce à Chiara, il était dorénavant dispensé de monter les bouteilles d'eau minérale au quatrième étage, ce qui rendit son second morceau de gâteau encore plus savoureux.

7

Lorsqu'il se rendit le lendemain à la questure, il trouva un mot sur son bureau, lui demandant d'appeler le dottor Rizzardi. Il échangea les salutations d'usage avec le médecin légiste, qui lui assena : « Ce Cavanella n'existe pas.

– Pardon ? fit Brunetti. Tu lui as fait une autopsie hier. »

Rizzardi crut déceler du sarcasme dans ces propos, mais se ravisa. « Je suis désolé, Guido ; j'ai voulu faire de l'effet. Ma secrétaire a appelé le bureau de l'état civil pour déclarer sa mort, mais ils n'ont aucun document à son nom correspondant à cette adresse.

– C'est qu'il est domicilié ailleurs, répliqua Brunetti, presque gêné de devoir énoncer une évidence.

– Pas dans la ville, précisa Rizzardi d'un ton sec. Le bureau a vérifié sur notre demande : il n'est, ni n'a jamais été domicilié à Venise.

– Alors en Vénétie, je suppose. » Brunetti se remémora les rares mots qu'il avait entendus dans la bouche de sa mère, et l'accent vénitien qui ne trompe pas.

« Ce n'est pas notre boulot, Guido, rétorqua Rizzardi avec une force inattendue. On n'a pas à les identifier, on a juste à trouver la cause de leur mort.

– Je suis allé chez lui, mais sa mère a refusé de me parler. »

Rizzardi ne fit aucun commentaire, mais rappela la règle : « Tant que la victime n'a pas été identifiée, il faut la garder ici.

– Je sais », approuva Brunetti. Puis, réfléchissant à la manière dont on pouvait procéder à cette identification, il demanda : « Quel âge il avait, à ton avis ?

– Je suppose qu'il avait une petite quarantaine d'années. » Puis, après coup, le docteur qu'il était précisa : « Il était dans une excellente condition physique. Très peu de traces de soins dentaires. Aucune trace d'interventions chirurgicales, des organes dans une forme parfaite.

– Tu es sûr de son âge ? » s'enquit Brunetti, surpris qu'un visage ait pu rester si longtemps à l'abri du temps et des tracas, mais ne voulant pas mettre en doute le jugement du médecin légiste.

« C'est étonnant, je sais. Mais j'ai déjà eu l'occasion de le constater. Moins les gens sont impliqués dans la vie, moins ils vieillissent.

– Ce n'était par un ermite, Ettore, fit Brunetti, en essayant d'introduire une note de légèreté.

– Tout ce que je sais de lui, c'est ce que tu m'as dit, Guido : qu'il était sourd et simplet. J'ai déjà vu ce genre de cas et j'essaie de te donner une explication basée sur l'expérience. Les gens retardés – ou peu importe comment on est censés les désigner maintenant – et les aveugles, ils ne font pas leur âge comme nous, ou du moins, leur corps ne le montre pas comme nous. » Brunetti n'avait rien à objecter, le médecin légiste clarifia alors son propos : « C'est mon expertise, d'après l'examen de ses organes et de ses dents. »

Même si Brunetti n'avait pas tout saisi, l'explication de Rizzardi faisait sens. Qui dit moins de contact avec le monde dit moins de souffrance. Mais aussi moins de joie. « Merci, Ettore. Ça m'aide bien. Je vais tâcher de confirmer au moins son nom. Je t'appelle dès que c'est fait.

– C'est ce qui était sur les papiers qui l'accompagnaient. Je ne sais rien de plus.

– Je t'appelle.

– Bien », conclut Rizzardi, et il s'en alla.

Brunetti tira vers lui un dossier, pour tenter de s'enfuir de la prison mentale qui s'apprêtait à l'engloutir. Comme cette évasion avait échoué, il ne vit aucune raison de conserver ou de faire circuler ce document. Il en retourna donc la page de garde, y écrivit en haut le nom et l'adresse de Cavanella et commença à établir une liste. Il aurait besoin, tôt ou tard, de se procurer un acte de naissance, ou un certificat de baptême. Il y avait la carte d'identité du mort, qui devait être très probablement chez lui et sa carte d'assurance maladie, dont il était sûr qu'elle lui avait été attribuée. Brunetti doutait que le casier judiciaire de Davide Cavanella ne fût plus vierge, mais il le vérifierait aussi. Ainsi que ses bulletins scolaires.

Il s'assit et se tritura la cervelle pour imaginer les différentes cachettes possibles. Avec ses copains il avait joué, enfant, à se cacher puis à disparaître dans les *calli* et dans les entrées des immeubles voisins, puis à s'éloigner de plus en plus de leur maison au fur et à mesure qu'ils grandissaient. Il lui revint en mémoire qu'il s'était glissé, un jour de printemps, sous la bâche en toile d'un bateau, amarré pas loin de chez lui, où il avait fini par s'endormir.

C'est une voix désespérée et haut perchée, l'appelant par son nom, qui le réveilla et le fit sortir en sursaut de dessous cette couverture. Sa mère était sur la fondamenta della Tana, en pantoufles, les cheveux défaits. À la vue soudaine de sa mère au milieu de ses amis, Brunetti nota pour la première fois ses mèches grises et remarqua comme elle était vêtue pauvrement, avec son tablier rapiécé et un pull reprisé aux deux coudes. Pour la première fois de sa vie, en la voyant là, devant ses copains, Brunetti eut honte d'elle, puis de lui, pour avoir éprouvé ce sentiment.

Lorsque sa mère l'aperçut, elle s'approcha du bord du quai et lui tendit la main, pour l'aider à remonter, chose non aisée. Sa poigne était ferme et il fut surpris qu'elle pût le hisser aussi facilement.

Il avait désormais quasiment sa taille. Il se tenait devant elle, tête baissée, et marmonna : « Je me suis endormi, *mamma*. Je suis désolé. »

Le regard de ses amis ne lui avait pas échappé. Jouir de son hospitalité, c'était une chose, mais la voir ici, habillée comme dans sa cuisine, en train de crier le nom de son fils... c'en était une autre. Qu'allaient-ils penser de lui ? Et d'elle ?

Il vit sa main droite bouger et il resta debout, raide comme un piquet, redoutant le coup qu'il savait mériter. Au contraire, elle lui ébouriffa les cheveux et lui dit : « C'est bien que je sois sortie et que je t'aie trouvé, hein, mon poussin, sinon là-dessous, tu aurais pu rôtir comme un poulet, sans que personne ne sache ce qui était en train de t'arriver. » Elle attendit qu'il réponde, ou peut-être qu'il rie, mais il était pétrifié par autant d'amour et incapable de proférer un mot.

« Et personne pour t'arroser d'huile d'olive, en plus », ajouta-t-elle avec un éclat de rire. Elle prit ses mains dans les siennes et l'emmena vers la maison, en invitant ses copains à venir manger un morceau du gâteau qu'elle venait juste de sortir du four.

La mère de Davide Cavanella avait-elle fait de la pâtisserie pour son fils et ses amis ? Les avait-elle invités chez elle à San Polo ? Brunetti interrompit le fil de ses réflexions lorsqu'elles atteignirent l'ultime rivage de son imagination, ce qui l'incita à se demander pourquoi il pensait que Davide Cavanella avait des amis. Apparemment incapable de parler, pouvait-il suffisamment communiquer pour pouvoir nouer une amitié autrement que par des signes, en supposant qu'il ait appris ce langage ?

Brunetti traça des lignes à partir des informations dont il pensait avoir besoin et les relia aux personnes ou aux endroits susceptibles de les lui fournir. Les formulaires relatifs à tous ses documents étaient – ou étaient censés être, se souvint-il – répertoriés au bureau de l'état civil. Leurs dossiers devaient conserver des traces de toute arrestation, même si Brunetti avait encore du mal à le croire, et signorina Elettra pourrait certainement découvrir d'autres indications que Cavanella aurait livrées à l'administration, au cours de son existence.

Comment savoir si Davide Cavanella avait eu des amis, et si sa mère – en admettant que la femme qui avait ouvert la porte fût bien sa mère – avait fait des gâteaux pour lui et ses copains ? Il se leva et descendit pour lancer signorina Elettra à la poursuite des réponses à ses premières questions.

Brunetti lui demanda tout d'abord si la présentation de la veille avait été intéressante. Est-ce bien un soupir qu'il entendit ? « Des *amateurs*[1] », décréta-t-elle, puis, levant les yeux : « Qu'y a-t-il, commissaire ? »

1. En français dans le texte.

Après lui avoir expliqué que Cavanella ne figurait pas au titre de résident dans la ville, bien qu'il y ait vécu des dizaines d'années, il lui tendit la liste des informations qu'il voulait obtenir.

Elle l'examina un long moment, puis la posa à côté de son ordinateur : « Vous savez, vous pourriez y procéder par des voies officielles. » Il ne comprit pas l'hésitation qu'il sentait en elle. D'habitude, proposer à signorina Elettra une occasion de faire un tour – un tour non autorisé, il faut bien le reconnaître – au sein de la base de données de n'importe quelle municipalité revenait à l'inviter à passer quelques heures à la fête foraine. « Ou peut-être que Pucetti ou Vianello pourraient trouver tout cela pour vous », précisa-t-elle, en posant doucement la liste sur sa gauche.

« Si vous préférez ne pas le faire », commença Brunetti, en formulant l'impensable.

Elle pointa le milieu de la liste d'un de ses ongles vernis de rouge, lui sourit et déclara : « Très bien, commissaire : je passe aux aveux. »

Il sourit face à sa promptitude.

« Un ami, expliqua-t-elle, en insistant sur la forme masculine du nom, afin de piquer sa curiosité, arrive à l'aéroport à deux heures et j'envisageais d'aller le chercher.

– Sait-il où vous travaillez ? » question qui les surprit tous deux.

Elle répondit spontanément : « Oui, j'ai pensé que c'était mieux de le lui dire dès le début. »

De plus en plus intéressant, se dit Brunetti. Le début de quoi ? « Peut-être que Foa pourrait vous emmener en bateau. » Avant qu'elle ne puisse poser la moindre question, il enchaîna : « Il peut vous déposer, puis vous attendre tous les deux. Je pense que ce n'est pas mal de montrer aux bagagistes que nous ne les avons pas oubliés. » La police n'avait toujours pas réussi à endiguer les vols des objets contenus dans les valises, vols qui sévissaient depuis des années, et il était bien peu probable que la vue d'une vedette de la police amarrée à un quai produise un quelconque effet sur leurs pillages permanents, mais c'était le meilleur prétexte qu'il pût trouver face à une nouvelle aussi inattendue.

« Mais ils se nichent au fin fond du terminal principal.

– Le bruit remontera jusqu'à eux, je peux vous l'assurer. »

Elle sourit : « J'espère bien.

– Est-ce que Foa vous a déjà déposée chez vous ? » ajouta-t-il nonchalamment, peut-être trop, car elle le regarda en souriant.

« Je lui ai demandé une fois de me conduire à la Misericordia », commença-t-elle et elle fit une pause pour permettre à Brunetti de se souvenir qu'elle habitait tout près de là : « On peut finir ensuite à pied. »

Brunetti s'était longtemps demandé ce que signorina Elettra pensait de l'intérêt qu'il portait à sa vie privée. Il serait exagéré de dire qu'il lui arrivait d'adopter un comportement aguicheur, tout comme il serait peu aisé de trouver un terme plus approprié pour le décrire. Brunetti avait été trop transparent lorsqu'il lui avait proposé l'aide de Foa, mais il était maintenant trop tard pour se rétracter.

Il prit le papier : « Je vais demander à Pucetti de procéder par les voies officielles. » Puis, avec un sourire, il ajouta : « Ce sera un bon exercice pour lui.

– Il faudra probablement le tenir un peu en bride. »

Elle se leva, s'arrêta à la porte et le prévint : « Il n'est pas nécessaire que Foa m'emmène, commissaire : j'ai des choses à faire avant, donc je pars tout de suite. »

Elle n'expliqua pas ce qu'étaient ces choses, ni pourquoi elle devait partir quatre heures avant son rendez-vous à l'aéroport pour les régler. Brunetti leva une main en signe d'approbation et d'adieu, en se jurant de ne rapporter à personne ses confidences.

Il alla à la salle de la brigade des policiers et fit part à Pucetti de l'anomalie relative à l'absence de résidence de Cavanella, puis lui donna le mot avec son nom et son adresse, et les endroits où il pourrait trouver les documents. Le jeune policier fut surpris d'apprendre que Davide Cavanella n'était pas officiellement domicilié dans la ville. « Si vous l'avez vu ici pendant des années, commissaire, il doit bien figurer dans une administration ou l'autre, remarqua-t-il. S'il était sourd, il est probablement allé à l'école de Santa Croce. Et il doit y avoir une association pour les gens qui se servent du langage des signes. » Il ajouta cette information à la liste de Brunetti, élargissant ainsi les possibilités. « S'ils habitent près de San Stin, peut-être que le curé les connaît. Et s'il travaillait à ce pressing, ils doivent avoir des papiers. » Nouvelle information enrichissant la liste.

« Je soupçonne qu'ils le gardaient là par charité », avança Brunetti. Il savait que ces femmes étaient son premier espoir de découvrir quelque chose sur le mort. Il essaya de se souvenir quand il avait vu Davide pour la première fois… non, il fallait l'appeler par son nom de famille, comme si c'était un véritable adulte et non pas quelqu'un de figé dans son enfance… quand il avait vu Cavanella pour la première fois à cet endroit. Il y a dix ans de cela ? Plus longtemps encore ?

Il demanda à Pucetti l'annuaire, que le jeune officier lui sortit d'un tiroir de son bureau. Il n'y avait qu'un seul pressing répertorié à San Polo. Brunetti nota le numéro dans son carnet, préférant les appeler depuis son bureau.

Il rendit le volume à Pucetti : « Très bien, vérifie le bureau de l'état civil, ou l'école, et appelle le curé.

– Quel âge avait-il ? demanda Pucetti, en s'asseyant devant un des trois ordinateurs de la pièce.

– Rizzardi suppose qu'il avait une petite quarantaine d'années. »

Pucetti leva les sourcils : « Je croyais qu'il était beaucoup plus jeune.

– Pourquoi ?

– Je ne sais pas. Je suppose que c'est à cause de ce que vous avez dit sur lui. » Pucetti secoua la tête et tapa l'adresse de la commune de Venise.

En un clin d'œil, il trouva le bureau de l'état civil, mais il n'y avait aucun moyen de chercher le nom d'un individu. Pucetti passa à une autre page, tapa le nom « Davide Cavanella », jeta un coup d'œil au papier que Brunetti lui avait donné et copia l'adresse de cet homme, mais sans numéro d'identification fiscale, il était impossible d'aller plus loin dans la recherche.

Brunetti se pencha sur l'écran et demanda à Pucetti de faire défiler la page d'accueil. Lorsqu'il vit le numéro de téléphone, il prit le combiné et le composa.

Il donna son nom et son titre et dit qu'il appelait pour essayer d'identifier la personne qui avait été trouvée morte à San Polo la veille. Il proposa à la femme au bout du fil de le rappeler à la questure, mais elle dit que ce ne serait pas nécessaire et demanda le nom de la personne en question.

« Davide Cavanella, il devait avoir dans les quarante ans.

– Donc il a dû naître dans les années soixante-dix.

– Oui.

– Nos fichiers sont informatisés jusqu'aux années cinquante », spécifia-t-elle, avec un brin de fierté perceptible dans la voix. « Donc, s'il est né ici, nous devons l'avoir. »

Brunetti se contenta d'émettre un petit son poli et la laissa effectuer sa recherche. Les bruits qu'elle faisait passaient par le téléphone, c'était une combinaison de clics et de bourdonnements de mécontentement ou de surprise. Au bout de quelques minutes, elle lui parla sur le ton de quelqu'un qui a détourné son attention ailleurs : « Je ne parviens pas à le trouver, commissaire, êtes-vous sûr de l'orthographe, Cavanella avec un a final ?

– Oui.

– Davide ?

– Oui. »

Une nouvelle pause bourdonnante, quelques doux clics à l'arrière-plan, et elle reprit le combiné. « Je suis désolée, commissaire, mais il n'est pas né à Venise, ni à Mestre ; ni entre 1945 et 1975.

– Pouvez-vous vérifier dans toute la province ? »

C'était le moment précis où les bureaucrates perdent toute envie de répondre. Ils le font volontiers pour les premières questions, font de simples recherches si on le leur demande, mais dès l'instant où les choses se compliquent et leur prennent du temps, ils commencent à mentionner leurs supérieurs hiérarchiques, évoquent la nécessité d'obtenir des permissions, ou citent des règlements que Brunetti soupçonne être inventés de toutes pièces.

« Je ne suis pas autorisée à le faire, commissaire, énonça-t-elle d'une voix différente, cette voix qu'il connaissait bien. Il me faut le mandat d'un magistrat. »

Brunetti la remercia et raccrocha.

Pucetti leva les yeux et souleva les sourcils d'un air interrogateur.

« Rien, ni ici, ni à Mestre de 1965 à 1975 », synthétisa Brunetti. Pucetti haussa les épaules, comme si c'était la réponse classique de l'administration. « Est-ce que tu peux… », commença Brunetti, qui buta très vite sur le mot approprié. Entrer ? Accéder ? Ouvrir ? La véritable expression était « entrer par effraction », mais Brunetti hésitait à l'utiliser, ne voulant pas avoir aussi sur la conscience la corruption de ses subordonnés. « Obtenir davantage de renseignements auprès des services sociaux ?

– Bien sûr, monsieur. » Brunetti ne savait pas s'il était celui qui incite au péché, ou celui qui allège le poids porté par les chevaux de course. « Je peux même le faire avec ça », affirma-t-il, en agitant dédaigneusement ses doigts au-dessus du clavier et en effectuant un bruit qui vouait l'ordinateur aux gémonies. « C'est facile de trouver ceux qui collectionnent les pensions. » Puis, d'un ton où ne perçait pas le moindre iota de vantardise, Pucetti ajouta : « Une fois qu'on sait le faire. » Brunetti hocha la tête, le visage impassible. « Je vais jeter un coup d'œil à cela, monsieur », lui assura Pucetti en retournant à l'écran.

« D'accord. » Et Brunetti l'informa qu'il montait à son bureau.

Il alluma son ordinateur et se mit à parcourir les annuaires de Trévise et des provinces du Frioul, mais aucune liste ne comportait le nom de famille Cavanella.

Il appela en bas le bureau d'accueil et demanda à l'agent en faction de lui passer le bureau qui avait veillé à envoyer le corbillard.

L'ordre fut rapidement exécuté. Après la vérification de la liste de service, Brunetti se retrouva en l'espace de quelques minutes en train de parler au pilote du bateau.

« Ce sont les *carabinieri* qui ont téléphoné un peu avant 6 heures, commissaire », lui dit le conducteur, Enrico Forti. « Tout ce qu'ils ont dit, c'est qu'une femme a appelé en disant qu'elle avait trouvé son fils mort dans son lit et qu'il fallait qu'on aille le chercher pour l'emmener à l'hôpital. C'est la routine, monsieur.

– Et quand vous êtes arrivés là-bas ?

– Elle était à la porte. Comme tout le monde à chaque fois : je suppose que les gens nous entendent arriver. Le moteur, vous savez.

– Une femme avec des cheveux roux ?

– Oui, monsieur.

– Comment était-elle ? demanda Brunetti.

– Je ne suis pas sûr de comprendre ce que vous voulez dire, monsieur, répondit Forti au bout d'un moment.

– Comment s'est-elle comportée ? Est-ce qu'elle pleurait ? Est-ce qu'elle avait du mal à parler ? »

Le pilote répondait lentement aux questions de Brunetti. Il finit par spécifier : « Vous devez comprendre, monsieur, que nous répondons à toutes sortes d'appels. La mort frappe les gens de manière différente. On ne sait jamais à quel point ça les affecte. »

Brunetti attendait.

« Elle était bouleversée : ça se voyait. Elle a dit qu'elle était allée dans sa chambre et qu'elle l'a trouvé mort, elle a appelé le 118 et ils lui ont dit qu'ils arrivaient.

– Et puis ? » Brunetti s'efforçait de paraître intéressé, masquant son impatience.

« Elle pleurait. Elle nous a laissés entrer, nous a fait monter dans l'appartement, puis rentrer dans la chambre. Il était dans son lit, comme elle l'avait dit. C'était assez horrible : c'est toujours comme ça, quand ils meurent de cette manière, monsieur. Alors on l'a couvert et on l'a mis sur le brancard, et on l'a emmené à l'hôpital. Pour le docteur Rizzardi.

– Est-ce qu'elle vous a demandé de venir avec vous ?

– Non, monsieur. Elle est restée là pendant qu'on l'emmenait, et puis elle a fermé la porte avant qu'on le descende dans le bateau.

– Est-ce que vous vous souvenez comment était la chambre ? »

Forti fit une pause pour se le remémorer, puis la décrivit : « Elle était terriblement petite, monsieur, avec juste une minuscule fenêtre, la maison d'en face est tout près, donc il n'y avait pas beaucoup de lumière. Il n'y en aurait pas eu de toute façon, pas si tôt le matin. » Il marqua une autre pause, puis déclara : « C'est dans mon rapport, monsieur.

– Est-ce que les *carabinieri* ont envoyé une brigade, vous le savez ?

– Probablement que non, monsieur. Nous les avons appelés et leur avons dit que ça avait tout l'air d'être un accident, donc je doute qu'ils aient pris la peine de le faire. »

Cela lui brûlait la langue de rappeler à Forti que bien faire son travail – et vérifier la scène d'une mort inexpliquée en faisait partie – ne consistait pas à prendre la peine, ou non, de faire quelque chose, mais il se contenta de le remercier pour ses informations et raccrocha.

Brunetti trouva le numéro du pressing dans son carnet de notes et le composa ; quelqu'un décrocha à la cinquième sonnerie. « *Lavasecco* », répondit une voix de femme, sans se présenter.

« Bonjour, signora, je suis le commissaire Brunetti. »

Au lieu de le saluer, elle lui dit d'emblée : « La veste de votre femme et vos trois pantalons sont prêts, commissaire. Mais votre veste grise a une tache sur la manche droite qui n'est pas partie, donc nous allons la relaver.

— Ah, fit Brunetti, momentanément confus. Merci, signora, mais ce n'est pas ce que je voulais vous demander.

— Davide ?

— Oui. Je l'ai vu dans votre magasin pendant des années et je voulais passer vous parler à son sujet, avec vous et votre collègue.

— Renata ne vient pas avant le début de l'après-midi, commissaire, si vous voulez nous parler à toutes les deux : c'est une période tranquille pour nous ; les gens ont déjà récupéré leurs vêtements d'hiver, mais il est trop tôt encore pour les remettre. Tout ce qu'on nous apporte, ces jours-ci, c'est du lin. La plupart des gens lavent leurs affaires d'été tout seuls. Ça doit être la crise. »

Au cours des derniers mois, les criminels aussi avaient commencé à mettre leurs méfaits sur le dos de la crise. L'euro chutait ; les salaires stagnaient. Que faire, si ce n'est braquer une banque ? Brunetti se demandait ce que la crise justifierait la prochaine fois. Le mauvais goût ?

« D'accord, signora. Merci », dit Brunetti qui regarda sa montre, passa une heure à parcourir les papiers sur son bureau, puis rentra déjeuner à la maison.

8

Comme le ciel se couvrit pendant le repas, Brunetti sortit un pull gris de son tiroir et l'enfila sous sa veste avant de se rendre au pressing. Tandis qu'il embrassait Paola pour lui dire au revoir, elle lui demanda : « Est-ce le premier signe de l'hiver ?

– C'est un peu trop tôt, à mon avis, répondit Brunetti. Mais je pense qu'on vogue inexorablement vers l'automne.

– Jolie expression, remarqua-t-elle, en se reculant pour observer son visage. Elle est de toi ? »

Interloqué, Brunetti y réfléchit un instant. « Elle doit être de mon cru, effectivement, lui confirma-t-il. Je ne me souviens pas de l'avoir entendue chez d'autres.

– Pas mal », et sur ces mots élogieux, elle gagna son bureau.

Lorsqu'il ouvrit la porte donnant sur la *calle*, Brunetti sentit que l'automne avait encore pris du terrain le temps du déjeuner. Il était content d'avoir mis son pull et se dit qu'il aurait dû emporter aussi une écharpe. Il n'avait pas besoin de réfléchir au chemin à prendre pour aller au pressing ; il lui suffisait de suivre son propre GPS – Guido's Personal System – et en dix minutes, il y était.

En entrant, il fut submergé par l'odeur familière de ce lieu : légèrement âcre, vaguement chimique, mais si familière qu'il ne s'en alarma pas. Deux clientes se tenaient devant le comptoir et, derrière lui, la propriétaire était en train de sortir des pièces de la caisse. Sur ce comptoir, il y avait un paquet enveloppé dans du papier, posé entre les deux clientes. Derrière le rideau qui séparait le magasin de la pièce du fond se trouvait la grande femme, à moitié visible, qu'il avait vue repasser pendant des années. Sa teinture était aussi soignée que sa coupe ; elle avait toujours le même blond qu'autrefois. Elle devait avoir sûrement plus de 60 ans, mais elle avait gardé un corps mince et souple, grâce sans doute au fait que son travail exigeait qu'elle se penche et se relève en permanence.

« Dieu seul sait combien sa mère doit souffrir », entendit-il dire la femme qui payait au moment où il entrait.

La femme à sa gauche émit un petit murmure de désapprobation, comme si elle cherchait à soulever un poids trop lourd, mais ne fit aucun commentaire. La première femme se tourna vers elle, mais ne pipa mot non plus. Elle prit sa monnaie, remercia la femme derrière le comptoir et prit son paquet.

Arrivée à la porte, la propriétaire lui lança : « À mardi prochain, signora. »

Le paquet fit un bruit de froissement lorsqu'elle ouvrit la porte, et elle partit.

Une fois la porte refermée, la seconde cliente assena : « Dieu seul sait *si* sa mère est en train de souffrir, je dirais. » Elle était plutôt dodue, avec un visage rond et de bonnes joues rouges : dans un conte de fées, elle serait la bonne grand-mère.

Comme si elle n'avait pas entendu la remarque, la propriétaire s'informa : « C'était un tailleur en soie verte, n'est-ce pas ? Et la veste marron de votre mari ? »

La femme accepta de passer à cet autre sujet et demanda : « Comment faites-vous, signora ? Comment faites-vous pour vous souvenir de tout ? Je vous les ai apportés en avril.

– J'aime ce tailleur, expliqua-t-elle. Et il y a long-temps que votre mari porte cette veste. » Avant que sa cliente n'y voie un coup de griffe, elle précisa : « On ne voit plus une telle qualité de nos jours : elle lui fera bien encore dix ans. » Elle alla chercher les vêtements suspendus sur les tringles à l'arrière du magasin. La cliente sourit, posa son reçu rose sur le comptoir et ouvrit son porte-monnaie. La propriétaire revint, plia le tailleur et la veste, les enveloppa dans du papier bleu clair et tapota le paquet pour bien le fermer. Elle prit l'argent de la femme et, après un échange de politesses, la femme s'en alla.

Sa réflexion continua à flotter dans l'air après son départ. Avant que Brunetti ne prenne la parole, le rideau s'ouvrit complètement et Renata, dont il avait appris le nom quelques heures plus tôt, fit son apparition.

Elle hocha la tête en direction de Brunetti, mais s'adressa à sa collègue. « Je l'ai entendue. Comment est-ce qu'elle peut dire une chose pareille ? Le pauvre garçon n'est pas encore enterré qu'elle parle de cette manière de sa mère. Elle ne mérite pas ça.

– Les gens ont toujours parlé d'elle de cette façon, répliqua sa collègue, d'un ton profondément résigné. Mais avec la mort de son fils, on aurait pu imaginer que ça s'arrête. »

Comme s'il n'était piqué que par un léger brin de curiosité, Brunetti demanda : « De quelle manière, voulez-vous dire ? »

Les femmes s'échangèrent un long regard ; Brunetti y lut combien elles étaient partagées entre leur désir de garder le silence, par solidarité féminine, et leur envie pressante de faire des ragots. Renata opta pour les ragots. Elle se pencha en avant et, prenant appui sur le bord de l'étroit comptoir, elle se souleva de tout son poids sur ses bras tendus et s'y installa, après avoir accompli cet effort.

Il vit le regard que lui lança la propriétaire. On n'avait rien à gagner à se mêler des affaires des gens. Les autorités n'étaient là que pour vous causer des problèmes, vous empaler sur les pieux de la bureaucratie, vous faire perdre du temps au travail et, en fin de compte, vous forcer à prendre un avocat et à passer des années à vous libérer des conséquences de toute information révélée à votre sujet. L'État, c'était l'ennemi numéro un.

Comme s'il ignorait tout cela, Brunetti s'adressa directement à la propriétaire. « Signora, tout ce que nous savons, pour le moment, c'est qu'il est mort dans son sommeil. Tout porte à croire qu'il s'agit d'une mort accidentelle. J'ai essayé de parler à sa mère, mais elle n'a pas voulu – ou n'a pas pu – me répondre. » Lorsqu'il eut l'impression qu'elles n'avaient plus rien à demander, il secoua la tête en signe de confusion ou de résignation, face aux choses qui nous échappent. « Je ne sais pas comment l'exprimer, commença-t-il, faisant abstraction de leur échange de regards, avec l'espoir de les dévier momentanément de la discussion sur la mère, mais nous avons toujours supposé – j'entends ma femme et moi – que vous le laissiez rester ici par, ce que j'appellerais, votre bonté de cœur. » Il sourit, en signe d'assentiment à leur action. « Je trouve que c'était très généreux de votre part. Non, c'était même plus que cela.

– C'était juste une pauvre créature », répliqua Renata, qui regarda ensuite sa patronne comme si elle lui demandait la permission, un peu tard, de donner son avis. Au signe d'approbation de l'autre femme, elle continua. « C'était l'idée de Maria Pia de le laisser nous aider. » L'autre femme fit un geste, comme pour glisser sur la remarque, mais Renata précisa : « Ce n'était pas facile. » Puis se tournant vers Maria Pia, elle demanda : « N'est-ce pas ?

– Oui, c'est sûr. Mais il avait besoin de faire quelque chose. » Elle jeta un coup d'œil furtif à Brunetti, à l'autre femme, puis de nouveau à Brunetti et, gardant les yeux sur lui : « Ce n'était pas contre la loi, n'est-ce pas, de le laisser rester ici ? » s'inquiéta-t-elle.

Même s'il se doutait qu'il devait bien exister une loi qui rendait illicite d'autoriser quelqu'un à faire semblant de travailler dans votre entreprise, Brunetti la rassura : « Bien sûr que non, signora. » Il sourit à l'absurdité de cette idée, qu'il chassa d'un geste nonchalant de la main. « C'était gentil de votre part. » Pour marquer son soutien sympathique pour cette initiative et dissiper tout danger en termes de légalité, il ajouta : « Toute personne honorable en aurait fait de même. »

Elle sourit, manifestement soulagée : si un commissaire de police disait que ce n'était pas illégal, ça ne l'était pas, n'est-ce pas ?

« Comment il… ? enchaîna Brunetti, ne sachant trop comment le formuler. Comment a-t-il commencé ici ? »

Maria Pia sourit. « Il venait parfois avec sa mère. Et il restait là, à regarder les choses tourner dans la machine. » Elle indiqua le hublot de la machine à laver que Brunetti avait vue marcher à chacune de ses venues dans le magasin.

« Et Pupo le vit », précisa Renata. Les femmes s'échangèrent un regard qui n'exprimait que tristesse.

« Pupo ? s'enquit Brunetti.

– Le chat, spécifia Maria Pia. Vous ne l'avez jamais vu, ici ? »

Brunetti secoua la tête. Elle sortit son portable et l'alluma, appuya sur des boutons, chercha les images qui avaient capturé ses souvenirs. Les ayant trouvées, elle fit le tour du comptoir et vint près de lui. « Voilà. » Elle fit défiler les photos sur l'écran, comme si elle avait fait cela toute sa vie. Il regarda le petit rectangle où elle apparut, avec un énorme chat dans les bras, le plus gros chat qu'il ait jamais vu. Ses oreilles lui donnaient un air de lynx.

« Qu'est-ce que c'est ?

– C'est un chat maine coon », lui apprit Maria Pia, en prononçant le nom à l'italienne et en effleurant la surface du téléphone de sa main pour lui montrer d'autres photos de cet animal : installé sur le comptoir, en train de dormir sur la planche à repasser, laissant pendre ses pattes de chaque côté du hublot de la machine à laver, les yeux rivés sur les vêtements en train de tourner. Puis dans les bras de Davide Cavanella.

« Pupo, répéta Brunetti.

– Davide était la seule personne qu'il aimait vraiment. À part nous.

– Ni nos maris ni nos enfants, renchérit Renata. Seulement Davide.

– C'est une des raisons pour lesquelles nous le laissions rester ici. » Maria Pia omit le fait qu'il feignait d'y travailler.

« Que s'est-il passé ?

– Pupo avait déjà dix ans lorsque Davide est arrivé. Puis l'an passé, il a attrapé une horrible maladie. Davide était son médecin et Pupo se laissait soigner. » Brunetti leva les sourcils et Maria Pia continua : « Nous lui avons montré comment procéder pour les piqûres et Pupo se laissait faire.

– Et puis ?

– Et puis nous avons dû l'emmener chez le véto et le faire… » Elle ne pouvait ni nommer la maladie qui avait tué Pupo ni nommer ce qu'elles avaient dû se résoudre à accomplir.

En regardant la photo où ils étaient tous les deux ensemble, Maria Pia finit l'histoire : « Davide n'est plus jamais revenu après cela. » Elle ferma son téléphone et le mit dans sa poche. « Je pense que certains de nos clients n'approuvaient pas sa présence ici », déplora Renata, en faisant basculer son poids d'une jambe sur l'autre et sans attendre que sa patronne prenne la parole. « Comme cette signora Callegaro. Avec son tailleur vert et la veste de son mari, qu'elle est trop pingre pour la faire nettoyer plus d'une fois par an. » Elle s'écarta du comptoir et se mit bien droite, pour donner son coup de griffe : « Ses affaires sont restées ici tout l'été et elle vient pile maintenant. Pour flairer. » Et elle ajouta, quasiment en crachant : « Pour espionner. »

Elle se tourna vers Brunetti : « Elle s'est plainte de lui, une fois. » Elle cessa de parler, mais d'un regard furtif, Brunetti put constater que sa patronne gardait un visage tout à fait calme.

« À quel propos, signora ?

– Elle est venue ici, ça doit faire deux ans, elle arrivait directement du marché et elle avait deux gros sacs avec elle. Elle était venue chercher ses vêtements, mais lorsque Maria Pia les a posés sur le comptoir et qu'elle a commencé à les envelopper, elle a dit que ça faisait trop de choses à porter et qu'elle repasserait.

– Qu'avez-vous fait ? » demanda Brunetti en dirigeant son regard face à lui, si bien que l'une comme l'autre pouvaient répondre.

Maria Pia se décida à prendre la parole pour expliquer ce qui s'était passé. « Je sais où elle habite ; près du ponte dei Pugni, alors je lui ai dit que Davide pouvait lui porter ses sacs et qu'elle pouvait prendre ainsi les vêtements.

– Et c'est de cela qu'elle s'est plainte ?

– Non, non, intervint Renata qui remonta un peu plus loin dans l'anecdote. Elle a dit qu'elle était d'accord, donc Maria Pia est allée chercher Davide à l'arrière de la boutique et lui a dit d'aller avec elle, et ils sont partis. » Même s'il était curieux de savoir comment il avait pu comprendre ce qu'elle lui avait dit, Brunetti se tut.

« Il est revenu, égal à lui-même, donc nous n'y avons plus pensé. Puis, la fois suivante, elle a dit qu'il lui avait fait peur.

– Comment cela ? »

Comme dans tout vieux couple, l'histoire passa de l'une à l'autre et c'était maintenant Maria Pia qui prenait le relais. « Elle m'a dit qu'il a porté ses sacs chez elle, jusqu'en haut des escaliers. Ils habitent au quatrième étage. Elle a ouvert la porte et montré le sol pour lui indiquer de les poser là, mais il l'a poussée, est entré dans la cuisine, et les a posés sur la table. Puis il a tout sorti des sacs et a tout aligné sur la table. Elle lui a dit qu'il pouvait partir, qu'elle le ferait elle-même mais elle a dit qu'il n'en a pas tenu compte. » Elle regarda Maria Pia, comme pour lui demander si un sourd pouvait faire autrement.

« Lorsqu'il a eu terminé, il a plié les sacs et les a mis sur le comptoir et quand elle a voulu lui donner de l'argent – c'est ce qu'elle a dit, même si je doute qu'elle donne quoi que ce soit à qui que ce soit : pas surprenant qu'ils se soient mariés ensemble, ces deux-là –, il l'a ignorée et s'en est allé. »

Lorsqu'il lui sembla qu'elle avait fini, Brunetti s'étonna : « Mais alors de quoi s'est-elle plainte ? »

Renata ronchonna : « Elle a dit qu'elle a pris peur quand il est entré dans la maison, parce qu'elle ne savait pas ce qu'il était capable de faire. Je suppose qu'elle voulait dire lui faire à elle. » Elle révulsa les yeux pour suggérer la folie autant de cette éventualité que de la crainte de cette femme.

Brunetti se contenta de secouer la tête en sage reconnaissance de la faiblesse humaine et, se tournant vers la propriétaire, il prit un ton plus intrigué que véritablement curieux : « Je ne suis pas sûr de comprendre, signora. S'il était sourd, comment avez-vous fait pour lui faire comprendre qu'il devait lui porter les sacs jusque chez elle ? »

Maria Pia haussa les épaules et expliqua : « J'ai pris les sacs et les lui ai tendus, puis je lui ai indiqué la femme et j'ai imité les mouvements des pas avec mes doigts. » Ce qu'elle reproduisit, en faisant avancer ses deux premiers doigts jusqu'au milieu du comptoir.

« Je l'avais déjà fait. Ou plutôt il l'avait déjà fait avec d'autres clients, donc il a compris. Il a pris les sacs et s'est mis dans l'embrasure de la porte, comme il le faisait toujours.

– Et puis ? l'encouragea Brunetti.

– Il est sorti avec elle et il est revenu, et je pensais que tout allait bien. J'aurais dû m'en douter. Avec elle. » Renata ronchonna de nouveau.

« Et qu'avez-vous fait, signora ? » Brunetti voulait savoir si les plaintes de signora Callegaro avaient suffi à lui faire peur.

« Qu'est-ce que je pouvais faire d'autre ? Je me suis excusée auprès d'elle et lui ai dit qu'il était parfaitement inoffensif. Elle l'avait vu ici pendant des années : elle aurait dû le savoir, maugréa-t-elle, de plus en plus fâchée.

– Est-ce que vous avez envisagé de lui dire de ne plus travailler ici ? » Brunetti se rendit compte alors combien ce mot « dire » était employé à toutes les sauces.

« Non, bien sûr que non, rétorqua-t-elle, en dirigeant maintenant sa colère contre lui. Il est resté longtemps ici et c'était un bon garçon. Il essayait d'aider ; il voulait aider. » Brunetti vit Renata faire un signe d'assentiment. « Je ne pouvais pas le mettre à la porte sous prétexte que quelqu'un n'aimait pas sa manière de se comporter. Elle n'avait qu'à la faire nettoyer ailleurs, la veste de son mari. »

Brunetti sourit. « Ce qui serait bien pour vous, signora », dit-il spontanément.

Elles lui sourirent en retour : le hochement de tête de Renata lui fit plaisir.

« Est-ce qu'elle est revenue, alors qu'il était encore ici ? » Il adressa de nouveau sa question aux deux femmes.

« Seulement une fois, précisa Maria Pia.

– Qu'est-ce qui s'est passé ? »

Renata lui coupa la parole : « Je l'ai vue entrer, je vois beaucoup de choses, d'ici », affirma-t-elle, en désignant le rideau d'un geste de la main. « Donc, quand elle est entrée, j'ai pris le bras de Davide et je lui ai dit d'aller se mettre derrière, hors de sa vue. » Elle leva les mains, les paumes vers l'intérieur, comme pour imiter le geste de chasser quelqu'un, geste qui exhorterait n'importe qui à s'éloigner d'elle.

« Est-ce qu'il a compris ?

– Bien sûr, répliqua-t-elle, surprise. Il comprenait beaucoup de choses. »

Et en matière de somnifères ? se demanda Brunetti.

Il décida de prendre le risque de poser une question à propos de la mère. « Cette femme, signora Callegaro, a dit quelque chose à propos de la mère de Davide. Elle donnait l'impression de la connaître. Et d'avoir une mauvaise opinion d'elle.

– Elle a une mauvaise opinion de tout le monde », assena Renata avec une pointe de colère dans la voix.

Brunetti se tourna vers Maria Pia, et ceci suffit à la faire parler : « La mère, Ana, n'a pas très bonne réputation. » Ni signora Callegaro, visiblement, mais Brunetti choisit de garder cette réflexion pour lui. Son silence la poussa à ajouter : « Nous la connaissons depuis longtemps, et quand vous savez deux ou trois choses sur elle… eh bien, elle ne vous est plus très sympathique.

– Pourquoi donc, signora ? » Brunetti fut incapable cette fois de dissimuler sa réelle curiosité.

Maria Pia regarda sa collaboratrice, comme pour lui demander comment elle avait déjà pu en dire autant. La porte s'ouvrit, ce qui vint tous les distraire. Ils tournèrent leur attention vers la nouvelle venue. C'était une jeune fille, qui n'avait pas plus de 13 ans et qui tenait un ticket rose à la main. « Ciao, Graziella », la salua Maria Pia, qui se dirigea vers la longue rangée de vêtements. Elle fut rapidement de retour avec deux robes en soie, faisant bien trop dame pour être à elle, et un pantalon en soie noir, qui n'était pas non plus à sa taille. La fille, debout, regarda tour à tour les trois adultes, en silence.

Lorsque le paquet fut enveloppé, elle tendit le ticket rose et un billet de 50 euros à Maria Pia, prit la monnaie, remercia d'un signe de tête, saisit le paquet et s'en alla.

« Que disiez-vous à propos de la mère, signora ? » reprit Brunetti.

À la manière dont elle le regarda, il comprit que le temps accordé touchait à sa fin, même si elle rectifia tout de même : « Ce sont juste des commérages, commissaire, et je ne pense pas que ce soit une bonne chose de les colporter. » Elle se tourna vers Renata et demanda : « Pas vrai ? »

Renata regarda sa patronne, puis Brunetti, et hocha la tête. « Oui. Les gens disent qu'il y a quelque chose qui l'a étouffé : c'est comme ça qu'il est mort. Donc je dirais qu'elle en a assez bavé.

– C'était son seul enfant ? » Brunetti parvint à injecter une note suffisamment pathétique dans sa question pour que Maria Pia réponde : « Oui », mais pas un mot de plus.

Brunetti se résigna à l'idée qu'il était inutile d'essayer d'apprendre autre chose de ces femmes : tout ce qu'il gagnerait, ce serait de les irriter. « Merci pour votre aide, mesdames », conclut-il, puis, d'un ton plus léger : « Comme je ne rentre pas à la maison, je demanderai à ma femme d'envoyer un des enfants.

– Bien, approuva Renata. Ça fait toujours plaisir de les voir. Est-ce que votre fils est toujours avec cette jolie fille ?

– Sara ?

– Oui.

– Cela fait des années maintenant, constata Renata. Une bonne famille. Une fille bien.

– Tout à fait d'accord avec vous », répliqua Brunetti, qui les remercia toutes deux et s'en alla.

9

Tout en se dirigeant vers l'arrêt de San Tomà, Brunetti réfléchissait à ce que les trois femmes avaient dit au sujet d'Ana Cavanella : signora Callegaro avait mis en doute son amour pour son fils ; Renata l'avait défendue et Maria Pia avait ajouté que toute personne connaissant son histoire éprouverait de la compassion pour elle. Mais quelle était donc cette histoire ?

Maria Pia lui avait également appris que les gens du quartier la connaissaient depuis longtemps. Obtenir des informations sur elle ne devrait donc pas être difficile : il avait juste à trouver quelqu'un qui pourrait poser des questions à sa place. Mais il fallait que ce soit la bonne personne et il fallait que ce soient les bonnes questions. Une femme qui parle vénitien, qui ne soit pas spécialement jeune, ni ne se fasse trop remarquer : une mère, qui ait l'allure et le langage d'une femme au foyer de la classe moyenne, le genre de femme restée à la maison pour élever les enfants pendant que son mari travaillait. Qui serait mieux placé pour s'intéresser sincèrement à cette femme et à son histoire ?

Il fit une halte à la salle des policiers ; il y trouva Vianello et lui demanda de monter dans son bureau un moment. Pucetti s'apprêta à se lever à la vue de son

95

supérieur, mais Brunetti agita sa main en l'air à plusieurs reprises, pour lui signaler qu'il lui parlerait plus tard.

Dans l'escalier, Brunetti demanda à Vianello : « Tu as lu le rapport sur l'homme qui a été trouvé hier à Santa Croce ?

— Celui qui s'est suicidé ?

— Il était sourd et muet. » Vianello s'arrêta en montant et trébucha sur le nez de la marche, ce qui lui fit perdre l'équilibre une seconde.

« Tu trouves ça bizarre, toi aussi ? » remarqua Brunetti.

Arrivé au palier, Vianello s'arrêta de nouveau. « Ce n'est pas que ce soit bizarre, c'est juste que je n'ai jamais entendu parler du suicide d'un sourd. » Et après un instant de réflexion, il ajouta : « C'est peut-être parce que ça arrive rarement. »

Ils entrèrent dans le bureau et, une fois assis, Brunetti lui demanda, comme s'il posait une question théorique : « Tu crois que Nadia serait d'accord pour rendre service ? »

Vianello répondit en souriant : « Tu es le roi des cachotteries, hein ? » Devant l'air interrogateur de Brunetti, Vianello précisa en riant : « On rend habituellement service à quelqu'un, non ? »

Brunetti, démasqué, ne put qu'opiner du chef.

« Qui est ce quelqu'un, plus précisément ?

— Moi, spécifia Brunetti, qui le changea en : Nous tous.

— La justice en personne, en quelque sorte ?

— Si tu veux, oui.

— Et de quel service s'agit-il ?

— J'ai parlé aux femmes du pressing près de chez moi. Ça fait des années que je les connais, c'est là-bas que je voyais l'homme qui est mort. Elles le laissaient les aider au magasin.

– Et alors ?

– Sa mère a refusé de me parler. Les femmes m'ont dit qu'elle a longtemps vécu dans ce quartier. Et il paraît que sa réputation n'est pas des meilleures.

– Chez une femme, ça veut toujours dire une seule et même chose, souligna Vianello.

– C'est assez vrai, approuva Brunetti. J'ai dû pousser le bouchon trop loin avec elles, parce qu'à un moment donné, elles ont arrêté toutes les deux de parler et je sentais que je ne pourrais rien leur soutirer de plus.

– Ce qui veut dire ? demanda Vianello du même ton neutre.

– Que nous avons besoin de quelqu'un pour leur poser les questions, quelqu'un de moins menaçant.

– Qu'est-ce qui te fait croire qu'elles parleraient à Nadia ? s'enquit Vianello, sans demander confirmation que c'était bien le service auquel songeait Brunetti. Elle n'est pas du quartier.

– Je sais. Mais elle est vénitienne, il suffit de l'entendre pour s'en apercevoir. » Comme Vianello lui lança un regard dubitatif, Brunetti enchaîna : « Et elle est sympathique. Les gens lui font confiance spontanément, j'ai déjà eu l'occasion de m'en rendre compte. » Avant même que Vianello pût faire la moindre objection, il poursuivit sur sa lancée : « Et aucune de nos collègues n'est assez âgée pour inspirer confiance aux gens. »

Vianello détourna les yeux. Brunetti observait l'inspecteur en train de soupeser le pour et le contre. Quand bien même Nadia travaillerait alors, en un certain sens, pour l'État, Vianello ne pouvait s'empêcher de se méfier, instinctivement, de son propre employeur. Brunetti regardait son ami envisager les différentes manières dont son épouse pourrait se retrouver mêlée à cette affaire et la façon dont ce qu'elle entendrait et rapporterait pourrait être utilisé contre elle et, finalement, contre lui.

Brunetti crut percevoir, sur le visage de Vianello, le moment où il en viendrait à songer au lieutenant Scarpa et aux conséquences s'il venait à apprendre le rôle – et un rôle non autorisé – de son épouse au sein d'une enquête policière. Immédiatement après – même pas le temps d'un battement de cils –, Vianello déclara : « Je préférerais suggérer une autre candidate. »

Brunetti reparcourut la liste des alternatives, envisageant même, cette fois, sa collègue, Claudia Griffoni, mais il dut l'exclure aussitôt parce qu'elle était napolitaine.

« Qui ? finit-il par demander.

– Comme tu l'as dit, une femme vénitienne et sympathique. » Avec un sourire, Vianello ajouta : « Et celle-ci vit dans le quartier. »

Perplexe, Brunetti se demanda si Vianello pensait à une autre branche du service. Y avait-il une femme *carabiniere* qu'ils pourraient recruter pour les aider ? Il secoua la tête en signe de confusion et donna sa langue au chat : « Je t'écoute.

– Paola », et comme l'expression de Brunetti lui laissait entendre qu'il ne comprenait toujours pas, l'inspecteur précisa : « Ta femme. »

Le mot « mais » surgit aussitôt dans l'esprit de Brunetti. Heureusement, il ne le prononça pas, car il réalisa que le faire revenait à dire qu'il ne pouvait pas demander à *sa* femme de faire une chose pareille. Ou qu'il ne le ferait pas. Il détourna son regard, puis le reporta sur son ami. « Je vois », dit-il, en se rendant à l'évidence.

Brunetti gardait le silence, comme pour laisser le temps à un son, ou à une odeur, de se dissiper, puis affirma : « La naissance de Davide Cavanella n'est mentionnée dans aucun registre.

– S'il est vénitien, c'est difficile à croire.

– Il est possible qu'il soit né ailleurs, répliqua Brunetti. Sa mère est du quartier et elle parle vénitien, mais cela ne signifie pas qu'il soit né ici.

– Combien de temps tu l'as vu dans les parages ?

– Dix, quinze ans. »

Vianello regarda ailleurs et une fois cette information intégrée : « Est-ce qu'elle a commencé à chercher à d'autres endroits ? » s'enquit-il, sans prendre la peine de nommer signorina Elettra, ni de suggérer ce que pouvaient être ces autres endroits.

« Pucetti est en train d'y travailler. » Vianello n'avait pu exprimer sa surprise, que Brunetti énumérait déjà : « Son certificat de baptême, sa carte d'assuré social, ses bulletins scolaires, sa pension à lui ou à sa mère, ses dossiers médicaux », puis synthétisa : « Des choses simples », reconnaissant ainsi qu'il s'était déchargé sur signorina Elettra des explorations illicites.

« On ne peut plus leur échapper, hein ? » constata Vianello, d'un ton ralenti par une profonde réflexion. Avant que Brunetti ne pose une question, l'inspecteur continua : « Ils peuvent avoir accès à mon compte en banque maintenant et voir où je dépense mon argent, et à quoi. Ou ils peuvent vérifier ma carte de crédit et découvrir ce que j'ai acheté. »

Brunetti s'apprêta à parler, mais Vianello leva la main pour l'arrêter. « Je sais ce que tu vas dire, que nous obtenons et nous utilisons ces mêmes informations. » Il sourit à Brunetti, se pencha pour lui donner une tape sur le bras, comme pour persuader son ami qu'il n'était pas en train de délirer.

« Pense aux puces de nos portables, continua Vianello. Elles laissent des traces des endroits où on va. Ou mieux, où ils vont. » Il leva de nouveau la main. « Je sais. On est les premiers à se servir de ces infos. Mais qui se déleste de son portable ? Même ce crétin qui a tué sa femme l'a gardé dans sa poche quand il s'est débarrassé d'elle dans les bois », rappela-t-il, en faisant allusion à un cas récent qui avait été résolu en un clin d'œil grâce à cette erreur commise par l'assassin.

« Où veux-tu en venir ? demanda Brunetti.

– Au fait que la manière dont on réfléchit à ces choses a changé et qu'on ne le met pas en discussion. On en est arrivés à penser que c'est normal que des gens sachent ce qu'on achète ou ce qu'on lit, ou bien où on est allés. » Vianello marqua une pause, donnant l'occasion à Brunetti de faire une objection.

Il ne la saisit pas, donc l'inspecteur renchérit : « Et Internet ? Chaque fois qu'on l'ouvre, on laisse une trace indélébile : qu'on lise ou qu'on regarde quelque chose, qu'on achète ou juste qu'on essaye d'acheter quelque chose, ou même, tout simplement, si on regarde les horaires pour aller quelque part. »

Brunetti avait l'étrange sensation de regarder quelqu'un d'autre, mais c'était la personne qu'il voyait chaque matin dans le miroir, et la voix qu'il entendait était bien la sienne. À sa connaissance, il n'avait jamais laissé de traces derrière lui lorsqu'il avait enfreint la loi. Cependant, il était de plus en plus inquiet à l'idée de celles que signorina Elettra pouvait avoir semées, rouges et éclatantes, à chacun de ses passages. Il n'était pas nécessaire que ce soit le lieutenant Scarpa qui s'en aperçoive, pour qu'il en soit – comme toutes les personnes impliquées dans ses opérations – fini pour elle : un journaliste bien intentionné pouvait tous les traîner en justice, les faire tomber en disgrâce et les mettre au chômage, en leur brisant tout avenir.

Il chassa cette idée, comme il l'avait fait si souvent au fil des ans. « Cela ne nous mènera nulle part », assena-t-il.

Comme dans un vieux mariage, où chacun connaît dorénavant tous les schémas par cœur, Vianello pinça les lèvres et pencha légèrement sa tête : « Allez, on appelle Pucetti pour voir ce qu'il a déniché. »

Il se trouva que l'officier n'avait rien déniché du tout. Tout comme le dottor Rizzardi, Pucetti n'était nullement parvenu à prouver l'existence de Davide Cavanella : on aurait dit qu'il n'avait surgi dans la vie, au plan bureaucratique, qu'au moment où il l'avait quittée. Avant que son nom ne soit inscrit sur le formulaire qui accompagnait son corps à la morgue de l'hôpital civil, il n'avait été inscrit dans aucun registre conservé par la ville de Venise. Il n'y avait aucun acte de naissance ; les archives de l'église ne comptaient aucun certificat de baptême ou de communion. Il n'était allé à aucune école de la ville : ni à l'école primaire publique, ni à l'institut spécialisé de Santa Croce pour les enfants sourds. On ne lui avait jamais délivré de carte d'identité ; il n'avait jamais été enregistré au service de santé, ni n'était jamais allé à l'hôpital. Il n'avait jamais fait de demande de permis de conduire ou de chasse, ni de demande de passeport ou d'autorisation de port d'arme. Comme il ne savait pas grand-chose sur le mort, Pucetti avait aussi cherché des documents attestant son mariage ou la naissance de ses enfants et s'était heurté au même néant.

Lorsque Pucetti, assis près de Vianello, face au bureau de Brunetti, eut terminé sa liste de non-informations, les trois hommes gardèrent un silence empreint d'un profond étonnement, jusqu'à ce que Brunetti le rompe, en s'adressant à l'inspecteur : « Comme quoi il y a des gens qui arrivent à passer à travers les mailles du filet.

– Mais c'est impossible, répliqua Vianello estomaqué. Il doit bien figurer quelque part. »

Brunetti refréna son envie de faire un commentaire, et c'est Pucetti qui prit la parole. « J'ai regardé partout, commissaire, même dans nos dossiers d'arrestation, mais il n'y est pas. Rien. Je suis même descendu aux archives, mais il n'y a aucun document sur lui. » Puis, d'un ton hésitant, comme s'il avait peur d'être allé trop loin, Pucetti confessa : « Mais j'y ai trouvé un Cavanella, monsieur. »

Vianello tourna son visage vers le jeune officier et Brunetti déclara : « Bien. Tu l'as apporté ?

– Oui, monsieur », et il sortit d'une grande chemise qu'il avait posée sur les genoux une enveloppe en papier kraft usée par le temps et il les tendit toutes deux à Brunetti. Sur le dossier se trouvait le nom de « Cavanella, Ana », écrit à la main, comme Brunetti le remarqua à son grand étonnement. La couverture, autrefois bleu clair, avait pris avec les années, l'exposition à la lumière et l'humidité pénétrante des archives aidant, une couleur gris pâle et était devenue désagréable au toucher.

« Tu as jeté un coup d'œil à l'intérieur ? s'enquit Brunetti.

– Non, monsieur, puis, osant un petit sourire, Pucetti avoua : Mais j'aurais bien aimé.

– Bon, allons-y », et Brunetti l'ouvrit. Il découvrit un vieux formulaire avec le sceau alambiqué du ministère de l'Intérieur imprimé en haut et prenant presque un quart de la page, avec en dessous, deux paragraphes écrits à la machine. « C'est admirable, s'exclama Brunetti en levant la page pour la leur montrer.

– Wow ! fit Pucetti dans cet anglais devenu désormais international.

– Tu n'avais encore jamais rien vu d'écrit à la machine ? demanda Vianello en souriant, mais sans plaisanter.

– Bien sûr que si », affirma Pucetti, gêné.

Brunetti, plongé dans la lecture du rapport, les entendait à peine. « 6/9/68 », lit-il à haute voix. « Personne suspecte arrêtée à la Standa, avec dans son sac quatre paquets non ouverts de bas de femme, deux rouges à lèvres non utilisés et un soutien-gorge (de taille 3) avec l'étiquette du prix encore accrochée. À la station de police de San Marcuola, elle a présenté sa carte d'identité attestant qu'elle était née en 1952. Son employeur, avec qui elle vit, a envoyé sa secrétaire. Cette femme l'a identifiée en tant que Ana Cavanella, a montré un exemplaire du contrat de travail signé par la mère de la jeune fille et a ramené la jeune fille à la maison. Du fait de son âge, il n'a été porté aucune accusation contre elle, mais un rapport de cet incident a été envoyé aux services sociaux. »

Il regarda les autres, qui l'écoutaient sans mot dire.

« Très fin, le coup du soutien-gorge, plaisanta Vianello.

– 1968, reprit Pucetti, comme s'il s'agissait d'années-lumière, ce qui était le cas, tout au moins pour lui.

– Et Davide portait son nom à elle, pas celui de son père », nota Brunetti, en remettant le papier dans le dossier qu'il parcourut pour trouver le nom de la femme qui l'avait emmenée au poste, mais il n'y était pas. Toutefois, on signalait une adresse à Dorsoduro.

Il fit glisser le papier en travers de la table jusqu'à Pucetti : « C'est là qu'elles étaient domiciliées. Jette un coup d'œil aux dossiers de l'état civil et regarde qui habitait là.

– Vous pensez qu'ils ont mis des choses en ligne ? Parce que ça remonte à loin, je trouve », objecta Pucetti.

Même si à l'époque Brunetti était seulement un enfant, ce n'était pas si vieux à ses yeux, mais il passa outre : « Je ne sais pas. Si tu les appelles, ils sauront te le dire. Sinon, vérifie et vois s'ils ont encore des dossiers version papier. »

Vianello prit la liberté de lui demander : « Pourquoi est-ce que tu veux savoir ça ? »

Brunetti réfléchit à sa très brève rencontre avec la femme. Il savait par expérience que la raison qui poussait souvent les gens à prendre leurs distances par rapport à l'horreur ou à la tragédie, c'était la culpabilité. Est-ce que c'étaient ses somnifères à elles, les somnifères que Davide avait avalés ? Elle, elle lui avait préparé un chocolat chaud et donné des biscuits, mais peut-être que lui, l'estomac plein et avec encore des moustaches en chocolat autour de la bouche, avait trouvé ses médicaments et les avait ingurgités, comme il l'avait sans doute vue faire avant d'aller au lit, pensant qu'il devait en faire autant ?

L'idée de la culpabilité prenait ici tout son sens ; elle confortait ce qu'il avait décelé dans son comportement. Elle ne pouvait mieux tenir ce sentiment en échec qu'en refusant de discuter, voire d'assumer ce qui s'était passé.

« Eh bien ? » demanda Vianello. Pucetti observait ses deux supérieurs, sans souffler mot.

« On va aller lui parler », décréta Brunetti en se levant.

10

Brunetti se dit que ce serait mieux qu'ils s'y rendent tous les trois ensemble. Vianello et lui incarnaient, pensait-il, l'image sérieuse de la loi : c'étaient des hommes d'un certain âge, et d'une sobre allure. Pucetti, qui avait plus le style d'un étudiant et la fraîche ardeur d'un jeune homme tout juste arrivé de sa campagne, pourrait envelopper la loi d'atours plus avenants. Il avait – chose rare chez quelqu'un d'aussi jeune – une étonnante habilité à susciter les confidences. Il ne l'avait ni appris, ni étudié, pas plus que les chats n'apprennent comment faire pour inviter les gens à leur gratter le cou. Il souriait, regardait ses interlocuteurs dans les yeux, curieux de mieux les connaître, et eux se mettaient à parler.

Foa, qui se prélassait sur la vedette de la police, les emmena à San Polo, en faisant des commentaires sur le vent frais tandis qu'ils remontaient le Grand Canal, convaincu que c'était un signe de pluie, et pas des moindres. Brunetti était ravi de l'entendre : l'été avait été particulièrement sec, un fait que Chiara n'avait cessé de leur marteler ; l'arrivée de la pluie, surtout d'une forte pluie, mettrait un terme aux sermons de sa fille sur l'Armageddon, au moins pour un temps.

Brunetti ordonna à Foa de s'arrêter et de les laisser descendre deux ponts avant l'habitation des Cavanella.

L'arrivée de trois hommes, dont un policier en uniforme, perturberait trop la signora : pas besoin d'en rajouter encore en descendant d'une vedette de la police et d'attirer l'attention de tout le quartier. Voyant qu'il était presque 6 heures, il renvoya Foa à la questure. Tous trois pouvaient très bien rentrer chez eux aussitôt après la visite.

Il sonna et une bonne minute s'écoula avant d'entendre la fenêtre s'ouvrir au-dessus de lui. Ana Cavanella s'y pencha. « Encore vous ? maugréa-t-elle. Qu'est-ce que vous voulez, cette fois ?

– Je voudrais vous dire certaines choses, signora. Au sujet de votre fils. Et nous avons besoin d'obtenir certaines informations. Pour nos dossiers. » C'était la vérité. Il entendit derrière lui le bruit d'une fenêtre qui s'ouvrait, mais lorsqu'il tourna les yeux vers la maison d'en face, il ne vit personne, ni aucun signe de mouvement aux fenêtres.

Il redirigea son regard vers signora Cavanella, qui avait porté son attention vers la maison de devant et les fenêtres de l'étage au-dessus du sien. Elle articula quelque chose, mais Brunetti entendit seulement le dernier mot « … vache ». Puis, en baissant son regard vers eux, elle annonça : « J'arrive, et précisa, après coup : Mais je ne laisserai entrer qu'un seul d'entre vous. »

Les hommes s'approchèrent de la porte. Brunetti dit à Pucetti de se positionner de façon à être la première personne qu'elle voie en ouvrant. Sans la moindre concertation, Vianello se plaça derrière eux, de manière à ce que le corps de Brunetti cache une bonne partie de sa corpulence.

La porte s'ouvrit. Dès son apparition, Pucetti leva la main pour enlever son képi en un geste de grande déférence. Il ne pencha pas la tête, mais baissa les yeux face à son regard. Chiara lui avait montré un jour un livre sur le comportement des chiens et ce qu'il sentit dans celui de Pucetti lui donnait envie de crier : « Chien bêta, chien bêta[1]. »

Restant prudemment à distance de la porte, Pucetti dit : « Excusez-moi, signora », avec une nervosité perceptible dans la voix et manifeste dans la façon dont il tournait et retournait son képi dans les mains. Son regard flottait et il détourna les yeux dès qu'ils croisèrent ceux de la femme. Puis, comme s'il était incapable de réprimer son désir de parler : « Est-ce que votre fils jouait au football à San Polo ? » commença-t-il.

Le regard d'Ana Cavanella se fit plus perçant. « Quoi ?

– Est-ce qu'il jouait au football, à San Polo ?

– Comment savez-vous cela ? » demanda-t-elle d'un ton insistant, comme s'il avait révélé en public un honteux secret de famille.

Il expliqua, les yeux rivés sur son képi : « Mes amis et moi nous y jouons l'après-midi, signora. Quand nous sommes libres. Et je crois me souvenir que votre fils a joué avec nous quelquefois. » Il serra son couvre-chef encore plus nerveusement, en déchira soudain le tissu et en plia le bord rigide jusqu'à ce qu'il craque, bruit que tout le monde put entendre. Puis, il déclara, vainement : « Je suis désolé.

– Vous jouez là-bas ? s'enquit-elle avec le même accent d'insistance.

– Quand je peux, signora », répéta Pucetti, sans la regarder.

Lorsque Brunetti l'observa de nouveau, il vit que son visage s'était adouci, ce qui tenait véritablement

1. Le second chien dans la hiérarchie de la meute.

du miracle. Sa bouche s'était détendue et ses lèvres s'étaient agrandies et assouplies. Des doigts de fée avaient atténué les rides de chaque côté de ses yeux, qu'elle tourna vers Pucetti. Voyant son visage apaisé pour la première fois, Brunetti put imaginer comme elle avait dû être attirante autrefois.

« Oui. Il adorait ça », apprit-elle au jeune homme.

Brunetti était aussi immobile qu'un serpent sur une pierre, laissant toute initiative à la femme. Elle recula et, en parlant au pluriel, les invita à entrer. Brunetti fit un pas à l'intérieur et s'arrêta, en se tournant vers les deux autres hommes ; il s'aperçut ainsi que Vianello s'était évaporé et eut juste le temps de le réaliser avant que Pucetti ne marmonne un « Pardon », en entrant à côté de lui.

Signora Cavanella se dirigea vers une volée de marches d'escalier mal éclairée. Ils la suivirent, en évitant rigoureusement de communiquer par des mots ou des regards, et Pucetti restait prudemment deux pas derrière Brunetti.

Au sommet des marches, elle prit sa clef pour ouvrir la porte de son appartement, mais même cette étrange précaution ne donna lieu à aucun échange de regards entre le commissaire et son subordonné. À l'intérieur, elle longea un très étroit couloir qui menait vers l'arrière du bâtiment. Contre un mur aveugle prenait appui un meuble bas à tiroirs et à la façade en verre, semblable à celui que la grand-mère de Brunetti avait chez elle. Il pouvait voir de petites boîtes en carton empilées à l'intérieur, ou plutôt entassées pêle-mêle, car aucune des piles n'était droite, ni ne tenait compte de leur taille. Le haut était couvert de poupées, ce genre de souvenirs à trois sous qu'on trouve dans les kiosques de toutes les villes de la planète : un danseur de flamenco, un

Esquimau, une Nubienne portant un panier, un homme avec un grand chapeau, qui pouvait aussi bien être un pèlerin américain qu'un paysan hollandais. Elles étaient debout ou couchées sur un chemin de table en dentelle usée, qui avait perdu de sa blancheur et de sa souplesse.

Elle les conduisit dans un petit salon et Brunetti eut de nouveau la sensation qu'une machine à remonter le temps l'avait fait revenir chez sa grand-mère. Il y avait le même canapé rembourré, couvert du même velours côtelé de couleur verte, avec sur le haut trois coussins de dossier protégés par des têtières grisonnantes. Bien qu'aucune des lampes ne fût allumée, Brunetti remarqua qu'elles avaient des abat-jour d'un beige défraîchi, et ornés de glands tressés. Une petite télévision aux bords arrondis avait été placée directement en face d'un fauteuil capitonné. Sur le bras pendait une couverture vert foncé, dans une matière qui tentait vainement de ressembler à de la laine. Entre le coussin et le côté de la chaise se trouvaient quelques dizaines de chapelets, alors que le crucifix avait été caché.

Brunetti regarda par la seule fenêtre le mur de la maison située de l'autre côté de la *calle*, à deux mètres à peine de distance.

La signora saisit le fauteuil par ses deux bras et le tourna en face du canapé qu'elle leur indiqua, puis s'assit. Brunetti s'était placé au bout à droite, Pucetti à gauche, comme s'il voulait matérialiser le gouffre sentimental qui s'était creusé entre eux.

Brunetti déboutonna sa veste ; Pucetti se tenait bien droit, son képi posé sur les cuisses, les mains soigneusement jointes sur lui. Brunetti prit la parole : « Merci de nous avoir laissés entrer, signora. J'essaierai d'être le plus bref possible. » Il ne gaspilla pas le moindre sourire, arborant sur son visage de l'intérêt et de l'affabilité, mais rien de plus : c'était à Pucetti de faire du charme.

« Je voudrais vous poser des questions au sujet de votre fils. » Il marqua une pause, mais elle ne pipa mot. « Je dois hélas vous dire que la loi exige que quelqu'un l'identifie. C'est généralement un membre de la famille, mais ça ne doit pas l'être nécessairement. Son médecin, ou quelqu'un qui le connaissait bien, peut le faire aussi.

– C'est moi qui le ferai, dit-elle d'une voix neutre.

– Il est à l'hôpital civil. Vous pouvez y aller à n'importe quel moment, de 8 heures à 17 heures : le docteur Rizzardi et son assistant seront là. Vous pourrez compter sur son assistant pour vous aider dans les formalités, j'en suis sûr.

– Quelles formalités ? » La douceur avait disparu de son visage et elle reprit les traits que Brunetti lui avait vus lors de leur première conversation.

« Ils ont besoin de signaler au bureau de l'état civil tout décès advenu dans la ville. Habituellement, ce sont les papiers de la personne en question qui donnent ces informations. De cette manière, ils pourront supprimer la carte de santé de votre fils et son nom sera rayé des différents registres municipaux. » Brunetti décida de ne pas mentionner sa pension, qui prenait fin avec sa mort, tout comme celle qu'elle touchait du fait qu'elle s'occupait d'une personne handicapée.

Il leva les mains dans un geste qu'il espérait apaisant. « C'est plus ou moins la routine, signora. Tout ce dont ils ont besoin, c'est de quelques informations et de votre signature, et ils pourront ainsi traiter avec les différents bureaux. » Ceci était un mensonge, il le savait. Le suivi bureaucratique, après la mort d'un membre de la famille, peut être parfois aussi ardu que le long chemin jusqu'à la mort elle-même. La mort livre la famille au chagrin, puis à la valse apparemment sans fin d'un bureau à l'autre. Prendre les dispositions pour la messe et l'enterrement, obtenir la concession funéraire au cimetière, clôturer les comptes en banque, bloquer le paiement des pensions, annuler la redevance de la télévision, couper la ligne téléphonique, fermer les compteurs d'eau et de gaz, prévenir le facteur. Chacune de ces opérations nécessite au moins une visite au bureau concerné : beaucoup se trouvent à la mairie, mais d'autres à Piazzale Roma ou dans d'autres bastions de l'administration municipale, perdus au diable vauvert. Les employés diffusent parfois de mauvaises informations avec un mépris cavalier pour le temps que cela coûte aux gens venus se renseigner, qui se rendent compte alors qu'ils se sont trompés de bureau et n'ont pas demandé le bon certificat, ou le bon formulaire. Il arrive que des adresses erronées soient distribuées comme des carrés de chocolat à des enfants gourmands.

Elle apprendrait tout cela, si la mort d'un parent ne le lui avait pas encore appris. Combien de millions d'heures étaient sacrifiées chaque jour aux dieux de la paresse et de l'incompétence ? Combien de sacrifices faisait-on chaque jour ouvrable sur l'autel d'Éris, la déesse du chaos ? Il songeait aux Indiens dont la bureaucratie, avait-il entendu dire, faisait de Naples l'Helsinki d'Italie, où Kali était chargée de faire tourner la machine.

La voix de Pucetti l'avait fait revenir à la réalité. Le jeune officier continuait à raconter : « ... des équipes de seulement quatre ou cinq joueurs, signora, donc nous étions tous très contents de l'avoir.

– Il connaissait les règles du jeu ?

– Oh oui. » Pucetti baissa la tête, comme s'il se préparait à un aveu. « Aucun d'entre nous n'aimait trop être gardien de but, pour être honnête. Mais Davide était très fort pour bloquer le ballon et nous le relancer. » Il sourit à ces mots et leva les mains, comme s'il imitait son fils en train de saisir le ballon. Puis, reprenant son sérieux : « Je suis vraiment désolé, signora. Nous tous l'aimions bien. Et il va nous manquer. »

Ces compliments opérèrent la même transformation et estompèrent certaines traces de son âge. Les lèvres de signora Cavanella frémirent et Brunetti était curieux de voir comment un sourire la métamorphoserait, mais elle ne sourit pas, elle se contenta de parler. « Je viendrai demain matin.

– Merci, signora. Et cela éviterait beaucoup de problèmes à tout le monde si vous pouviez apporter ses papiers, insista Brunetti.

– Je ne peux pas, assena-t-elle soudain, comme si elle venait juste de réaliser cette impossibilité.

– Pourquoi, signora ?

– On me les a volés, tous.

– Je vous demande pardon ? fut la seule chose que Brunetti songea à répliquer.

– J'ai été cambriolée il y a quelques mois et on me les a pris. »

Brunetti sortit son carnet de la poche de sa veste, l'ouvrit et se saisit de son stylo.

« Cela ne servira à rien, dit-elle brusquement.

– Pardon ?

– D'écrire la date. Cela ne servira à rien. Je ne l'ai pas dit à la police. »

Brunetti laissa tomber ses mains sur ses genoux et demanda : « Pour quelle raison, signora ?

– Personne ne leur fait confiance », lâcha-t-elle, inconsciente, ou indifférente au fait qu'il fût de la police.

C'était probablement la vérité, Brunetti était prêt à l'admettre, mais il ne voulait pas l'admettre chez cette femme. Il prit son bloc-notes : « Qu'est-ce qu'on vous a pris ?

– Tout.

– Je vois. » Et au lieu d'exiger une liste, il énuméra : « La carte d'identité ?

– Oui.

– L'acte de naissance et le certificat de baptême ? »

Elle s'enfonça dans son fauteuil et croisa les jambes. Elle portait une robe foncée et son mouvement la fit remonter à mi-mollet. Brunetti ne put s'empêcher de remarquer qu'elle avait les jambes longues et bien galbées. « Oh, ceux-ci, je les ai perdus il y a longtemps. Quand nous avons déménagé. » En réponse à son regard, elle se justifia : « Vous savez comment c'est. »

Brunetti, qui ne savait pas comment c'était, affirma : « Bien sûr », et en prit note.

« Où est né votre fils, demanda-t-il avec douceur. Et quand ? »

Même s'il était évident que les questions du commissaire ne pouvaient mener fatalement qu'à cette dernière interrogation, elle sembla surprise : « En France, je travaillais là-bas. Nous étions là-bas, mon mari et moi.

– Je vois. Et comment s'appelle la ville ?

– Je ne sais pas. » Sa voix restait calme, même face au regard fixe et à l'air interrogateur de Brunetti.

« Comment est-ce possible, signora ? » Il baissa son carnet : c'était la meilleure façon de recueillir sa réponse.

« Nous travaillions dans un petit village près de Poitiers, le docteur nous a dit qu'il y avait des complications avec ma grossesse et que je devais essayer d'avoir mon enfant là-bas, à l'hôpital. Parce qu'il était beaucoup mieux équipé. Donc, quand les contractions ont commencé, mon mari et moi nous y sommes allés.

En voiture. Un ami nous avait prêté sa voiture. Mais mon mari ne connaissait pas le chemin et nous avons atterri dans une petite ville où le mieux qu'il ait pu faire, c'était de trouver le cabinet d'un médecin, et c'est là que j'ai eu mon enfant.

– Le nom de l'endroit devait figurer sur l'acte de naissance, non ? » demanda Brunetti avec un sourire avenant.

Elle hocha la tête. « Oui, mais les choses ne se sont pas bien passées, j'ai été très malade et je suis restée un mois à l'hôpital de Poitiers, et lorsqu'ils m'ont laissée sortir, nous nous sommes dit que nous en avions assez de la France, donc nous avons pris Davide et nous sommes revenus en Italie. Et c'est là que nous avons perdu les papiers.

– Êtes-vous venus vous installer à Venise ? »

Elle hésita un long moment avant de répondre : « Non, nous sommes allés habiter dans sa famille. »

Brunetti reprit son carnet de notes : « Et où était-ce, signora ?

– Pourquoi voulez-vous savoir tout cela ? s'obstina-t-elle à demander.

– Parce qu'ils en ont besoin, signora. Ce n'est pas que ça m'intéresse particulièrement, précisa-t-il avec une certaine désinvolture, et d'une manière laissant entendre qu'il le pensait réellement, mais les gens à l'hôpital vont en avoir besoin, sinon le système se bloque. » Il sourit et secoua la tête, comme pour suggérer qu'il trouvait cela aussi absurde qu'elle.

« Alors je le leur dirai », rétorqua-t-elle avec la même note d'agressivité qu'il lui avait entendue la première fois qu'elle lui avait parlé.

Comme s'il ne pouvait le garder pour lui, Pucetti spécifia : « Je pense que si la signora leur donne ces informations cela suffira, monsieur. » Le ton était celui de la douceur même, cependant on sentait la résolution d'acier qui l'animait : laisser cette pauvre créature toute seule avec son chagrin. Il n'y avait pas un iota d'insubordination dans ses propos, mais la manière de les proférer démontrait clairement qu'il s'était érigé en paladin de cette mère éprouvée par la douleur de cette perte et qu'il ferait de son mieux pour la protéger de la froide insensibilité de son supérieur.

« Fort bien. » Brunetti remit son carnet dans la poche et se leva. « Nous allons laisser la signora tranquille », conclut-il, en parvenant à suggérer à son subordonné que l'affaire ne s'arrêterait pas là. Il fit un signe d'assentiment en direction de signora Cavanella et jeta un dur regard à Pucetti, où se lisaient réprimandes et avertissements.

À la porte, il se tourna vers le jeune homme, qu'il n'épargna point de ses sarcasmes : « Si tu veux t'assurer que la signora ne soit pas persécutée aussi par le personnel de l'hôpital, tu devrais peut-être y aller et garder un œil sur elle. »

Pucetti ouvrit la bouche pour se défendre, mais regarda signora Cavanella, comme pour lui demander ce qu'elle voulait. Puis il baissa la tête et attendit que ce moment finisse par passer.

« Ce serait très aimable à lui de m'accompagner », affirma signora Cavanella. Brunetti ne chercha pas à masquer la colère noire qui lui sillonnait le visage. Mais il était pris au piège et son expression montra qu'il en avait conscience. « Eh bien d'accord. Si c'est ce que vous voulez. » Il se dirigea vers la sortie, en déclarant : « À vous de choisir quand cela vous arrange », et il quitta l'appartement, en claquant la porte.

11

Brunetti prit la première *calle* à droite. Il était contrarié parce que la situation lui avait échappé et il n'avait pas pensé à interroger signora Cavanella sur les somnifères qui avaient tué son fils. En arrivant au bar au coin de la rue, il vit la silhouette de Vianello se dessiner dans l'embrasure de la porte. « Tu veux boire quelque chose ? » lui demanda-t-il.

Brunetti s'approcha de lui, en déclarant : « Pucetti a eu franchement tort d'entrer dans la police : il était fait pour la scène. »

Vianello retourna au bar et regagna sa table près de la fenêtre, qui avait une belle vue sur la rue, d'où sa soudaine apparition à la porte. Il y avait un verre de vin blanc à gauche du *Gazzettino* du jour ; Brunetti fit un signe de la main en direction du serveur et lui indiqua le verre.

Tandis que Brunetti tirait une chaise, Vianello ferma le journal et le posa sur le côté. « Je t'écoute, lui dit-il.

– Alors qu'on était encore sur le palier, commença Brunetti, et que tu avais déjà concocté ta disparition, Pucetti – de but en blanc – lui a demandé si son fils jouait au football sur le campo San Polo. » À ces mots, Vianello fit la grimace et leva son verre.

Le serveur arriva et posa un deuxième verre de vin devant Brunetti, qui le prit et en but une gorgée. « Il lui a raconté que lui et ses amis y jouaient au foot et que son fils y était de temps en temps gardien de but. » Avant même que Vianello pût faire le moindre commentaire, Brunetti enchaîna : « Je sais, il vit au fin fond de Castello, alors pourquoi est-ce qu'il devait aller jouer au football à San Polo, ça me dépasse.

– En plus, il déteste le sport », renchérit Vianello. En réponse à la surprise de Brunetti, il lui expliqua : « Un jour où j'étais en train de lire *La Gazzetta dello Sport* dans la salle des policiers et qu'il l'a vue, il a dit qu'il détestait le foot, qu'il en avait marre de lire des choses là-dessus et d'entendre les gens en parler. » Il finit son vin et reposa le verre sur la table. « Laisse tomber ; il n'a jamais joué à quoi que ce soit – et surtout pas au football – sur le campo San Polo. »

Brunetti fit tourner son vin un moment et déclara : « Alors il est encore plus intelligent que je ne le pensais.

– Et la femme ?

– C'est une menteuse. Elle est allée inventer un cambriolage pour justifier l'absence de papiers, apparemment, elle n'a rien, ou il n'a rien. Et l'acte de naissance et le certificat de baptême ont été perdus quand elle est rentrée de France où il serait né. » Il termina son vin et posa son verre à côté de celui de Vianello.

« Pourquoi est-ce qu'elle mentirait sur ce point ? » demanda Vianello. Non pas qu'il soupçonnât Brunetti de faire de mauvaises conjectures, mais c'était une invitation à réfléchir ensemble sur la question.

« Peut-être qu'elle l'a volé dans un supermarché parce qu'elle voulait un enfant, suggéra Brunetti.

– Ou qu'elle a élevé l'enfant d'un parent, rétorqua Vianello, qui précisa : On ne prête plus trop attention si une femme qui a des enfants est mariée ou non.

– Maintenant, d'accord. Mais son fils est né il y a quarante ans. Les choses étaient différentes à l'époque. Souviens-toi quand on était petits, ce que nos parents disaient des femmes non mariées qui avaient des enfants. »

Vianello y songea un instant, puis dit : « Mais le fait qu'ils en parlaient signifie qu'il y avait bien des femmes qui vivaient comme ça et qu'il y en avait suffisamment pour donner matière à discussion. Devant les enfants, je veux dire. »

Brunetti fouilla dans ses souvenirs et fut forcé de reconnaître que Vianello avait raison. Il réentendit ses parents – en fait, sa mère avec ses amies – parler d'autres femmes du quartier qui vivaient avec des hommes sans être passées devant monsieur le curé et qui avaient des enfants avec eux. Il se souvenait que tout ce qui semblait importer à sa mère, c'était si elles s'occupaient bien de leurs enfants, c'est-à-dire si elles veillaient à ce qu'ils soient propres, si elles leur apprenaient les bonnes manières et le respect des aînés, si elles leur donnaient abondamment à manger, et s'ils travaillaient bien à l'école. Mais ça, c'était sa mère ; il n'était pas du tout sûr que ses amies fassent preuve d'une même ouverture d'esprit.

Sa méditation fut interrompue par l'entrée de Pucetti, qui les avait aperçus depuis la rue. Il s'approcha de leur table, en disant : « J'espère que cela ne vous dérange pas que je vienne prendre un verre en uniforme.

– Seulement si tu me laisses te l'offrir », répondit Brunetti qui gagna le comptoir pour aller lui chercher un vin blanc. Lorsqu'il revint avec le verre, il vit Pucetti assis en face de Vianello, en train de lui parler de sa rencontre avec signora Cavanella.

« Je dois passer la prendre demain matin à 10 heures et l'emmener à l'hôpital. » Acceptant le verre que Brunetti lui tendait, il but une longue gorgée et le reposa. « J'espère que vous avez bien compris que je ne voulais pas vous manquer de respect, monsieur », s'assura-t-il auprès de Brunetti.

Brunetti éclata de rire, suivi de Vianello, puis Pucetti en fit de même. « Tu aurais dû l'entendre, Lorenzo : "Je pense que si la signora leur donne ces informations cela suffira", et puis il a marqué la plus infime hésitation avant d'ajouter "monsieur". » Il se tourna vers le jeune policier, qui avait rougi de gêne et il le félicita : « Bien joué, Pucetti. » Puis il céda à la curiosité : « Comment tu savais pour le football ? »

Pucetti leva son verre et fit tourner son vin ; pour se donner une contenance, imagina Brunetti : « Les gars dans la salle des policiers parlaient de Cavanella et l'un d'eux, Corolla, a dit qu'il jouait au football là-bas et qu'ils le laissaient être le gardien de but parce qu'il leur faisait de la peine. Il est tombé pas mal de fois, mais il jouait assez bien : en plus, personne ne veut être gardien de but. Il disait que tout le monde faisait en sorte qu'il se sente à l'aise, poursuivit Pucetti. En lui donnant une tape sur les épaules quand il bloquait le ballon, ou qu'il empêchait les autres de marquer un but. »

Après cette explication, Brunetti les ramena à leurs moutons en demandant à Pucetti : « Qu'est-ce que tu penses, de son histoire ? » Pour lui faciliter la réponse, il ajouta : « On en est arrivés à deux possibilités : soit elle a volé le bébé – et il sourit pour montrer qu'il ne fallait pas prendre cette hypothèse au sérieux –, soit elle a élevé l'enfant d'un parent. Ou peut-être d'un ami. » Puis, avant que Pucetti n'opte pour l'une ou l'autre alternative, il le prévint, par honnêteté intellectuelle : « Je n'accorde aucun crédit ni à l'une ni à l'autre. » Il avait vu, ou pensait avoir vu, la ressemblance entre les deux visages et n'avait pas douté un seul instant que signora Cavanella fût la mère de l'homme mort.

« Moi non plus, ajouta Vianello. À mon avis, la raison évidente à tout cela, c'est qu'elle n'était pas mariée avec le père.

– Mais qu'est-ce que ça change ? » s'exclama Pucetti. Cette question, mais plus encore la perplexité clairement lisible sur son visage, était une démonstration de son âge et de la génération à laquelle il appartenait.

« C'était comme ça, Roberto, lui assena Vianello. Crois-moi. Et quand tes grands-parents avaient ton âge, tous les gens bien fuyaient les femmes avec des enfants illégitimes ; parfois on leur enlevait leurs petits et on les plaçait dans des orphelinats. »

Le plus âgé des deux regardait Pucetti intégrer cet état de fait ; il était aussi perplexe que si on lui avait dit que par le passé, les enfants allaient travailler à l'âge de 8 ans. C'est peut-être parce que Brunetti avait vécu avec ses grands-parents jusqu'à l'âge de 10 ans qu'il avait viscéralement conscience de la manière dont les choses se passaient autrefois. Or Pucetti avait grandi dans un monde d'ordinateurs et au sein d'un système éthique d'une grande souplesse, donc pour lui, fuir une femme non mariée avec des enfants était aussi étrange que le fait que l'on puisse mourir pour défendre un idéal, plutôt que pour posséder un objet.

Les deux hommes plus âgés décrétèrent en même temps qu'il était inutile de prolonger cette leçon d'histoire. Brunetti voulut savoir : « Est-ce qu'elle a dit autre chose ? »

Pucetti, ravi également de revenir dans le présent, raconta : « Elle a un peu brodé sur son histoire en France. Il se trouve que son mari était français et qu'il l'a quittée peu après les avoir ramenés en Italie.

– Où est-ce qu'elle a dit qu'ils vivaient, ses parents ? » s'enquit Brunetti d'un ton sceptique.

Pucetti sourit. « Elle m'a dit qu'elle s'était tellement sentie menacée par votre présence qu'elle a tout mélangé. Il paraît qu'ils sont allés chez ses parents à lui en France, puis qu'ils sont rentrés en Italie, mais elle n'a pas dit où. » Il parlait d'une voix neutre, leur laissant le soin de croire ce qu'ils voulaient de ce récit. « Il n'est pas resté longtemps avec eux, puis il est rentré en France et elle n'a plus jamais entendu parler de lui.

– Elle l'a appelé son mari ? » demanda Vianello.

Pucetti haussa les épaules. « J'ai l'impression qu'elle lui donnait ce titre par politesse. Et elle ne semblait pas très sûre du lieu où ils vivaient en France.

– Elle a mentionné Poitiers, lui rappela Brunetti.

– Je sais », dit Pucetti avec un sourire espiègle.

Vianello se pencha sur la table et tapa le bras de Pucetti. « Allez, Roberto, qu'est-ce que tu as fait d'autre encore qui te rend fier comme Artaban ?

– Je lui ai dit que j'y suis allé une fois, avec mes parents, quand j'étais petit et que j'adorais jouer sur la plage. »

Vianello appuya ses coudes sur la table et se cacha le visage dans les mains. Il secoua la tête et, de derrière ses mains, parvint sa voix étouffée : « Oh ! le petit malin. » Puis, en le regardant droit dans les yeux : « Qu'est-ce qu'elle a dit ?

– Qu'avec le bébé, elle n'avait jamais eu le temps d'aller à la plage. Mais que son mari lui avait dit que le paysage était très beau. » Après une brève hésitation, Pucetti enchaîna, d'une voix où transparaissait son regret : « C'était franchement trop facile. Elle me faisait presque de la peine. »

Son « presque » n'échappa pas à Brunetti, mais il se contenta d'observer : « Donc elle n'est jamais allée à Poitiers, mais si jamais on l'interroge à ce propos, elle dira qu'elle a confondu les villes qui étaient au bord de la mer. Même si son histoire est vraie, on n'a aucun moyen de le vérifier. Les Français ne voudront pas coopérer. Je ne la crois pas, mais si c'est vrai, le bébé a dû être déclaré sous le nom du père et on ne le connaît pas. »

Pucetti fit un petit geste qui rappela à Brunetti un étudiant levant la main en classe. « Si je puis vous le demander, commissaire, pourquoi cela est-il si important pour vous ?

– Parce qu'elle débite trop de mensonges, répondit Brunetti sans une once d'hésitation. Je veux savoir sur quels points elle ment. »

Il décida de leur livrer une information qu'il détenait de sa conversation avec Rizzardi. « Son fils ne peut pas être enterré tant qu'il n'a pas été identifié.

– Est-ce que ce n'est pas la raison pour laquelle je vais à l'hôpital avec sa mère, demain matin ? Elle va l'identifier, c'est sûr.

– Ça ne suffit pas, rétorqua Brunetti, conscient de la froideur de sa déclaration.

– Pourquoi ? » s'étonna Pucetti. Brunetti savait que Vianello en comprenait la raison et il voulait que Pucetti l'assimile de manière à ne plus jamais l'oublier de sa vie.

« Parce qu'il faut une preuve officielle que la personne décédée est celle que l'on déclare être, ou censée être. Elle peut dire à n'importe qui que c'est son fils et cet homme mort pourrait être n'importe qui. Tant qu'elle ne fournira pas un papier prouvant qu'il est celui qu'elle dit être, l'État ne se contentera pas de sa parole. » Pour éviter à Pucetti une déclaration qu'il pourrait ensuite regretter, Brunetti poursuivit : « Réfléchis un instant. On ne peut pas enterrer quelqu'un avant d'être sûr que ce soit bien lui ou elle. » Il pouvait donner des exemples concrets pour étayer sa déclaration – une femme qui se jette d'un pont et dont on retrouve le corps 200 kilomètres plus loin ; un cadavre non identifié retrouvé dans un champ –, mais il trouvait plus important d'en énoncer le principe théorique : aucune personne inconnue ne pouvait être inhumée, avant que l'on ait tenté toutes les voies possibles pour trouver son identité. C'était atavique, songea-t-il ; cela relevait sans doute de la magie et était de l'ordre du tabou. Les morts méritent au moins d'être reconnus et les vivants méritent au moins de savoir que les gens qu'ils ont aimés sont morts, et non pas disparus.

« Emmène-la voir Rizzardi », suggéra-t-il à Pucetti.

Vianello jeta un coup d'œil à Pucetti, comme pour évaluer s'il pouvait se permettre de remettre en question l'autorité de Brunetti ou ses décisions face à un policier en uniforme. Il dut estimer qu'il pouvait compter sur la discrétion du jeune homme, car il énonça : « Tu es en train de traiter cette affaire comme si tu doutais qu'il s'agisse d'une mort naturelle, Guido. »

Le fait que Vianello fasse cette réflexion devant le jeune homme indiquait qu'il avait confiance en lui, ou tout au moins, c'est la version que Brunetti adopta. « Je pense que c'est le cas, insista-t-il. Il a dû croire que ces comprimés étaient quelque chose à manger, et quelque chose de bon puisque sa mère les lui cachait. »

Ce qui le perturbait, ce n'étaient pas les circonstances de la mort de cet homme, mais le fait qu'il ait pu vivre quarante ans sans laisser la moindre trace. C'est ce mystère, et le halo de tristesse qui l'enveloppait, qui tourmentaient Brunetti, mais il ne souhaitait pas l'exprimer.

12

Après le dîner, Brunetti fit part à Paola de sa conversation avec signora Cavanella : son refus de livrer toute information sur son fils, ainsi que les mensonges qu'elle lui avait racontés, tout comme à Pucetti, pour justifier la disparition des papiers.

« Pourquoi est-ce qu'elle devrait mentir à propos de son fils ? demanda Paola. Ce n'est pas comme si elle l'avait enfermé au grenier pendant quarante ans, non ? » Elle s'enfonça davantage dans les coussins du vieux canapé tout râpé qu'elle gardait dans son bureau : elle avait passé tellement de temps dans la position de la cuillère qu'il s'émerveillait parfois qu'elle puisse encore tenir debout et marcher.

« Ça donne envie de penser qu'il n'est pas du tout son fils », osa-t-elle. Mais c'était de la pure spéculation de sa part, et non pas une question.

« Je ne l'ai vu que quelques fois, comme toi, mais il lui ressemblait.

– Je n'arrive pas à la remettre, dit Paola en fermant les yeux et en reposant sa tête contre le dossier du canapé. Mais il se peut que je ne l'aie pas remarquée. La soixantaine, des cheveux roux mal teints, de bonnes jambes, et encore séduisante. Il y a une flopée de femmes dans cette ville qui correspondent à cette description. » Puis, après une pause : « Je me demande où elle travaille.

– Pourquoi est-ce que tu imagines qu'elle travaille ?

– Parce que la manne ne tombe que dans la Bible, Guido. » Il sourit, ce qui l'encouragea à continuer. « C'est le lot de notre génération de travailler jusqu'à ce qu'on s'écroule, tu l'as oublié ? D'ici à ce que toi et moi on y arrive, ils auront prolongé l'âge de la retraite à 80 ans. » Elle se tut, puis reprit : « Non, je suis injuste envers nos hommes politiques. Ils auront pitié des femmes et nous laisseront arrêter à 78 ans.

– Je ne comprends toujours pas pourquoi elle se comporte d'une manière aussi bizarre », poursuivit Brunetti, habitué aux coups de griffe de sa femme contre le gouvernement, contre n'importe quel gouvernement, et tout aussi habitué à ne pas relever.

« Les gens sont bizarres, comme tu le dis souvent. »

Il réfléchit à la conversation qu'il avait eue ce jour-là avec Vianello et combien il avait insisté sur le fait que les gens étaient soumis à trop de contrôle et de surveillance, non seulement de la part des autorités, mais aussi de tout système capable de fouiner dans leur vie. Au souvenir de son collègue, Brunetti eut de nouveau un pincement au cœur d'avoir eu la présomption de lui suggérer d'impliquer Nadia dans l'enquête. « Je ne comprends pas, conclut-il en tapotant la jambe de Paola, et en se mettant debout. Je vais me coucher avec Lucrèce. »

Elle le regarda longuement, et lui déclara, avec un large sourire : « En tant qu'épouse, je blêmis à l'idée que mon mari aille au lit avec un homme qui veuille lui expliquer la nature des choses. »

Il lui sourit en retour et lui suggéra, en lui tendant la main : « Ça ne te dirait pas un petit cours ? »

Elle se leva.

Le lendemain matin, la pluie que Foa avait pressentie était arrivée. Brunetti mit son imperméable et prit un parapluie en sortant de la maison. Il décida d'aller de San Silvestro à San Zaccaria en vaporetto et s'arrêta pour acheter le *Gazzettino* pour le trajet. À bord, il remarqua que juste une poignée de gens lisaient le journal, et que les autres ne lisaient rien du tout. Bien sûr, le fait de passer devant le plus beau décor du monde pouvait les avoir distraits de la présentation superficielle et des analyses erronées des événements de la planète que leur présentait le *Gazzettino*, mais il était toutefois surpris que si peu de personnes s'adonnent à la lecture. Il lisait, Paola lisait, ses enfants lisaient, mais il se rendit compte qu'il avait rarement l'occasion de discuter de livres ou de trouver quelqu'un qui y prenne un véritable intérêt.

Il se livra à son autocritique, dont il ne se départait jamais bien longtemps : il était là à supposer, une fois de plus, que ses pensées devaient sûrement être partagées par les autres ; que ses jugements devaient avoir une valeur universelle.

Lucrèce savait que ce qui est de la nourriture pour l'un, est un poison amer pour l'autre ; une leçon de vie que Brunetti avait fini par assimiler.

Tandis qu'il remuait cette idée, en observant les passagers assis de l'autre côté du bateau, son journal oublié sur les genoux, Brunetti devenait à son tour une de ces personnes installées dans le bateau, laissant leur regard errer sans but précis.

Il descendit à San Zaccaria et se rendit sous la pluie à la questure. Il monta dans son bureau, secoua son parapluie jusqu'à le faire craquer – accrocha son imperméable à l'extérieur de l'armoire et piétina jusqu'à ce que ses pieds ne laissent plus de trace humide par terre.

Il alluma son ordinateur et consulta ses e-mails, sans se rendre compte à quel point ce processus était devenu automatique en l'espace de quelques années. Il n'avait plus besoin de s'arrêter au bureau de signorina Elettra ou à la salle des policiers pour savoir ce qui s'était passé : la plupart des informations l'attendaient dans son ordinateur. C'étaient, toutefois, des informations sans nuances, dénuées du scepticisme avec lequel Vianello accueillait certains rapports et de la perspicacité avec laquelle signorina Elettra lui faisait un compte rendu.

Il trouva une invitation pour une conférence à Palerme censée « promouvoir la coordination entre la communauté et les organisations vouées à maintenir l'ordre dans la société civile ». Il recula sa chaise et regarda par la fenêtre, et se sentit submergé par une vague d'ironique détresse. Est-ce que cela signifiait qu'il était invité à une rencontre entre les citoyens de Palerme et la police ? Ou les gens en poste là-bas avaient-ils le sens de l'humour et cela signifiait véritablement une rencontre entre les locaux et la Mafia, la seule organisation jouissant d'une bonne direction, s'assignant des buts bien précis et dépourvue d'agents se mêlant de maintenir l'ordre dans la société pour en vampiriser au mieux le peu de vie qui lui reste ? Son premier mouvement fut celui de frimer, de faire suivre l'invitation à Vianello et de lui demander si la deuxième éventualité lui paraissait juste, mais l'habitude de ne pas laisser de traces était devenue une seconde nature chez lui et il résista à la tentation.

Parmi les autres e-mails, celui de Pucetti l'informait qu'il s'apprêtait à accompagner signora Cavanella, mais qu'il tenait à dire à Brunetti que son cousin serait ravi de lui parler à propos de cette fameuse question. Il lui donnait un numéro de portable, sans autre précision. Brunetti prit le sien et composa ce numéro.

« Bianchini, répondit une voix d'homme à la troisième sonnerie.

– Bonjour signor Bianchini, je suis l'ami de Roberto. Il m'a conseillé de vous appeler.

– Ah, dit l'homme, ce qui lui fit comprendre qu'il était inutile de discuter du sujet de la conversation, je pensais que nous pourrions nous rencontrer à un moment ou un autre pour un café. »

Brunetti regarda sa montre. « Mon emploi du temps est peu chargé ce matin, déclara-t-il sans en être tout à fait sûr, car il n'avait pas encore lu tous ses messages, donc nous pouvons nous rencontrer quand vous le voulez.

– Il se trouve que je suis libre aussi, ce matin. Que diriez-vous du bar près du ponte dei Greci ? Je pense que vous le connaissez.

– Oui, confirma Brunetti d'un ton neutre.

– À 11 heures ?

– Très bien. » Sur quoi Brunetti prit congé avec une formule de politesse.

Il n'a pas perdu de temps, Pucetti, pour convaincre son cousin, remarqua Brunetti. Il s'assit quelques instants et réfléchit à l'urgence suspecte avec laquelle Patta avait expliqué la situation à San Barnaba. Patta se souciait de sa famille et de sa carrière et il y avait peu de chances qu'il lui demande de l'aide, sauf si l'une des deux était en danger. Ou peut-être n'était-ce rien d'autre qu'une simple tentative de la part de Patta d'amadouer le maire, en guise de caution déposée à la banque des faveurs.

En était-il ainsi partout ? se demanda Brunetti. Est-ce que tout était lié ? Cherchait-on systématiquement à allier le pouvoir détenu à un endroit au pouvoir possédé à un autre endroit ? Ces gens se protégeaient-ils eux-mêmes, et entre eux, en envoyant tout le reste au diable ?

Brunetti se souvint de l'allusion de Rizzardi aux dents de l'homme mort et parcourut de ce fait la liste de ses e-mails, mais n'y trouva aucun rapport du médecin légiste. Il s'était passé deux jours depuis l'autopsie et ce rapport aurait dû être classé. « "Aurait dû" ne veut rien dire », observa-t-il à haute voix.

Il écrivit un message à Rizzardi, pour lui signaler que son rapport n'était toujours pas arrivé et le priait de s'assurer que l'information au sujet des dents y figurait bien. Il allait l'envoyer lorsqu'il se remémora la susceptibilité du médecin légiste. Il effaça la dernière phrase et écrivit, à la place, qu'il était particulièrement intéressé par tout ce qui touchait à la dentition du mort, car, en l'occurrence, c'était la seule façon de l'identifier physiquement. C'est cette dernière version qu'il lui fit parvenir. Il se souvint d'un ami, un imprésario, qui avait utilisé une fois l'expression de « Diva Dienst[1] » pour décrire la manière dont il était obligé de traiter certains chanteurs, hommes ou femmes. C'était une alliance de déférence, d'adulation et de dévotion visant à devancer chacun de leurs caprices. Et voilà bien ce qu'il était : un commissaire de police, garantissant un « Doktor Dienst ».

Après lecture de cet e-mail, il retourna aux documents stockés dans sa boîte de réception. Tout se passa bien avec les trois premiers, qu'il comprit, parapha et plaça de l'autre côté du bureau. Mais le quatrième, un rapport sur l'augmentation des vols de pickpockets, des cambriolages et des agressions incita Brunetti à se passer

1. Littéralement : « services rendus aux divas. »

les mains dans les cheveux. C'est alors que Claudia Griffoni, la dernière arrivée des commissaires, frappa à sa porte et entra sans attendre son feu vert. Ses jambes fuselées étaient ce jour-là partiellement visibles sous une jupe en laine vert foncé ; pour le reste, elle était couverte d'un long pull beige à col roulé.

« On se cache ? demanda-t-elle.

– Pour fuir la réalité », reconnut-il. Il indiqua les papiers. « J'étais juste en train de lire l'histoire de l'augmentation de 28 % des cambriolages, au cours de ces six derniers mois.

– Des cambriolages qui ont fait l'objet d'une plainte », rectifia-t-elle, en lui rappelant qu'il devait y ajouter tous ceux que les gens ne prenaient même plus la peine de signaler, comme il le savait bien.

« Ils n'ont pas eu tort, tout compte fait, d'accorder l'amnistie, assena-t-elle en traversant la pièce et en allant s'asseoir dans un des fauteuils en face de son bureau. Si les prisons débordent et que la Cour européenne des droits de l'homme pousse des hauts cris contre le gouvernement, il faut bien qu'ils en fassent sortir quelques-uns, ne serait-ce que pour faire de la place aux nouveaux. »

Que répondre à cela ? Les registres comportaient tellement de jugements rendus qu'il fallait attendre neuf ans pour être entendu en appel. Des conducteurs ivres, qui avaient anéanti des familles sur le continent, étaient assignés à résidence. Le contrôle de la Mafia sur le pays était un fléau endémique et il n'était pas surprenant qu'aucun gouvernement ne veuille se pencher sur la symbiose croissante entre cette organisation et les hommes politiques.

« On ne pourrait pas parler de la pluie et du beau temps ? » suggéra-t-il.

Le sourire de sa collègue lui allégea le cœur. « J'aimerais bien aussi, mais malheureusement il faut que je te parle de notre Noire Némésis.

– Qu'est-ce qu'il a fait, cette fois ?

– Ce n'est pas tant ce que fait Scarpa, observa-t-elle, que ce qu'il veille à ne pas faire faire.

– Par exemple ?

– Foa a été invité par les gardes-côtes pour passer une semaine avec eux, à partir du premier du mois.

– Pour quoi faire ?

– Pour les familiariser avec le littoral et les endroits où de petits bateaux peuvent s'amarrer.

– Pour y décharger quoi ?

– Des cigarettes. Mais ça, tu le sais déjà. »

Brunetti hocha la tête.

« Il semble qu'ils vont maintenant y décharger aussi des gens. Ou c'est ce que croient les gardes-côtes.

– D'où ça ?

– De petits bateaux en provenance d'Albanie ou de Croatie, mais il paraît que de plus gros navires s'arrêtent au large des côtes et transfèrent les gens dans de plus petites embarcations pour les amener au rivage.

– Quelle sorte de navires ?

– Des cargos, des pétroliers. Il y en a qui sont si grands que ce n'est pas difficile pour eux de prendre cinquante personnes à bord.

– Sans que personne ne le remarque ? »

Elle sourit de nouveau. « Tu crois que l'équipage fait attention à ce qui se passe ? La plupart d'entre eux sont eux-mêmes clandestins, de toute façon, donc probablement qu'ils veulent aider des gens qu'ils imaginent être dans la même situation qu'eux.

– Et ils ont fait appel à Foa ? »

Elle opina du chef. « C'est le commandant qui a fait appel à lui. Foa m'a dit que beaucoup des hommes qui sont mutés ici viennent du Sud et ne connaissent pas du tout le littoral. Il est vénitien, sa famille est vénitienne depuis toujours. Donc il connaît la côte comme sa poche et il peut leur montrer les endroits où il y a le plus de probabilités qu'ils viennent s'amarrer.

– Et Scarpa ?

– Il a refusé quand on le lui a demandé et a refusé de nouveau quand le capitaine des gardes-côtes le lui a reproposé.

– Il a fourni une explication ?

– Il a dit que Foa est de la police, et pas de la marine, et que donc il ne bénéficie d'aucune forme de protection juridique pour tout ce qui pourrait arriver pendant qu'il pilote un de leurs bateaux.

– Qu'est-ce qu'il craint ? Qu'il fasse une attaque pirate au bateau pour Chioggia ?

– Le lieutenant ne s'est pas abaissé à discuter des détails : il parlait de principes généraux. » La voix pleine de dégoût, elle ajouta : « Scarpa ne reconnaîtrait pas un principe même s'il était assis près de lui sur un vaporetto et qu'il lui serrait la main.

– Pas parce qu'il n'a jamais pris le vaporetto, spécifia Brunetti, à qui tout devint subitement clair. C'est parce que Foa n'est pas d'accord pour le trimballer partout, c'est ça ? »

Griffoni lui sourit de nouveau. « Exactement. Il est un des rares à lui tenir tête et il ne l'emmène nulle part sans l'autorisation écrite de Patta.

– Un beau petit salaud, ce Scarpa, conclut Brunetti.

– Pour ne pas en dire plus, approuva-t-elle. Sauf qu'il n'est pas petit.

– Je parlais au sens moral, bien sûr. » Elle fit un signe de compréhension et d'assentiment. « Donc il a bloqué la requête de Foa ? » Elle acquiesça. « C'est important pour lui ?

– Ça ne peut sûrement pas lui faire de mal. Collaborer avec un autre service, surtout si on lui demande une aide spécifique dans… » Griffoni prit ici volontairement le rythme de métronome qu'adoptent les hommes politiques dans leurs discours « … dans le combat contre l'émigration clandestine.

– Le trésorier d'un parti politique vole 13 millions d'euros et les hommes politiques nous font des crises d'hystérie à cause de l'émigration clandestine, constata Brunetti avec lassitude.

– Il a proposé d'en rendre 5 », dit-elle d'un ton où se mêlaient circonspection et honnêteté.

Brunetti poussa sa chaise de biais et se balança sur les pieds arrière. Il croisa ses mains derrière la tête. « J'étais dans un bar la semaine dernière et deux personnes en face de moi discutaient justement de ça, de ces 13 millions. Et l'une d'elles – c'était une femme d'au moins dix ans de plus que moi – a reposé sa tasse de café sur la soucoupe en disant juste : "des bombes". »

Il vit qu'il avait captivé l'intérêt de Griffoni, mais garda les mains derrière la tête et regarda fixement le plafond en parlant. « La femme avec elle lui a demandé ce qu'elle voulait dire par là et elle a répondu que la seule manière de se débarrasser d'eux, c'était de mettre des bombes à Montecitorio[1] et de les tuer jusqu'au dernier. »

Il baissa la tête et vit qu'elle le suivait attentivement. « La femme qui l'accompagnait était du même âge, elle avait son sac de commissions et allait à Rialto. Elle a

1. Palais à Rome, abritant le siège de la Chambre des députés.

eu l'air surprise et a dit : "Mais ça abîmerait l'édifice, il est si beau." »

Il enleva ses mains de derrière la tête et laissa sa chaise retomber par terre. « Voilà donc, Claudia, ce que la classe moyenne pense de notre Parlement. »

Elle haussa les épaules, comme pour chasser de son esprit le commentaire ou l'importance que Brunetti lui avait prêtée, mais après un moment de réflexion, elle nota : « J'apprécie sa préoccupation pour l'édifice. » Puis, revenant à leurs moutons, elle demanda : « Qu'est-ce qu'on peut faire pour Foa ?

– Patta m'a demandé de lui rendre un service. Si j'y arrive, j'exigerai en échange que Foa soit assigné à cette mission.

– Tu ne veux pas garder cette possibilité pour toi ?

– Tu me prends pour un écureuil qui enterre une noisette pour l'hiver », répliqua-t-il en riant.

Son rire fut contagieux. Lorsqu'ils reprirent leur sérieux, Griffoni observa : « C'est vraiment du troc tout ça : je fais ceci pour toi, et toi tu fais ça pour moi.

– On a même tous une liste, au centime près, qu'on garde précieusement dans un petit coin de la tête.

– Comme les écureuils », plaisanta-t-elle en le remerciant pour le temps qu'il lui avait accordé et elle quitta le bureau.

13

Bien qu'il ne fût que 11 heures moins le quart, Brunetti décida de descendre au bar et d'y attendre Bianchini. Il regardait par la fenêtre et vit qu'il pleuvait encore, donc il prit son parapluie. Le bar étant juste au pied du pont, il ne s'encombra pas de son imperméable.

Il dit bonjour aux gens et échangea quelques mots avec Mamadou, le grand Sénégalais qui tenait cet endroit la plupart du temps. Brunetti examina les pâtisseries et, voyant qu'il n'en restait que d'une seule sorte, il dit à Mamadou qu'il prendrait le gâteau aux pommes et ricotta, mais pas avant l'arrivée de la personne qu'il attendait. Mamadou prit sa pince en métal et plaça la pâtisserie sur une petite assiette qu'il posa à gauche de la machine à café. La porte s'ouvrit et tapa contre le mur. Deux gondoliers à chapeau de paille, qui travaillaient à la station du coin, entrèrent et se dirigèrent vers le comptoir.

Ils se montrèrent, comme à l'ordinaire, bruyants et vulgaires. En outre, ils étaient en pleine conversation, en train de se vanter de leurs conquêtes sexuelles avec leurs clientes. Mamadou les servit avec une profonde déférence, qui ne leur permettait pas de déceler une once de mépris. Il ne manqua pas une occasion de les appeler tous deux « signore » et s'adressaient à eux en insistant sur le « Lei[1] » formel, alors qu'ils l'avaient tutoyé d'office. Ils avaient pris tous deux un verre de vin et un *tramezzino* et Brunetti s'étonna de les voir payer séparément. L'expérience l'avait porté à croire qu'un gène particulier empêchait les mâles italiens de laisser l'autre personne payer leur consommation. Mais il se souvint ensuite que c'étaient des *gondolieri* et que donc ils avaient une structure génétique complètement à part. Ils restaient au bar, dos au comptoir, de manière à garder un œil sur la station de *gondola* sur le canal, tout en continuant leur discussion qui, lui semblait-il, visait Mamadou.

Il s'écarta du comptoir et prit le journal avec lui. Il s'assit à sa table habituelle au fond du bar ; il ouvrit le quotidien et regarda les gros titres, en réfléchissant à ce que Bianchini pouvait bien avoir à lui dire.

Un homme entra ; il était très grand, élancé, de l'âge de Brunetti environ, mais presque entièrement chauve. Les cheveux qui lui restaient étaient coupés court et encerclaient le bas de sa tête, comme s'il assumait sa calvitie. Brunetti vit le regard qu'il lança aux gondoliers qui ne le remarquèrent pas, tellement ils avaient les yeux rivés sur le quai pour ne surtout pas rater un client. Il s'approcha de Mamadou et lui fit un signe. L'Africain indiqua d'un geste gracieux Brunetti ; l'homme fit de nouveau un signe en guise de remerciement et se tourna.

« L'un d'eux était un Noir américain, monté comme un cheval, entendit Brunetti malgré lui. Et torride ; torride comme tous les Noirs. »

1. La forme de politesse se fait en italien à la troisième personne du pronom féminin singulier (elle), en référence à l'expression « Sa Seigneurie ».

Bianchini s'arrêta et resta parfaitement immobile pendant cinq bonnes secondes, puis se tourna vers eux. D'un geste qui ne put échapper à aucun des deux gondoliers, il déboutonna sa veste et se campa solidement sur ses pieds. « Excusez-moi, commença-t-il d'une voix normale, puis après une pause, signori. » Ils se tournèrent pour le regarder et Brunetti put lire leur étonnement sur leurs visages.

« Je pense qu'il est temps que vous retourniez à vos barques. » Sa voix était très grave, calme, dénuée de la moindre émotion.

Le plus grand des deux *gondolieri* leva un pied comme pour faire un pas en direction de l'étranger, mais son compagnon – plus vieux, plus sage, plus prompt – lui plaqua une main sur le bras et le fit pivoter, si bien qu'ils se retrouvèrent face à face. Gardant la main sur le bras de son collègue, il secoua brièvement la tête et se dirigea vers la porte. Il lui fallut le tirer par l'autre bras, puis il baissa la tête et lui dit quelque chose. Le plus jeune se retourna et toisa Bianchini, puis sortit en suivant son acolyte.

Bianchini regarda le serveur, qui croisa son regard et lui sourit. « Voudriez-vous votre café maintenant, commissaire ? demanda-t-il à Brunetti.

– Oui, s'il vous plaît. » Brunetti gardait un visage impassible, comme s'il venait juste de détourner son attention du journal.

L'homme alla vers lui et Brunetti déplia ses jambes de dessous la table pour se lever. « Bianchini Sandro », se présenta-t-il en lui tendant la main. Sa poigne était ferme, mais ce n'était là qu'un serrement de main, et non pas un geste de mâle dominant.

Bianchini était plus grand que Brunetti, et bien que plus mince, il dégageait beaucoup de vigueur. La peau sur le front montrait de vieilles cicatrices d'acné ; sa

barbe clairsemée était peut-être une tentative pour dissimuler ces mêmes marques sur les joues. Ses yeux noirs
étaient enfoncés sous d'épais sourcils, mais sa bouche
aux lèvres charnues et son affable sourire effaçaient la
première impression de dureté qu'on aurait pu détecter
en eux.

« Merci d'être venu. » Brunetti s'assit et Bianchini
prit place en face de lui.

Mamadou arriva dans la foulée. Il déposa l'assiette avec
le gâteau devant Brunetti et un café en face de chacun
d'eux. Il y avait aussi deux petits verres d'eau, qu'il posa
silencieusement avant de repartir à sa place, derrière le
comptoir.

« Mon cousin m'a dit que vous vouliez savoir des
choses au sujet des *vigili* », commença Bianchini, sans
ambages. Puis, après une pause, il ajouta : « C'est un
chic type, Roberto.

– Oui, c'est vrai », approuva Brunetti. Il versa un
sachet de sucre et touilla son café, puis il se servit de
sa cuillère pour couper le gâteau en deux.

« Est-ce qu'il vous a dit de quoi il s'agissait ? demanda
Brunetti.

– Le magasin de masques à San Barnaba. »

Brunetti fit un signe d'assentiment. Il prit un morceau
de gâteau avec une des serviettes sur l'assiette et mordit
dedans. « Voudriez-vous l'autre moitié ?

– Non, merci, répondit Bianchini avec un aimable
sourire. Je ne peux pas manger ce genre de choses. »
En réponse aux sourcils interrogateurs de Brunetti, il
précisa : « Diabète. » À ces mots, il sortit un tube d'édul-
corants de sa poche et laissa tomber deux minuscules
pilules blanches dans son café.

Brunetti sirota le sien puis dit, ayant compris que
c'était quelqu'un qui n'avait pas de temps à perdre : « On

m'a dit que des gens paient les *vigili* pour qu'ils ferment les yeux sur les tables installées devant la boutique. » Brunetti ressentit une gêne soudaine à s'entendre tenir ces propos. Est-ce que lui aussi, comme Scarpa, la créature de Patta, était contraint de lui obéir à tout jamais au doigt et à l'œil ? « C'est la fiancée du fils du maire qui détient la licence, donc il y a un risque de scandale si l'affaire devient publique. Le vice-questeur veut éviter cela. » Il cessa de parler et finit son café. Il n'avait plus envie de son gâteau et poussa l'assiette sur le côté.

« C'est donc ça ? » s'enquit Bianchini, sans tenter de dissimuler la surprise perceptible dans sa voix comme sur son visage.

« Je crois que oui. Ce qu'on attend de moi, c'est de sauvegarder la réputation du maire.

– Ah là là, fit Bianchini en souriant, ils ont de ces délicatesses, maintenant, nos hommes politiques. À la prochaine étape, vous verrez, ils se feront hara-kiri pour avoir été pris les mains dans le sac.

– Je crois que cela n'arrive qu'au Japon, rétorqua Brunetti d'un air de pince-sans-rire, et aujourd'hui, même eux ne le font plus aussi souvent qu'ils le devraient.

– C'est dommage, j'ai toujours pensé que c'était un bon exemple.

– Ce n'est plus *made in Japan*. Maintenant, c'est *made in China*, et le niveau a chuté. »

De nouveau, Bianchini ne put cacher son étonnement : « Donc vous savez ce qui se passe ? »

Brunetti n'était pas au courant, tout au moins pas spécifiquement en la matière, mais ceci ne l'empêcha pas de répliquer : « Difficile de ne pas savoir, vous ne croyez pas ? »

Bianchini secoua la tête et laissa s'écouler un bon moment. « Nous n'avons pas à entrer dans ces questions, mais vous pouvez être sûrs qu'il n'y aura aucun problème pour le maire.

– Voulez-vous bien m'en dire davantage ? »

Bianchini détourna les yeux ; il regarda par la fenêtre du bar, vers l'endroit où se tenaient à présent les *gondolieri*, postés près de leurs bateaux. Il sirotait son eau en silence, puis il replaça son verre sur la table.

Brunetti, tranquillement assis, attendait.

« Les gens en ont marre de ces Chinois, assena Bianchini, de but en blanc. Ils achètent les magasins et personne ne leur demande d'où vient tout cet argent liquide. Leurs boutiques sont pleines de travailleurs chinois et personne ne prend la peine de vérifier leurs permis de travail ou de séjour. La Guardia di Finanza ne va jamais contrôler leurs reçus. » Il attendit la réaction de Brunetti, et comme il ne pipait mot, Bianchini enchaîna : « Personne ne s'occupe d'eux et personne ne met son nez dans leurs affaires. »

L'expérience de Brunetti, en qualité de policier, l'avait fait fortement douter des légendes urbaines, mais l'expérience lui avait prouvé que certaines d'entre elles étaient vraies.

« Et donc ? »

Bianchini finit son eau. « Et donc, nous avons opté pour le donnant-donnant. Il y a des infractions que nous ne voyons pas et eux non plus. » Il croisa le regard de Brunetti et continua : « Et s'ils nous donnent quelque chose en échange, aucun Vénitien n'ira se plaindre. » Il parlait avec conviction, en s'incluant parmi ces Vénitiens.

Bianchini but la fin de son café et reposa sa tasse : « Le maire n'a pas à s'inquiéter des conséquences. » Il l'énonça d'un ton si irrévocable qu'il n'y avait aucune raison de ne pas le croire.

Bianchini se glissa vers l'extrémité du banc et chercha son portefeuille.

« Non, non, insista Brunetti, songeant à la manière dont il avait fait sortir les gondoliers du bar. Mamadou n'acceptera jamais que vous payiez. » Il poussa l'assiette et la soucoupe devant lui et se leva. Debout à côté de Bianchini, il se rendit compte de leur différence de taille : il lui arrivait au menton, tellement Bianchini était grand. Brunetti se dirigea vers la porte, fit signe à Mamadou qu'il paierait plus tard et sortit avec lui.

Tous deux regardèrent vers l'extrémité du quai, où un des gondoliers était en train de parler à un couple de touristes japonais. Il les conduisait à cet instant précis vers sa gondole et les aidait à monter dedans, puis il sauta à bord. D'un pied, il écarta le bateau de la rive et se pencha en un gracieux mouvement pour saisir sa rame. Le bateau disparut sur la droite. Bianchini prit la direction de Saint-Marc et Brunetti, après l'avoir remercié de lui avoir consacré son temps, ouvrit son parapluie et retourna à la questure.

Il s'arrêta dans la salle des policiers avant de monter à son bureau, mais il n'y avait aucune trace de Pucetti. Il vérifia ses e-mails et trouva le rapport de l'équipe de l'ambulance qui avait répondu à l'appel de la famille Cavanella. « Heure de l'appel : 6 h 13 ; heure d'arrivée : 7 h 37 ; nom de la personne qui les a fait entrer dans la maison : Ana Cavanella ; état du sujet : décédé ; état du mort : dans son lit, en pyjama, signes de vomissements ; heure d'arrivée à la morgue : 8 h 46. » Et c'était tout.

Il y en avait un aussi de Rizzardi, auquel était joint le brouillon de son rapport d'autopsie. Brunetti le fit défiler, passa sur l'âge probable, la taille, le poids, sur la tasse de chocolat et les biscuits, pour en venir aux parties du corps, et donc à ses dents. Il y avait deux obturations et des signes qu'une des dents de sagesse sur la mâchoire supérieure, à gauche, avait été arrachée. Aucun de ces soins ne semblait récent et tous étaient « conformes aux normes de la dentisterie italienne ».

Vu ce qu'elles sont, marmonna dans sa barbe Brunetti, qui était allé chez un dentiste hollandais au Lido.

Il répondit à Rizzardi et expliqua qu'ils pourraient avoir besoin de documents dentaires pour prouver l'identité du garçon et lui demanda de faire des radios de ces dents. Il descendit parler à signorina Elettra. Elle prit le problème en considération quelques minutes ; il lui fallait la liste des adresses électroniques des praticiens inscrits à l'ordre des dentistes de la province de Venise, auxquels elle enverrait les radios, avec la photo du mort et une description de son handicap. Si le dentiste de Davide exerçait dans la province de Venise, ils pourraient ainsi obtenir davantage d'informations à son sujet. « En supposant que le travail n'ait pas été fait dans une autre province.

– Sa mère ne devait pas être le genre de personne à l'emmener chez un spécialiste en dehors de sa province », répliqua Brunetti, qui décida d'explorer d'autres possibilités avant de tenter cette voie.

Signorina Elettra se passa les doigts de la main gauche dans les cheveux et observa : « Comme tout cela est étrange.

– Quoi donc ?

– Que vous vous référiez à signora Cavanella comme sa mère, alors que nous sommes encore en train d'essayer de l'identifier. »

Brunetti fit un bref signe d'assentiment. « Je n'ai aucun doute sur l'identité du défunt. Mais cela ne suffit pas qu'elle lui ressemble ou qu'elle l'appelle son fils, je suis d'accord. Pas du point de vue juridique. »

Elle posa ses coudes sur le bureau et mit son visage dans les mains. Il remarqua que sa peau, lissée par la pression de ses doigts, la rajeunissait de quelques années : cela lui faisait mal de noter cette différence.

« Difficile d'imaginer que dans ce monde, où nous sommes tous enregistrés depuis notre naissance – et même avant, avec les tests de prénatalité – quelque chose de ce genre puisse arriver, constata-t-elle, manifestement confuse. Si c'était un étranger, je pourrais comprendre : le temps de vérifier les hôtels, de trouver d'où viennent ses chaussures et ses vêtements, de mettre une photo dans les journaux, de contacter les ambassades. La routine, quoi. »

Elle regarda Brunetti, qui n'avait rien à ajouter.

« Mais là, vous avez son corps. Vous avez sa mère. Il a été emmené depuis la maison où il vivait. Et vous ne pouvez pas l'*identifier*. » Il savait qu'elle n'avait aucun enjeu personnel dans cette affaire, donc il ne pouvait que supposer que c'était cette anomalie patente de la situation qui la heurtait. « Un individu ne peut pas vivre toute sa vie quelque part sans laisser de traces. Cela ne peut tout bonnement pas arriver. »

Brunetti était d'accord et sans savoir pourquoi, son esprit passa de l'homme mort à sa mère ; il se demanda si ce raisonnement pouvait s'appliquer à elle aussi. Il devait bien y avoir une raison pour qu'elle mette autant d'entraves à ces opérations d'identification de son fils et, bien évidemment, elle n'irait sûrement pas leur dire pourquoi. Mais il devait y avoir des indices. « Je finirai par en trouver », déclara-t-il.

De retour dans son bureau, il fouilla dans les dossiers et les feuilles éparses qu'il avait accumulés en se disant, comme il le faisait à chaque fois qu'il cherchait quelque chose, qu'il ferait mieux de bien ranger ses documents ; il suffisait de penser au temps gaspillé à chercher, alors que s'il avait juste à...

Il trouva le dossier de la femme et eut de nouveau une sensation désagréable en touchant le papier décoloré et gondolé. Il l'ouvrit et trouva l'adresse, sortit son exemplaire de *Calli, Campielli e Canali* du tiroir et chercha l'immeuble. C'était bien lui, cet énorme rectangle beige, situé sur le côté opposé du canal, en partant du campiello degli Incurabili. Il essaya de se remémorer ce quartier, mais il y avait des dizaines d'années qu'il n'y était plus allé et il n'en avait plus une image très nette.

Il descendit le livre, en gardant la page avec son doigt et arrivé dans le bureau de signorina Elettra, il l'ouvrit près de son ordinateur. « Regardez, c'est à Dorsoduro.

– Quoi donc ? s'étonna-t-elle, sincèrement confuse.

– L'endroit où Ana Cavanella habitait en 1968, lorsqu'elle fut arrêtée pour son vol à l'étalage.

– Quel âge avait-elle ?

– Seize ans.

– Que s'est-il passé ?

– Rien. Elle était mineure. Son employeur a envoyé quelqu'un pour venir la chercher et l'affaire a été classée. » Voyant que cette version ne la satisfaisait pas, il spécifia : « Pucetti n'a rien trouvé sur son fils, mais il y avait un vieux dossier sur elle dans les archives, et il me l'a monté. »

Il orienta le livre vers elle ; elle traversa du doigt les ponts et suivit les *calli* jusqu'au numéro 616. Elle le saisit et le feuilleta jusqu'à la fin, puis revint en avant jusqu'à ce qu'elle trouvât les noms des différents édifices. Il observait son doigt qui descendait le long de la liste des bâtiments, puis elle s'arrêta et lut à haute voix : « Palazzo Lembo. » Elle regarda Brunetti. « Cela vous dit quelque chose ?

— Le Roi du cuivre, énonça-t-il.

— Pardon ? »

Brunetti sourit. « C'était avant votre époque. Lembo – je ne me souviens pas de son prénom – était le Roi du cuivre. Sa famille avait des mines quelque part ; en Afrique, je crois, ou peut-être en Amérique du Sud. Mais il y a longtemps, au début du siècle dernier. Il y avait aussi un autre minerai, mais je ne me souviens plus lequel c'était. L'étain, peut-être. Mais le cuivre était leur principale activité.

— J'allais à l'école avec une fille qui s'appelait Lembo. Margherita. Mais ils étaient de Turin, je crois.

— Non, non, ces Lembo sont ici depuis le temps des croisades. » Les Brunetti aussi, à ce qu'il savait, mais ces choses ne comptaient qu'en cas de noblesse ou de richesse. Les gens pauvres avaient des grands-parents ; les riches avaient des ancêtres.

« Le palais a été probablement découpé en plusieurs appartements, suggéra signorina Elettra.

— Et il y a une seule façon de le découvrir. »

Elle lui lança un regard énigmatique. « Vous avez vraiment pris cette enquête à cœur, n'est-ce pas, commissaire ? »

Le ton qu'elle adopta ne lui permit pas de déceler si elle l'approuvait ou non. Le silence qui enveloppait Cavanella pouvait relever d'une pure et simple défaillance bureaucratique, mais ce pouvait être autre chose. « Je vais demander à Foa de m'emmener voir ce *palazzo*. »

14

Heureux que Brunetti lui ait donné l'occasion de faire un tour en bateau – sans toutefois lui spécifier que ce ne serait guère qu'une virée –, Foa lui tendit la main pour l'aider à monter dans la vedette de la police. Se rendre à Dorsoduro pour aller voir ce palais n'avait pas plus de sens pour Foa que d'emmener le vice-questeur déjeuner quelque part, mais c'était beaucoup plus amusant pour lui parce qu'au moins Brunetti restait sur le pont et appréciait le tour, au lieu d'aller s'asseoir dans la cabine pour téléphoner avec son portable. Brunetti apprit tout cela de manière indirecte, comme bien souvent. Foa ne critiquait jamais ouvertement ses supérieurs, mais comme ils parlaient en vénitien, il pouvait recourir à une large gamme de références et d'expressions pratiquement intraduisibles.

Foa préféra prendre le canal de la Giudecca, plutôt que le Grand Canal, car le chemin le plus direct était de passer par-derrière, décréta-t-il. Il connaissait l'édifice, bien sûr : y avait-il une seule porte d'eau où il ne soit pas passé en bateau ces vingt dernières années ? Foa ralentit pour amorcer le virage avant d'entrer dans le rio delle Torreselle. Il ralentit davantage encore à l'approche de la calle Capuzzi sur la gauche. « Nous y sommes. » Foa indiqua une porte vert foncé surmontée d'une ogive, située au sommet de trois marches couvertes de mousse, qui descendaient dans l'eau.

Brunetti n'avait jamais remarqué cette porte, mais qui remarquerait une porte ressemblant exactement à mille autres dans la ville ? « Tu sais tout sur cet endroit ? » lui demanda Brunetti.

Foa tira le bateau vers l'entrée de la *calle* suivante et laissa le moteur tourner au ralenti. « Il y avait des gens riches qui habitaient là. Je m'en souviens parce qu'ils amarraient ici un très joli bateau.

– C'était quand ?

– Ça doit faire vingt ans. Peut-être plus. » Et après un moment de réflexion, il précisa : « Cela fait des années qu'il n'y a plus de bateau.

– Est-ce que tu peux t'approcher un peu plus de la rive ? Je voudrais faire un tour et jeter un coup d'œil par ici. »

Foa rapprocha le bateau du bord. Par chance, c'était marée haute, Brunetti put ainsi éviter les marches glissantes et monter directement sur le pavement du quai. Il descendit la *calle* étroite jusqu'à la porte numéro 616 en chêne massif, recouverte d'un vernis marron foncé et divisée en quatre hauts rectangles par d'épaisses bandes biseautées de la même couleur. Il y avait une serrure moderne en laiton, qui avait perdu son éclat et était devenue quasiment verte à cause de l'humidité.

Sur la gauche se trouvait une plaque en laiton ternie avec le nom de « Lembo » gravé sous l'unique sonnette. Le Roi du cuivre, ou du fer-blanc ? Brunetti recula et observa la façade du *palazzo*. Elle était étroite et comptait quatre étages : l'enduit gris s'était écaillé à maints endroits, mettant la brique à nu. La porte était flanquée de deux simples fenêtres à ogives sur la gauche et d'une seule sur la droite, toutes trois dotées de solides grilles en fer rouillé, signe de grand abandon. La *quadrifora*[1] du premier étage était noircie au sommet, comme si de la fumée s'était échappée des quatre étroites fenêtres pendant des siècles et des siècles et avait taché le marbre sculpté au-dessus d'elles, ce qui était plausible.

Les fenêtres de l'étage au-dessus semblaient faire au moins le double de celles de l'étage inférieur, ce qui leur donnait un air curieusement étiolé par rapport à l'ensemble de la façade. Les encadrements et les vitres étaient de toute évidence modernes et les piliers en marbre qui les séparaient étaient d'une blancheur étonnante, lisses et pratiquement dépourvus d'ornementation, contrairement aux colonnes à cannelures usées des fenêtres d'en dessous.

Brunetti recula encore et s'appuya contre l'édifice opposé. Au-dessus des fenêtres, il nota une rangée de petites barbacanes soutenant une gouttière en marbre, même si l'ajout beaucoup plus tardif d'un étage bas de plafond avait fait de cette gouttière un élément de décoration. La véritable gouttière, réalisée dans un métal qui détonnait dans cet ensemble et se révélait érodée à maints endroits, courait sous le toit en tuiles et dévalait la façade en formant deux sortes de plumes sombres, à la fois moisies et rouillées.

Brunetti tourna sur la droite, arriva sur la *fondamenta*[2] et se dirigea vers le pont de San Vio. Il le franchit et entra dans le bar à gauche, où il s'était souvent arrêté prendre un café. Les gens qui y travaillaient lui étaient

1. Baie vitrée à quatre ouvertures, séparées par trois petites colonnes ou trois petits piliers, sur lesquels prennent appui quatre arcs en plein cintre ou aigus.
2. Mot vénitien désignant un quai longeant un canal, ou la lagune.

familiers, même s'il ignorait leurs noms. Il demanda un verre de vin blanc, jeta un coup d'œil circulaire sur les clients assis aux tables, cherchant quelqu'un qu'il connaîtrait, mais il ne reconnut personne.

Le serveur lui apporta son vin et Brunetti le remercia. En indiquant la *calle* du menton, il demanda, en prenant bien soin de parler vénitien : « Est-ce que la famille Lembo vit encore dans ce *palazzo* ? » Un homme petit et trapu, qui commençait à se dégarnir et avait un gros nez et la peau rugueuse des alcooliques, posa son verre sur le comptoir et fit un petit pas en arrière, comme pour instaurer une plus grande distance entre lui et la question.

Il s'ensuivit un processus que Brunetti avait observé des décennies entières. Le serveur pouvait très bien ignorer son rang ou sa branche, mais il était certain qu'il savait, même vaguement, que Brunetti, client chez eux depuis bien des années, travaillait à la police. Par conséquent, sa question n'était ni innocente, ni anodine. L'homme devait donc parvenir à établir un subtil équilibre entre son sens du devoir vis-à-vis de l'État (probablement équivalant à zéro), les différents souvenirs que le comportement de Brunetti lui avait laissés en mémoire au fil du temps, et toute obligation qu'il pourrait avoir envers la famille Lembo.

Le résultat du calcul fut immédiat et Brunetti avait probablement une conscience plus aiguë de ce processus que l'homme qui l'avait enclenché.

« Les filles vivent encore ici », lui apprit-il après une si brève hésitation qu'elle avait dû échapper à la plupart des gens. Il se tourna et actionna le moulin à café attenant à la machine, même si le récipient en plastique était encore à moitié plein.

Brunetti but une gorgée de son vin, attendit la fin du bruit et lorsqu'il cessa, demanda un *tramezzino* au thon et aux artichauts. Il lui arriva sur une assiette, enveloppé d'une serviette en papier.

« Ana Cavanella habitait ici, n'est-ce pas ? » demanda Brunetti en mordant dans son sandwich. Trop de mayonnaise, comme quasiment partout dans la ville, il ne savait pas pourquoi.

« C'est à propos de son fils ?

– Oui, confirma Brunetti, ne voyant aucune raison de mentir.

– Qu'est-ce qui s'est passé ?

– Il a pris des somnifères, il a vomi et il est mort étouffé. »

Le serveur mit sa main à la gorge comme pour conjurer un tel sort ; il l'y laissa en disant : « Oh, pauvre femme.

– Vous la connaissiez ? » s'enquit Brunetti le plus naturellement du monde, comme si c'étaient de vieux amis et que la conversation avait subrepticement glissé sur ce sujet.

« Depuis des années. Ça doit faire quarante ans. Même plus. Quel âge il avait ?

– La quarantaine », l'informa Brunetti, en prenant une autre gorgée de vin. Puis, l'air de rien : « Elle est encore séduisante. Elle a dû l'avoir quand elle était très jeune. »

L'homme lui lança un regard soupçonneux ; Brunetti le contra en mordant de nouveau dans son *tramezzino*, tout en confirmant d'un hochement de tête son appréciation. « Je lui ai parlé il y a trois jours, juste après sa mort. C'est terrible, terrible. »

La curiosité de l'homme prit le dessus. « Comment cela peut-il arriver ? J'ai toujours pensé que le gamin était retardé, donc on peut imaginer qu'elle faisait bien attention aux médicaments et aux choses comme ça. »

Brunetti soupira : « Je ne crois pas qu'on puisse faire attention tout le temps. »

Deux hommes entrèrent dans le bar et commandèrent un café. Le garçon les servit et revint rapidement en face de Brunetti. Il saisit un verre et l'essuya avec un torchon.

« C'était qui, ce Lembo ? » lui demanda Brunetti, comme s'il avait le nom au bout de la langue et qu'il avait juste besoin que quelqu'un lui rafraîchisse la mémoire. « Le duc de quelque chose ?

– Le roi », rectifia le serveur, ravi d'avoir été le premier à le trouver.

Brunetti sourit en signe d'approbation. « Bien sûr. Merci. » Puis, comme le font la plupart des gens, il répéta le nom : « Le Roi du cuivre », en secouant la tête face au caractère incongru de la chose. Il finit son sandwich et s'abstint d'en commander un autre, parce qu'il ne voulait pas que le serveur s'éloigne.

« Mon père, mentit Brunetti, parlait souvent de lui. » Puis, comme s'il donnait libre cours au flot des souvenirs, il continua : « Il avait un bateau – mon père – et il l'emmenait… » Il s'interrompit et arbora un air de grande confusion. « Je ne me souviens plus si c'était pour aller à la pêche ou à Piazzale Roma. » Il secoua la tête : « Le temps efface tellement de choses du passé. Il parlait souvent de ses filles. L'une d'elles avait à peu près mon âge et il me disait que j'aurais dû être comme elle, plus calme, plus obéissant.

– Ça devait être Lucrezia. »

Les yeux de Brunetti lancèrent des éclairs de joie. « Oui, bien sûr. C'est comme cela qu'elle s'appelait. » Il s'arrangea pour croiser le regard du serveur et lui confia : « Je ne l'ai jamais rencontrée, mais je dois avouer qu'à une époque, j'aurais aimé aller en bateau avec mon père et la jeter par-dessus bord. » Il rit tout bas, regarda ses pieds et secoua la tête.

« Pourquoi ? »

Avec un sourire montrant son plaisir devant la curiosité de cet homme vis-à-vis de sa famille, Brunetti expliqua : « Parce que mon père parlait trop d'elle. Il disait qu'elle était comme ci, et qu'elle était comme ça : tout ce que je n'étais pas.

– Votre père est toujours vivant ?

– Non. Pourquoi ?

– Parce que, si ça avait été le cas, vous auriez pu lui dire qu'il avait tort. »

Sourire confus. « Je crains de ne pas bien saisir.

– Vous êtes un homme respectable, un agent de police, n'est-ce pas ?

– D'accord pour l'agent de police ; par contre, je ne sais pas pour le respectable.

– Eh bien, Lucrezia ne l'est pas. »

Une fois de plus, Brunetti afficha un air perplexe et il lança, faussement préoccupé : « Ah bon ?

– Les hommes. L'alcool. Des problèmes avec les enfants. Son divorce.

– Je suis désolé d'entendre cela », affirma Brunetti, comme s'il venait d'apprendre une mauvaise nouvelle concernant un vieil ami. Puis il prit le risque d'ajouter : « Je suis content que mon père n'ait jamais eu à l'entendre.

– Personne n'aime entendre des choses négatives sur les gens qu'on aime, n'est-ce pas ?

– Non, c'est vrai », renchérit Brunetti, en secouant la tête et décidé à continuer dans les clichés : « Mais la vie est bizarre, elle nous apprend des choses qu'on n'a pas envie de savoir. » Il secoua de nouveau la tête puis, évaluant qu'il valait mieux ne plus poser de questions, il mit la main à la poche et prit quelques pièces. Il demanda combien il devait, laissa plus sur le comptoir, remercia l'homme pour le temps qu'il lui avait accordé et sortit du bar.

Foa était sur le pont du bateau, penché sur *La Gazzetta dello sport* ; il avait plus l'air de la dévorer que de la lire. Il reconnut les pas de Brunetti et lui tendit la main sur la partie dégagée pour l'aider à monter à bord.

« Alors, le dernier scandale ? » s'enquit Brunetti, en désignant les gros titres.

Foa plia le journal et le coinça sous le tableau de bord. « C'est étrange, commissaire, observa-t-il en passant devant Brunetti pour faire démarrer le bateau. On sait tous que c'est truqué, que les jeux sont décidés à l'avance, mais on aimerait penser qu'ils aient au moins l'intelligence de garder leurs manigances secrètes. » Il allongea le bras et tapa le journal avec le dos de la main. « Ils déblatèrent là-dessus tout le temps au téléphone, ils envoient des e-mails dans tous les sens, en disant combien ils veulent pour faire perdre tel ou tel match et livrent même le nom des joueurs qui joueront le jeu. » Il mit la clef, fit tourner à fond le moteur et s'écarta du quai, en direction du Grand Canal.

Ils prirent à droite, pour revenir à la questure. Foa semblait avoir épuisé ses commentaires sur le football et le monde du sport, mais Brunetti se demanda s'il avait envie, en fait, de continuer à bavarder.

« Ce *palazzo* appartient à la famille du nom de Lembo, commença-t-il. Tu en as déjà entendu parler ? »

Un taxi roulait droit devant eux ; le chauffeur était en train de parler avec son *telefonino*. Tout en gardant une main à la barre, Foa donna un gros coup de sirène.

Le chauffeur leva les yeux et les vit, laissa tomber son portable et ramena rapidement son bateau sur la droite. « Espèce de crétin », lui hurla Foa en passant à sa hauteur.

Puis, ayant oublié le taxi, il répondit : « Oui.

– Beaucoup ?

– Relativement. Donnez-moi un jour, monsieur, et j'en saurai beaucoup plus. » Il se tourna et sourit à Brunetti, incapable de dissimuler son plaisir d'être traité comme un vrai policier.

Brunetti était content d'être là, à observer les palais et la lumière, ébloui, comme il l'était souvent, par leur infinie et insouciante beauté. La pierre, le ciel, l'or, le marbre, l'espace, les proportions, le chaos, le désordre, la gloire.

Ils glissèrent vers le quai. Foa éteignit le moteur et lança la corde d'amarrage sans effort sur le taquet, bondit sur la *fondamenta* et tendit la main à Brunetti. C'était la seconde fois ce jour-là que le jeune homme lui offrait la main : Brunetti posa la sienne légèrement sur le bras tendu et sauta sur la rive.

Il se dit qu'il était temps de donner un peu de grain à moudre à signorina Elettra et il se rendit à son bureau. Elle n'était pas à son ordinateur, mais la porte de chez Patta était ouverte et il put entendre des voix, dont celle d'Elettra, à l'intérieur. Il aurait pu rester à la porte pour entendre ce qu'ils disaient, mais l'idée lui déplut ; en outre, il pourrait parcourir les dossiers sur son ordinateur à elle, en mettant en application le savoir-faire qu'elle lui avait transmis.

Mais il préféra aller à la fenêtre et regarder l'eau du canal ; il songea à l'homme du bar et à ce qu'il lui avait dit. « Les filles du Roi. » Au bout d'un moment, il entendit un bruit de pas, puis la porte du bureau de Patta se referma. Signorina Elettra traversa la pièce et lui sourit. Elle s'assit à son ordinateur et déclara, sans lui demander ce qu'il avait trouvé à Dorsoduro : « Je suis une sainte.

– Vous êtes une sainte, répéta Brunetti. Vous êtes même une martyre.

– Je suis une martyre.

–, Qu'est-ce qu'il veut ?

– Ce bureau, lui expliqua-t-elle à son grand étonnement.

– Quoi ? » Puis, comprenant la situation, il transforma son cri de surprise en une question beaucoup plus transparente : « Pour qui ?

– Le lieutenant Scarpa.

– Mais pourquoi ?

– Car ainsi, ils pourront être davantage en symbiose, j'imagine », rétorqua-t-elle en colère. Brunetti se demanda quand il l'avait véritablement vue hors d'elle, le visage vert de rage et la voix nouée.

« Vous ne pouvez pas l'en empêcher ? demanda Brunetti, conscient que sa voix était bien peu convaincante.

– Bien sûr que je peux, mais je ne veux pas.

– Pourquoi ? s'enquit-il, incapable de dissimuler sa perplexité.

– Parce que je ne veux pas avoir à partir. »

Son cœur s'arrêta de battre. Brunetti n'était pas sujet à des réactions excessives, ni à des excès de langage, mais il sentit son cœur s'arrêter, ou tout au moins, avoir quelques ratés, puis recommencer à battre rapidement.

« Mais l'idée ne doit même pas vous effleurer, bêla-t-il avant de parvenir à retrouver le timbre adéquat. Je veux dire, si vous partez, il faut que vous ayez une meilleure raison que celle-ci pour le faire. » Il pensa lui proposer son bureau à lui, mais il savait que Patta n'accepterait jamais. Il avait l'impression de se cogner contre un mur.

« Je ne veux pas dire *partir* partir, je veux dire partir de cet étage.

– Pour aller où ? s'enquit Brunetti qui parvint à masquer son soulagement et parcourut mentalement tout le bâtiment.

– Tout ce qu'il me reste à faire, c'est de me décaler de quelques bureaux », affirma-t-elle d'un ton plus apaisé.

L'aisance avec laquelle elle avait énoncé cette déclaration, comme si tout cela n'était pas plus compliqué que de faire sauter le bouchon d'une bouteille de *prosecco*, lui mit les nerfs en pelote. Brunetti essaya de se remémorer l'édifice, en cherchant les bureaux qui pourraient lui convenir et les noms des personnes qui les occupaient habituellement. Et il trouva : au même étage que lui, mais sur le côté opposé, il y avait une pièce beaucoup plus petite donnant sur le jardin arrière. Cette pièce était actuellement remplie par deux énormes armoires que personne n'avait songé à enlever lorsqu'on y avait installé un bureau et qu'on l'avait assigné à Claudia Griffoni.

Il cessa de se taper la main sur le front en criant : « Ah ah ! » Il venait soudain de comprendre. Signorina Elettra n'éprouvait que peu de sympathie à l'égard de sa collègue : c'était aussi simple que cela. Brunetti en ignorait la raison : il se refusait à l'attribuer à la jalousie féminine et, pour éviter toute discussion à ce sujet, s'était résolu à ne jamais en toucher un mot à Paola.

Sa sagesse lui enjoignit de se tenir à l'écart de cette question, à s'abstenir de tout commentaire et à feindre l'indifférence ou le désintérêt, jusqu'à ce qu'elle se dégote un nouveau bureau. « Bien, conclut-il d'un air détaché, j'espère que vous trouverez une solution. » Il songea au quiproquo où il pourrait impliquer Patta. Les conséquences d'une non-intervention ne sont pas synonyme de paix, il le savait bien, par les temps qui courent.

Veillant bien à souligner que la proposition qu'il s'apprêtait à lui faire était de loin plus intéressante que toute discussion sur un changement de bureau, ou sur qui s'y installerait, il lui annonça : « J'ai un nom pour vous.

– Pour ?

– Pour que vous y jetiez un coup d'œil. » Voyant que ceci avait attiré son attention, il explicita : « Je suis allé à Dorsoduro pour voir le *palazzo*. » Afin de détendre davantage encore la situation, il ajouta : « Et je suis revenu avec un nom.

– Qui est ? s'informa-t-elle, en tournant l'écran de l'ordinateur devant elle.

– Lucrezia Lembo.

– La femme du Roi du cuivre ?

– La fille. Il en a au moins deux, et apparemment elles habitent encore à cette adresse. »

Signorina Elettra fit un véritable sourire, calme et affable, et il voyait ses tensions et sa colère se résorber peu à peu. « Je vais voir ce que je peux trouver.

– La personne qui m'a donné son nom m'a raconté qu'elle a eu une vie pas facile : les hommes, des problèmes avec ses enfants, le divorce, l'alcool. »

Elle pinça les lèvres. « Plutôt pas mal comme palmarès.

– Tout ce que vous pourrez trouver sur les deux sœurs m'intéresse a priori : je ne sais pas comment s'appelle l'autre. » Il se souvenait vaguement que les parents étaient morts tous les deux.

Elle tapota quelques touches, puis d'autres encore ; elle lut un moment, se remit à son clavier, et lorsque Brunetti la vit sourire de nouveau, il se demanda si c'était à la pensée d'être de retour au travail, ou à la perspective de pouvoir accéder aux banques de données de différentes institutions de la ville sans avoir à s'embêter avec des choses empoisonnantes comme les garanties, les autorisations, ou les ordonnances des magistrats.

Il la remercia et retourna vers son bureau, fier d'avoir redonné à une femme orgueilleuse et pétulante sa place légitime de corsaire, capable de passer royalement outre aux règles ou réglementations.

15

Au pied de l'escalier qui menait à son bureau, Brunetti regarda sa montre et vit qu'il était deux heures passées ; c'était, fort probablement, l'une des dernières douces journées de l'année et il se sentit en droit, après cette matinée de travail, de déjeuner avec son épouse. Paola lui avait dit que les enfants ne seraient pas là, qu'il pourrait donc arriver à l'heure qu'il voulait et il décida de la prendre au mot.

Tout en se dirigeant vers Rialto, il se mit à jouer à une sorte de jeu d'échecs oriental à trois dimensions. Il avait lu quelque chose à propos de ce jeu appelé go, mais n'avait pas bien compris de quoi il retournait. Il n'avait aucune idée de ses règles et inventa donc les siennes : il partit du principe que les gens qu'il faisait passer d'un bureau à un autre, et à un autre étage, s'exécuteraient sans plaintes et sans rancœur, à l'instar de l'homme dans la Bible qui prit son grabat et marcha[1].

Scarpa prendrait celui de signorina Elettra, et signorina Elettra celui de Claudia Griffoni. Il déplacerait les grandes armoires aux archives, où la hauteur des étagères sauverait les documents des effets de la moisissure

---

1. Évangile selon saint Jean, v, 8 (traduction d'André Chouraqui).

et du temps. Et où se retrouverait Griffoni ? Dans le placard converti en bureau, qui a été celui du lieutenant Scarpa pendant des années ?

Il n'évoqua pas la question du bureau de signorina Elettra de tout le repas, trouvant les calmars aux petits pois bien plus intéressants que les querelles territoriales de ses collègues. Il retint sa langue jusqu'au moment où, debout à côté de Paola, il essuyait la vaisselle et la rangeait dans le buffet, mais très lentement et en prêtant fort peu d'attention à ses gestes. Comme il ne cessait d'essuyer et de réessuyer le même verre de vin, elle finit par le lui prendre, de sa main mouillée, et le posa sur le plan de travail. « Qu'est-ce qui te tracasse ? lui demanda-t-elle.

– Les femmes. »

Il était rare que Brunetti parvienne à bloquer Paola dans son élan ; son expression lui procura donc une certaine satisfaction. « D'une manière générale ? Ou d'une manière spécifique ? » Elle se rinça les mains et lui prit le torchon pour les essuyer.

« D'une manière spécifique », précisa Brunetti.

Faisant fi de sa réponse, elle déclara : « Comme ce serait agréable de vivre au premier étage.

– Avec l'humidité et sans lumière », répliqua Brunetti, qui pensait aux bureaux situés au rez-de-chaussée de la questure ; il n'avait même pas osé envisager de déplacer les pions de son jeu à cet endroit.

« Avec juste une volée de marches si on a envie de descendre prendre un café au bar », rectifia-t-elle. Elle prit la cafetière, la remplit d'eau et de café, vissa avec force la partie supérieure et la mit sur le feu. Sans aucun doute, Paola reviendrait sur la question des femmes. Il retourna donc au salon et se tint un moment à la fenêtre.

Les nuages s'étaient épaissis pendant le déjeuner et il tombait une pluie fine.

Elle arriva avec deux tasses, déjà sucrées. Elle lui en tendit une, resta debout à remuer son café et reprit : « Lesquelles, de manière spécifique ?

– Signorina Elettra et Claudia Griffoni.

– Elles en sont venues aux mains ? »

Il sirota son café, le finit et reposa la tasse sur la table. « Tu parles toujours de la jalousie féminine.

– Quand je ne parle pas de la jalousie masculine », rectifia-t-elle. Elle alla s'asseoir au bord du canapé, et attendit.

« C'est à propos d'un bureau, commença-t-il. Mais c'est juste un prétexte. Elettra n'a jamais accroché avec elle. Je le vois bien, chaque fois que je la mentionne.

– Et Griffoni, de son côté ? »

Brunetti n'y avait jamais réfléchi. « Je ne suis pas sûr qu'elle l'ait remarqué. »

Paola agita une main en l'air. « Terre à Guido. Planète terre à Guido. Vous nous recevez ?

– Qu'est-ce que ça veut dire ?

– Ça veut dire que si Elettra n'aime pas quelqu'un, la personne ne peut pas ne pas s'en apercevoir. »

Il pensa à la manière dont signorina Elettra asticotait en permanence et publiquement le lieutenant Scarpa, si différente des petits coups gentils, presque affectueux qu'elle donnait au vice-questeur Patta. L'un la dégoûtait, tandis que l'autre ne faisait que l'irriter. Avec Griffoni, cependant, elle avait toujours été d'une parfaite politesse, comme elle n'en usait avec personne d'autre à la questure.

Il l'expliqua à Paola, qui s'informa : « Comment elle se comporte, Griffoni ?

– De la même manière. C'est comme si elle s'adressait à un chef d'État.

– Eh bien, elle en est un, non ?

– Quoi donc ?

– Signorina Elettra, du moins d'après ce que tu m'as dit, règne sur la place. Ou en tout cas, certainement sur Patta, ce qui revient au même.

– Et alors ?

– Alors la formalité de Griffoni pourrait n'être rien d'autre que de la déférence par rapport à sa position. » Sans laisser le temps à Brunetti de faire la moindre objection, elle poursuivit : « N'oublie pas, c'est une Sicilienne et ils ont beaucoup plus le sens de la hiérarchie que nous. Et s'ils viennent d'une bonne famille, le sens de la politesse est encore plus fort.

– Ça fait déjà trois ans.

– Elles vont faire avancer les choses. L'impression que ça me donne, c'est que chacune est simplement en train d'attendre que l'autre brise la glace la première. »

Brunetti était rétif à le croire. « Qu'est-ce que je fais ? Je ne m'en mêle pas et je n'interviens que le jour où elles se rouleront par terre en se prenant toutes les deux à la gorge ?

– Tu as parlé d'un bureau, lui rappela Paola. La question est de savoir qui l'obtiendra ?

– Oui.

– Qui est-ce qui a pris cette décision ?

– Patta.

– Est-ce que tu as moyen de faire pression pour qu'il évite les hostilités ? »

Après des dizaines d'années à l'université, elle avait appris à agir en sous-main pour résoudre un problème. Il n'avait toujours pas dit à Patta que le fils du maire était à l'abri du moindre risque grâce aux pots-de-vin payés à la police municipale. Cependant, le vice-questeur n'avait pas besoin de savoir combien il lui avait été aisé d'obtenir cette information. Il valait mieux pour Brunetti qu'il lui laisse croire qu'il avait dû quémander des faveurs aux forces de l'ordre, demander à de vieux amis de fermer les yeux et mis en péril sa réputation pour défendre le fils du maire et sa campagne de réélection, d'où dépendait son avenir politique.

S'il parvenait à conférer à ses efforts une dimension suffisamment épique, il pourrait exiger en échange que Foa soit temporairement assigné comme garde-côtes.

Il se pencha et embrassa Paola. « Je tremble à l'idée de ce que tu as dû apprendre après toutes ces années de lectures », dit-il et il repartit travailler.

Sur le chemin de la questure, la pluie redoubla et cette grosse averse marqua très nettement le début de l'automne. Content d'avoir pris son léger imperméable, Brunetti n'eut pas à s'arrêter pour attendre qu'il cesse de pleuvoir. Bien qu'il accélérât le pas les dix dernières minutes, il arriva quand même au bureau la tête et les épaules trempées.

Il s'ébouriffa les cheveux des deux mains, qu'il essuya avec son mouchoir, puis se le passa aussi énergiquement sur la tête. Arrivé à son étage, il accrocha son imper à la porte du placard et descendit parler à signorina Elettra.

Cette fois non plus, elle n'était pas dans son bureau. La porte de celui de Patta était derechef entrouverte et il put entendre la voix de son supérieur, même s'il ne pouvait comprendre ce qu'il disait. Il alla à la fenêtre, sans succomber à la tentation de tendre l'oreille, et lorsqu'il regarda en bas sur le quai, il vit signorina Elettra monter dans une vedette de la police et Foa lui tenir la main pour l'empêcher de tomber sur le pont glissant.

Brunetti se rapprocha alors de la porte.

« Je suis bien conscient de la gravité de la situation, signore, affirmait Patta d'un ton rassurant. J'ai chargé un de mes meilleurs éléments de s'en occuper, vous pouvez être tranquille. » Après une longue pause, il spécifia : « Oui, il est vénitien, monsieur. »

Brunetti, l'un des meilleurs éléments de Patta, traversa silencieusement la pièce et remonta dans son bureau.

Son téléphone se mit à sonner alors qu'il en était encore à quelques mètres. Il se hâta et décrocha à la septième sonnerie. « Brunetti, se présenta-t-il.

– Guido, c'est Ettore, entendit-il Rizzardi lui dire à l'autre bout du fil.

– Qu'est-ce qu'il y a ?

– Il est arrivé quelque chose de bizarre et j'ai pensé que je devais t'en faire part.

– Quoi donc ?

– Tu as envoyé un de tes hommes ici avec la mère de cet homme qui est mort, n'est-ce pas ?

– Oui. Qu'est-ce qui s'est passé ?

– Oh, elle l'a identifié. Le jeune n'aurait pas pu être plus gentil avec elle.

– C'est pour ça que tu m'as appelé ?

– Non, c'est parce qu'elle est revenue.

– Revenue où ?

– À l'hôpital.

– À ton service ?

– Non. Aux urgences.

– Comment tu le sais ?

– Par Favaro, un de mes assistants. Il l'a vue quand elle est venue identifier son fils et il l'a reconnue quand elle est arrivée en ambulance, alors il est venu me le dire.

– Qu'est-ce qui s'est passé ?

– Je ne sais pas. Je ne l'ai pas vue.

– Il n'a rien dit à son sujet ?

– Si. Il a dit qu'elle avait tout l'air d'avoir été battue. »

16

Il appela la salle des policiers, mais on lui dit que Pucetti était parti en patrouille. Il demanda le numéro du *telefonino* du jeune homme, et l'appela. Pucetti répondit qu'il était sur la place Saint-Marc, à regarder les pigeons et les touristes en train d'éviter la pluie.

Brunetti lui rapporta le coup de fil de Rizzardi et fut surpris par l'impétuosité de la réponse du jeune homme. « Qu'est-ce qui s'est passé ? Est-ce qu'elle est gravement blessée ? »

Brunetti répéta que tout ce qu'il savait, c'était ce que Rizzardi lui avait dit : qu'elle était aux urgences et qu'elle semblait avoir été attaquée.

« Est-ce que je peux vous voir là-bas, commissaire ? demanda Pucetti.

– C'est pour ça que je t'appelais, expliqua Brunetti, surpris que Pucetti n'y ait pas pensé. Je pars à l'instant. Rizzardi nous rejoindra là-bas. » Il regarda sa montre. « Dans un quart d'heure. » Le jeune homme interrompit la communication avant lui.

Il regarda par la fenêtre : aucun signe de Foa ou de son bateau. Il enfila son imperméable, prit son parapluie au fond du placard et quitta la questure, en avertissant l'agent en faction qu'il allait à l'hôpital parler à un témoin.

La pluie s'était intensifiée et ses chaussures furent rapidement trempées aux extrémités et sur les côtés : bien qu'il ne vît pas grand monde sur le chemin de l'hôpital, il y avait à l'intérieur le va-et-vient habituel des visiteurs, des médecins et des infirmiers, ainsi que des patients en peignoir et pantoufles.

Les portes automatiques s'ouvrirent à son passage et il entra dans la salle d'attente du Pronto Soccorso[1]. Il passa devant la cage vitrée de la réception et prit le premier couloir, déterminé à trouver Rizzardi, ou Pucetti.

« Signore, l'appela une voix derrière lui. Vous devez vous enregistrer. » Il sortit son insigne et revint à la porte de la petite cabine où le réceptionniste était assis à son ordinateur. Il ressemblait à un hibou, avec ses cheveux clairsemés et semblait parfaitement dans son élément, à l'intérieur de cette boîte en verre.

Brunetti exhiba sa carte professionnelle et annonça : « Je cherche le docteur Rizzardi. »

Mécontent, et désireux de remporter même une infime victoire, l'homme derrière le bureau lui lança : « Vous devez me la montrer avant d'entrer. »

Brunetti s'apprêtait à passer outre, lorsqu'il se souvint du mantra que Paola lui avait ressassé pendant vingt ans : « C'est le seul pouvoir qu'a cet homme et c'est le seul pouvoir qu'il aura jamais dans sa vie. Ou tu lui montres que tu le respectes, ou il te causera des tas d'ennuis qui n'en valent pas la peine. »

« Ah, excusez-moi, fit Brunetti, en remettant sa carte dans son portefeuille. J'ai oublié. »

L'homme hocha la tête, apparemment calmé. « Elle est dans la troisième chambre, sur la gauche.

1. Les urgences.

– Un de nos hommes en uniforme devrait arriver d'un moment à l'autre. Voulez-vous bien nous l'envoyer ? » demanda Brunetti puis, invoquant la sagesse de Paola, il ajouta : « S'il vous plaît. »

L'homme leva la main, tout content maintenant de pouvoir lui rendre service. « Bien sûr, signore. »

Brunetti frappa à la porte, attendit quelques secondes et entra. Rizzardi était debout au pied du lit, en train de lire un document attaché à un épais porte-bloc en plastique. Ça me fait drôle, se disait Brunetti, de voir Rizzardi avec un patient vivant ; puis il se souvint que c'était, après tout, un médecin. Rizzardi regarda Brunetti et se servit du porte-bloc pour lui faire signe d'avancer. Brunetti s'approcha. Rizzardi le leva pour lui indiquer qu'il contenait toutes les informations qu'il pouvait lui donner. Le docteur lui chuchota : « Elle pourrait avoir une commotion cérébrale, mais très légère ; elle a beaucoup de bleus sur le visage et une coupure au-dessus de l'œil gauche. Elle a deux doigts écrasés à la main gauche et une côte fêlée. »

Brunetti regarda la femme dans le lit et fut choqué de la voir si petite. Il ne lui reconnaissait pas sa grande taille et le drap semblait happé par son bassin rétréci. Elle dormait ; ses yeux étaient curieusement enfoncés dans les orbites et l'œil gauche était déjà entouré d'un halo gris et rougeâtre. On aurait dit que ses joues s'étaient affaissées au niveau de la bouche, ou peut-être était-ce le jeu de lumière qui créait un contraste entre la peau claire de ses joues et la peau plus foncée autour de ses yeux. Il la reconnut principalement aux cheveux, la seule chose qui n'avait pas changé.

Sa main gauche sortait des couvertures ; elle y avait deux doigts cassés et écrasés.

« Qu'est-ce qui s'est passé ? » s'informa Brunetti.

Rizzardi baissa le porte-bloc et le remit à sa place au pied du lit. « Je ne sais pas. Tout ce que j'ai vu, c'est ça. » Il tapota le papier. Prenant Brunetti par le bras, il s'écarta du lit.

« Favaro a dit qu'elle a l'air d'avoir été frappée. Ses blessures semblent le confirmer. » Il l'énonça d'un ton doux, calme, instructif.

Brunetti jeta un coup d'œil dans la pièce et regarda de nouveau le visage et la main de la femme. « Et si je souscrivais à cette déclaration ? » suggéra-t-il, sachant de quoi il parlait, après les nombreuses agressions qu'il avait pu voir tout au long de sa carrière.

Rizzardi haussa les épaules de manière détendue et lui répondit d'une voix chaleureuse : « Je serais d'accord avec toi. »

Avant que Brunetti ne puisse dire le moindre mot, la porte s'ouvrit et Pucetti entra. Il regarda les deux hommes puis la femme, puis de nouveau Rizzardi. Le docteur lui fit un signe de la tête, rappelant à Brunetti qu'ils s'étaient déjà vus ce matin-là, lorsque Pucetti avait accompagné signora Cavanella à la morgue.

« Qu'est-ce qui s'est passé, dottore ? s'enquit le jeune officier à voix basse. Est-ce qu'elle va bien ? » Sa pré-occupation n'aurait pu être plus manifeste.

« L'équipe de l'ambulance l'a amenée il y a trois heures. Elle pourrait avoir une commotion cérébrale, elle s'est cogné la tête. Tu as vu ses doigts, ils ont été écrasés. Et elle s'est aussi cogné le visage. Il se peut qu'elle soit tombée. » Brunetti fut frappé par le rapport de son collègue, dénué de tout facteur humain.

« Mon Dieu », s'exclama Pucetti. Il se tenait immobile, dans l'embrasure de la porte. Puis, se secouant pour revenir au cours normal des choses, il se tourna vers Brunetti : « Est-ce que je peux aller en parler à l'équipe ?

– Bonne idée, approuva Brunetti, qui demanda à Rizzardi : Est-ce qu'on peut la laisser seule ?

– Bien sûr », lui confirma-t-il, de ce ton entièrement confiant avec lequel les médecins commentent des éléments pourtant dénués de certitude.

Comme il n'était pas aisé de parler dans cette pièce, en présence de la femme, Brunetti lui proposa : « Allez, on va prendre un café », puis s'adressant à Pucetti : « Viens nous rejoindre au bar après leur avoir parlé, d'accord ?

– Oui, monsieur », et lançant un nouveau regard vers la femme, Pucetti sortit aussi précipitamment qu'il était entré.

Les deux hommes quittèrent la chambre tout doucement, comme il est d'usage à l'hôpital. Tandis qu'ils longeaient le couloir, Brunetti demanda, en cessant de chuchoter : « Qu'est-ce qui s'est passé, tu crois ? » Comme Rizzardi gardait le silence, Brunetti précisa : « Entre nous, bien sûr. »

Rizzardi sourit et répondit : « Toi, je veux bien te le dire. Je réfléchis aux différentes possibilités, sans vouloir prendre le risque de donner une opinion. » Il marqua une pause lorsqu'ils arrivèrent dans le cloître, où il pleuvait à verse.

Les arbres avaient encore toutes leurs feuilles ; la pluie n'en avait pas fait tomber beaucoup. Brunetti se dit que les feuilles auraient dû être toutes par terre à cette époque de l'année.

« Je suppose que tu as déjà vu des cas semblables », commença Rizzardi, debout, les mains dans les poches, en train d'observer deux chats qui dormaient sur un muret en pierre. « Ce pourrait être des blessures qu'elle s'est faites en voulant se défendre, ou peut-être qu'elle s'est blessée aux doigts en essayant d'amortir sa chute. Il y a le coup à la tête, mais il est possible qu'elle se soit cogné la tête contre le mur ou sur une marche, en tombant. Il y a les blessures au visage, sur le côté gauche, ce qui veut dire qu'elles ont été faites par un droitier – si c'est quelqu'un qui l'a frappée. Cela dit, c'est le genre de bleus tout à fait courants en cas de chute. »

Un des chats ouvrit les yeux, se dressa sur ses pattes et fit le gros dos avant de se recoucher et de resombrer instantanément dans un profond sommeil. « Il pourrait y avoir d'autres explications. L'équipe des ambulanciers devrait avoir une idée là-dessus, ou elle pourra nous le dire elle-même à son réveil. Qu'est-ce qui s'est passé, à ton avis ? »

Brunetti se passa la main droite dans les cheveux qui étaient encore humides. Il s'essuya la main sur le pantalon et continua son chemin vers le bar. « J'en ai vu pas mal des cas comme celui-ci, surtout des femmes qui se font battre par leur petit ami ou leur mari. Ce pourrait en être un de plus. Tous les signes sont là, la tête, le visage, les doigts. »

Dans le bar, il commanda deux cafés sans avoir demandé à Rizzardi ce qu'il voulait.

Lorsque le café arriva, Rizzardi en but une gorgée, puis raconta : « J'ai frappé un homme, une fois. Une seule fois dans ma vie. Mais je ne peux pas m'imaginer en train de battre une femme.

– Pourquoi tu l'as frappé ?

– Oh, juste à cause d'une chose. »

Brunetti se tourna et le regarda fixement. « Chaque chose est une *chose*, Ettore. Pourquoi tu l'as frappé ?

– J'étais dans un vaporetto », commença Rizzardi. Il prit son café, observa ce qui était resté dans sa tasse, la fit tourner plusieurs fois et le finit. « Il y avait un homme, debout, à ma gauche. Et devant lui il y avait une petite fille. Bon, peut-être pas si petite. Elle devait avoir dans les treize ans, donc oui, c'était une petite fille. Quand il a cru que personne ne le voyait, il s'est penché sur le côté et lui a mis la main aux fesses et l'a pincée. Et il a laissé sa main. Je l'ai regardée, la jolie gamine. Elle portait une robe. On était en été, donc c'était une robe légère. »

Rizzardi remit sa tasse sur la soucoupe. « La fille l'a dévisagé, mais il laissait sa main là et il lui souriait. Elle était terrifiée, gênée, honteuse. » Il demanda au serveur un verre d'eau minérale, puis revint vers Brunetti. « C'est pourquoi je l'ai frappé. J'ai serré mon poing et je lui ai filé un coup à l'estomac. Je suis médecin, donc je ne voulais pas prendre de risque en le frappant à la tête ou au visage : je ne voulais rien casser, ne pas me casser non plus la main, ce qui fait que je ne l'ai pas frappé si fort que ça. Mais assez fort quand même. »

L'eau arriva. Rizzardi la prit et la but à moitié. « Il était plié en deux et une fois que sa tête s'est retrouvée au niveau de mes genoux, je me suis penché et je lui ai dit : "Recommence une seule fois, et je te tue." » Il soupira. « Ça ne m'était jamais arrivé de perdre le contrôle, comme ça.

– Qu'est-ce qu'il a fait ?

– Il est descendu à l'arrêt suivant. Je ne l'ai plus jamais revu.

– Et la fille ? »

Le visage de Rizzardi s'éclaira. « Elle m'a dit : "Merci, signore" et m'a souri. » Il était radieux. « Je n'ai jamais été aussi fier de moi de toute ma vie. » Puis, au bout de quelques secondes, il ajouta : « Je sais que je devrais avoir honte, mais je n'ai pas honte du tout.

179

— Est-ce que tu le referais ?

— Plutôt deux fois qu'une », répondit Rizzardi en riant.

Pucetti arriva sur ces entrefaites et s'étonna : tout comme Brunetti, il n'avait encore jamais entendu rire Rizzardi.

Ravi de pouvoir passer à autre chose, Brunetti lui demanda : « Qu'est-ce qu'ils ont dit ?

— C'est un homme qui passait par là dans la rue, pas loin des Zattere, qui les a appelés. Il a dit qu'il y avait une femme assise sur les marches d'un immeuble, avec le visage en sang. Il a essayé de lui parler, mais elle ne semblait pas comprendre, donc il a appelé l'ambulance.

— Est-ce qu'ils ont son nom ?

— Oui, monsieur. Il est resté là jusqu'à ce qu'ils arrivent.

— Est-ce qu'il a dit autre chose ?

— Non. Juste qu'il rentrait chez lui et qu'il a vu cette femme.

— Est-ce qu'elle a dit quelque chose ?

— Elle leur a dit qu'elle était tombée.

— Si on m'avait donné 10 euros à chaque fois que j'ai entendu ce refrain, je pourrais prendre ma retraite », le coupa Rizzardi qui demanda à Pucetti s'il voulait un café.

Pucetti regarda fixement Rizzardi sans répondre, puis dit qu'il n'en voulait pas. Brunetti paya. Ils quittèrent le bar, traversèrent la cour et retournèrent aux urgences. Cette fois, Brunetti leva la main vers l'homme derrière la vitre, qui lui fit un signe en retour, accompagné d'un sourire.

Brunetti ouvrit la porte de la chambre et vit que la femme avait ouvert les yeux. Mais le temps que les trois hommes s'approchent du lit, elle les avait refermés.

« Signora », dit Brunetti. Pas de réponse.

Rizzardi, qui avait naturellement décidé de ne pas se mêler de cette affaire, ne souffla mot.

Pucetti se pencha et murmura : « Signora Ana. C'est moi, Roberto. » Il posa sa main droite sur son bras. « Signora, vous m'entendez ? »

Lentement, elle ouvrit les yeux et, voyant son visage si près du sien, elle sourit.

« N'essayez pas de parler, signora. Tout va bien, tout ira bien.

– Tu pourrais lui demander… », commença Brunetti.

Pucetti se releva et se tourna vers Brunetti. « Je crois qu'elle a eu sa dose, commissaire. Vous ne croyez pas ? » Puis, incluant Rizzardi, il suggéra : « Je pense que nous devrions tous sortir et la laisser se reposer. »

Brunetti recula pour s'écarter de lui et leva les mains, paumes ouvertes ; du ton d'un homme qui se bat pour sauver la face ou sa réputation, il confirma : « Elle en a assez bavé. Tu as raison. » Il se tourna et se dirigea vers la porte. En passant devant Rizzardi, il lui proposa : « Allez, viens, Ettore. Pucetti n'a pas tort. »

Les deux hommes gagnèrent la porte et s'arrêtèrent dans l'embrasure. Pucetti se pencha de nouveau et remit sa main sur le bras de la femme. « Essayez de dormir un peu maintenant, signora. Je reviendrai dès que je pourrai. » Lorsqu'elle se mit à parler, il leva un doigt, comme s'il voulait le mettre gentiment sur ses lèvres : « Non, pas maintenant. Tout cela peut attendre. Il faut juste dormir à présent. Et bien vous remettre. » Il serra son bras avec le plus de douceur possible et s'éloigna du lit, très lentement, en se tournant vers la porte comme pour s'assurer que tout allait bien.

Les trois hommes quittèrent la chambre ; Pucetti prit soin de fermer la porte sans faire de bruit.

17

Brunetti ne savait pas s'il devait rire ou s'écarter du jeune homme. Tout au long de sa carrière, il avait lui aussi abusé de la bonne foi de témoins, mais il l'avait rarement fait de manière aussi magistrale, même s'il n'était pas sûr que ce soit le bon adjectif pour décrire le comportement de Pucetti. Le jeune homme avait le génie de la supercherie, comme d'autres ont le don de la musique, du golf ou du tricot. Cette comparaison toutefois le dérangeait, car si les autres passe-temps étaient anodins, la supercherie ne l'était pas. Mais si cette supercherie permettait de comprendre les circonstances de la mort du fils de signora Cavanella, c'était utile, et donc positif. Oh, quel jésuite il faisait.

Il regarda le visage tout lisse du jeune officier et se demanda où Dante l'aurait placé. Parmi les mauvais conseillers ? Les simulateurs ? Pucetti serait-il enveloppé d'une langue ou d'une flamme, ou bien serait-il une proie mise en pièces par ses semblables ?

Rizzardi lui épargna tout commentaire en disant à Pucetti : « Tu étais plutôt convaincant. Je vous ai vus ensemble ce matin et tu étais franchement gentil avec elle. »

Le jeune homme regarda par terre, pinça les lèvres et déclara : « Je ne sais pas si ça me plaît vraiment de me comporter comme cela, dottore. » Il leva les yeux pour regarder passer une femme médecin en blouse blanche, puis s'adressa à Rizzardi. « La plupart des gens ont tellement besoin de croire ce qu'on leur dit que c'est trop facile. » Puis il ajouta, en toute sincérité : « Je ne le dis pas comme ça, vous savez. Vraiment, ça ne me plaît pas que ça soit si facile. » Il fit une pause, et observa : « Et j'ai eu du mal à jouer cette comédie avec elle. C'était son seul enfant. »

En entendant Pucetti tenir ces propos, Brunetti réalisa qu'il ne demandait qu'à le croire. Il pensa à Paola qui, toute trompeuse et hypocrite qu'elle pût être, restait une des rares personnes véritablement honnêtes qu'il ait jamais connues.

Rizzardi coupa le fil de ses pensées. « Je dois repartir. Je vous laisse disserter tout votre soûl sur cette pauvre femme. » Sur quoi, il tourna les talons et s'en alla.

Brunetti et Pucetti se dirigèrent vers la sortie. Pucetti saisit cette occasion pour dire à Brunetti que le curé lui avait appris que Davide avait fréquenté la paroisse seulement six mois et qu'il n'avait jamais entendu parler de signora Cavanella. Parvenus à la porte principale, ils regardèrent le *campo*. La pluie avait cessé et le ciel s'éclaircissait, si bien que Brunetti n'eut plus besoin de son parapluie. Il se rendit compte qu'il l'avait oublié quelque part, soit à l'entrée des urgences, soit dans la chambre de signora Cavanella, ou encore au bar. Où s'en étaient-ils allés, se demanda-t-il, tous ces parapluies qu'il avait oubliés dans les trains, les bateaux, les bureaux et les magasins, pendant toutes ces années ?

Il sortit, il faisait frais : l'automne était bel et bien là. « Dis-moi ce qui s'est passé ce matin », demanda-t-il à Pucetti. Il restait là, dans la fraîcheur de l'après-midi, à regarder les nuages qui filaient vers l'ouest et il n'avait aucune envie de retourner à la questure. Il se dirigea vers le pont, prit le chemin de la maison et invita Pucetti à en faire autant.

Tandis qu'il longeait l'école, Pucetti le rattrapa et lui expliqua ce qui s'était passé. Il était arrivé à l'heure chez signora Cavanella et avait pris soin d'être formel et poli, rien de plus. Mais au deuxième pont, lorsqu'elle s'arrêta avant de le franchir, il glissa son bras sous le sien, en veillant bien à le lâcher une fois arrivés de l'autre côté. Mais comme elle avait décidé d'aller à pied à l'hôpital, ils en eurent beaucoup à traverser, si bien que l'habitude s'était naturellement instituée entre eux qu'il l'aide à les passer.

C'était elle qui avait demandé si le jeune policier pouvait aller à la morgue avec elle et c'est Pucetti qui lui avait tenu le bras et l'avait empêchée de tomber, lorsque Rizzardi avait enlevé le drap qui couvrait le visage de son fils.

Il l'aida ensuite à remplir les formulaires et était quasiment prêt à séquestrer une ambulance pour la ramener à la maison. Brunetti était curieux de connaître les raisons du comportement de Pucetti, mais il ne savait pas comment formuler la question. Sans qu'il le lui demande, le jeune homme expliqua, au moment où ils sortaient du campo San Bortolo : « Au début, je pensais juste que c'était une bonne idée de gagner sa confiance, mais j'ai fini par être triste pour elle, commissaire. La mort de son fils l'avait brisée. Là-dessus, on ne peut pas faire semblant. »

Brunetti s'arrêta sous la statue de Goldoni, qui arborait sa perpétuelle élégance ; il réprima son envie impérieuse de lui dire qu'il avait lui-même simulé une forte émotion, et d'une manière tout à fait crédible. Il préféra dire au jeune homme qu'il avait bien fait et qu'il pouvait considérer qu'il avait fini sa journée, s'il le souhaitait. Mais Pucetti décida de retourner travailler. Brunetti lui fit un salut informel en levant la main et prit à droite pour rentrer chez lui.

Le lendemain matin, Brunetti se fit un point d'honneur d'arriver à l'heure à la questure, même si personne ne faisait spécialement attention à quel moment il y entrait. Il avait appelé l'hôpital de chez lui juste après 8 heures et avait parlé à l'infirmière préposée à la chambre d'Ana Cavanella. La signora avait passé une bonne nuit, mais le docteur qui l'avait examinée avait décidé de la garder quand même un jour et une nuit de plus avant de la renvoyer chez elle. L'infirmière ne savait pas si elle avait eu des visites, à part la femme qui avait été installée dans la même pièce qu'elle.

Signorina Elettra était dans son bureau ; elle se tenait à côté du meuble situé près de la porte, où elle remettait un dossier à sa place. Le cardigan en cachemire – couleur rouille – qu'elle portait après la longue pause estivale confirma à Brunetti qu'on avait bien changé de saison.

« Ah, commissaire, venez, je vais vous faire des révélations plutôt mystérieuses. »

Il la suivit tandis qu'elle regagnait son bureau. Au lieu d'allumer son ordinateur, elle sortit la petite clef insérée sur le côté. « Est-ce que nous pouvons nous servir de votre ordinateur, signore ? » demanda-t-elle. Un coup d'œil furtif lui montra que la porte de Patta était ouverte, donc il n'était pas encore arrivé. Oui, il valait mieux que le vice-questeur ne commence pas sa journée en le voyant en pleins conciliabules avec signorina Elettra et son ordinateur.

Ils montèrent à son bureau. « Je vous en prie », lui dit-il. Il lui laissa le soin d'insérer la clef et d'allumer le sien, pendant que lui accrochait son imperméable et son écharpe dans son armoire. Installée dans le fauteuil de son collègue, elle effleurait d'un geste tendre les touches de l'appareil qu'elle lui avait procuré l'année précédente. Il ne voulait pas savoir comment elle s'y était prise, ni combien de bureaux de police à Bari étaient toujours privés d'équipement de base parce que lui bénéficiait de cet ordinateur haut de gamme, source de jalousie pour le personnel plus jeune et de sotte fierté pour lui. Si elle lui avait fait acheter une Maserati par le ministère de l'Intérieur, cela n'aurait pas constitué un meilleur exemple de gaspillage et de consommation ostentatoire.

Le sourire de signorina Elettra exprimait clairement le plaisir qu'elle avait à utiliser cet appareil, ce qui l'incita de nouveau à se demander pourquoi c'est à lui qu'elle l'avait fait livrer, et non pas à elle. Il tira une des chaises réservées aux visiteurs et s'assit près d'elle.

« Regardez », dit-elle en désignant l'écran. Il reconnut le type de document recto verso qu'il avait sous les yeux : c'était une *carta d'identità*, délivrée six ans plus tôt par la commune de Venise. L'âge de la femme était de 53 ans ; elle était née à Venise, et était domiciliée à San Polo. Son état civil la désignait comme « célibataire » et sa profession était *casalinga*, c'est-à-dire femme au foyer. Elle percevait la retraite minimum de l'État.

Signorina Elettra appuya sur une touche et la carte d'identité fut remplacée par un rapport de l'ULSS qui donnait son nom et la même adresse, ainsi que le nom de son médecin traitant, exerçant dans le même quartier de San Polo.

Une autre touche encore, et Brunetti vit apparaître la liste des causes de ses visites médicales, ainsi que les diagnostics et les ordonnances prescrites, du moins pour ces dernières dix-sept années où les rapports médicaux avaient commencé à être informatisés. En les parcourant des yeux, il vit que c'était une de ces personnes qui, comme sa mère le disait toujours, feraient faire faillite aux docteurs. Elle avait vu son médecin six fois en douze ans, deux fois pour une grippe, une fois pour une infection urinaire et deux fois pour se faire prescrire un frottis. L'année précédente, on lui avait établi une ordonnance pour des somnifères courants.

« Et son fils ? » demanda Brunetti.

Elle secoua la tête. « Rien. Il n'existe pas. Il n'est pas né, n'est pas allé à l'école, n'a jamais vu un médecin, ni n'est jamais allé à l'hôpital. » Puis, levant les yeux vers lui : « Pucetti a trouvé la même chose. Ou plutôt n'a rien trouvé. »

Elle écrivit Davide Cavanella et le nom parut sur un document strié de rangées de croix à la place d'informations. Il n'a jamais été arrêté, on ne lui a jamais délivré de permis de chasse ni de conduire, il n'a pas de passeport, ni de carte d'identité, n'a jamais travaillé pour l'État ni cotisé à une caisse de retraite. Il ne touchait pas non plus de pension d'invalidité. Après réflexion, ou pour montrer qu'elle avait vérifié toutes les cases possibles, signorina Elettra revint à la page écran précédente qui informait : « Pas d'indemnités pour une aide à domicile pour la mère. »

Dans un pays rempli de faux aveugles, de gens qui continuent à bénéficier de la retraite de parents morts dix ans plus tôt, d'individus déclarés handicapés à cent pour cent qui jouent au golf ou au tennis, ils étaient là face à un véritable handicapé qui n'avait jamais rien réclamé à l'État.

« Rien ? » Elle avait cherché à d'autres endroits, sans prendre le soin de lui en faire part.

« Rien. D'après les preuves officielles, il n'existe pas et n'a jamais existé. »

Ils restèrent tranquillement assis un moment, à regarder l'écran. Elle appuya sur une autre touche et l'écran vide semblait illustrer la vie de Davide Cavanella : Brunetti décela dans cette vision une note mélodramatique, mais il garda cette opinion pour lui.

« Et Lucrezia Lembo ? » Il fit cette nouvelle tentative, faute de mieux.

Les mains de signorina Elettra parcoururent le clavier ; des fichiers apparurent et elle en sélectionna un qu'elle ouvrit. Il contenait une autre *carta d'identità* avec une photo en noir et blanc d'une femme d'un certain âge, fixant l'appareil photo d'un air sérieux, comme si elle s'en méfiait. Elle avait les yeux clairs, ce qui laissait entendre que son teint mat résultait davantage de son exposition au soleil que de sa carnation naturelle et elle semblait très peu maquillée, ou pas du tout, ce qui rendait impossible de cacher ce regard suspicieux et la crispation de sa bouche. Il regarda les pages intérieures, où il lut sa date de naissance : deux ans avant signora Cavanella, puis le domicile de ses parents, situé à Dorsoduro. Elle mesurait 1,74 m ; son état civil affichait « mariée » ; ses cheveux étaient décrits comme « blonds » et elle était rangée dans la catégorie professionnelle de « directrice », mais comme on ne précisait pas ce qu'elle dirigeait, cette mention voulait dire tout et n'importe quoi.

« Autre chose ? » s'enquit-il.

Sans souffler mot, elle lui montra le dossier médical de Lucrezia Lembo des quinze dernières années, relativement lourd. Elle avait eu du diabète vers la cinquantaine, apparemment tenu sous contrôle grâce aux médicaments ; elle avait été hospitalisée deux fois pour une pneumonie, et d'après les notes de son médecin, elle continuait à beaucoup fumer, ce qu'il considérait comme un facteur aggravant non seulement sa pneumonie, mais aussi son diabète. Apparemment, elle avait fait peu de tests annuels de routine, tels les frottis ou les mammographies, même si son médecin lui recommandait régulièrement d'en faire.

Elle prenait de l'Avandia pour le diabète, du Tavor contre l'anxiété, du Zoloft pour lutter contre sa dépression et on lui avait donné, par le passé, de l'Antabuse, un médicament destiné aux alcooliques, qu'il rendait violemment malades s'ils s'avisaient de retoucher à l'alcool. Cette ordonnance avait été établie pour la première fois six ans plus tôt, puis deux ans plus tard, et plus jamais depuis. Brunetti parcourut des yeux une longue liste de médicaments qui lui avaient été prescrits assez fréquemment et il y remarqua un certain nombre d'antibiotiques classiques ; les autres ne lui étaient pas familiers.

Elle avait un passeport et l'avait toujours fait renouveler. Il n'y avait aucune indication d'endroits où elle fût allée avec ce document.

Trois ans plus tôt, elle avait commencé à percevoir une retraite de l'État, car elle avait travaillé vingt-sept ans comme directrice de produits chez Lembo Minerals.

« Qu'est-ce que fait Lembo Minerals ? s'informa Brunetti.

– Ils extraient des minerais – principalement du cuivre – des mines du monde entier et l'expédient par bateaux aux usines installées dans différents pays.

– C'est tout ?

– En substance, oui, confirma signorina Elettra. Du moins, d'après les informations publiques disponibles.

– Quels seraient, donc, ces produits ?

– De petits et grands lopins de terre, je suppose, avec une certaine quantité de métaux contenus à l'intérieur ou disséminés à la surface.

– Elle était directrice de produits, reprit-il en pointant ces mots sur le formulaire s'affichant à l'écran.

– C'était la société de son père, précisa signorina Elettra.

– Ce qui signifie ?

– Ce qui signifie qu'on peut être contents qu'il lui ait donné un emploi et qu'elle ait payé des impôts et cotisé pour sa retraite. Parce qu'il aurait très bien pu juste lui filer de l'argent, comme ça, et du coup, elle n'aurait payé aucune taxe dessus.

– Je ne l'avais pas vu de cette façon », reconnut Brunetti.

Ignorant cette remarque, ou feignant de l'ignorer, elle lui suggéra : « Et regardez ceci. » Elle pianota un peu et l'écran explosa de couleurs. Une fois ses yeux habitués à ce changement, il s'aperçut qu'il s'agissait de la couverture d'un magazine à scandales espagnol. La photo montrait une femme aux formes généreuses, avec un bikini qu'elle n'aurait pas dû oser mettre, plus à son âge en tout cas, levant une main pour protéger du soleil son visage avec son bronzage quatre saisons. La toile de fond était l'incontournable piscine aux carreaux bleu turquoise, avec des palmiers partout. Au bord de l'eau, un jeune homme beau comme un dieu, en maillot de bain minimaliste mais porté avec panache, lui tendait une cigarette, pendant qu'un autre couple beaucoup plus jeune, vêtu d'un peignoir de plage en épais coton blanc, était juché, genou contre genou, sur des chaises en plastique d'un blanc éblouissant et s'efforçait de ne pas faire attention aux deux autres.

La légende en espagnol était facile à traduire : « Lucrezia, la princesse du cuivre, et son nouveau compagnon, en train de s'amuser chez des amis à Ibiza. » Signorina Elettra feuilletait le magazine grâce à une simple pression sur une touche : Brunetti fut impressionné par la manière dont les pages tournaient, comme si elles répondaient au geste d'une main. La revue s'ouvrit sur une double page intérieure contenant d'autres photos des deux couples. La page de gauche présentait davantage de photos de gens en maillot de bain, dont une malencontreuse photo de Lucrezia Lembo vue de dos, non seulement à cause des chairs qui commençaient à pendouiller en haut de ses cuisses, mais aussi à cause de la main que le jeune homme avait glissée sous l'élastique du bas de son bikini. Les légendes sur la page opposée expliquaient que les deux jeunes gens habillés de blanc – complètement couverts sur chacune des photos où ils apparaissaient – étaient son fils et sa fille, Loredano et Letizia.

« On dirait qu'ils ont un faible pour la lettre L », nota signorina Elettra.

Brunetti passa outre à cette réflexion, et indiquant l'écran, il demanda : « Il y a combien d'années de cela ? »

Elle revint en arrière jusqu'à la couverture du magazine et la lui laissa lire : cela se passait douze ans auparavant. Lucrezia devait avoir 50 ans, mais elle faisait au bas mot dix ans de moins. Les enfants semblaient être à la fin de leur adolescence, donc ils ne devaient pas être loin des 30 ans maintenant.

« Et le jeune type ?

– Son mari, vous voulez dire », rectifia signorina Elettra. Brunetti se sentit envahi d'une grande vague de tristesse, comme si on venait de lui annoncer la maladie ou la mort d'un ami.

Comme il ne voulait pas qu'Elettra l'accuse d'émettre des jugements trop hâtifs sur les gens, ni de semer de la compassion à tout-va, il se tut, mais il jeta un autre coup d'œil au visage et à l'attitude du jeune homme. Son corps transpirait l'assurance par tous les pores : y avait-il un seul souhait qu'il n'eût exaucé ? Lui restait-il encore des désirs à combler ?

Brunetti s'efforça de détourner les yeux de la photo, troublé de ressentir une telle antipathie irrationnelle à l'encontre de cet inconnu. Il se dit d'arrêter de se comporter comme un Galaad ado. « Et l'autre sœur, ou les autres sœurs ?

– Elles étaient trois en tout, spécifia-t-elle. Lavinia, Lorenza et Lucrezia.

– Ils ont poussé le bouchon un peu loin en l'appelant Lorenza, fit Brunetti, soulagé d'avoir recouvré si aisément son sens de l'ironie.

– Effectivement, elle est morte.

– Qu'est-ce qui s'est passé ?

– D'après les rapports que j'ai lus, elle s'est noyée dans leur piscine », expliqua signorina Elettra. La première photo revint rapidement à la mémoire de Brunetti.

« Où ?

– Non, pas là. » Puis elle mentionna rapidement : « J'aurais dû vous l'expliquer. Ils avaient un ranch au Chili, une sorte de *finca*, ou quelque chose comme ça, et c'est là qu'on l'a trouvée. » Sans lui laisser le temps de poser une question, elle enchaîna : « Il y a huit ans de cela. » Puis compléta, d'un ton sérieux : « C'était la petite dernière, elle n'avait que 20 ans quand c'est arrivé. »

Brunetti se mit à réfléchir à toutes ces dates et à la fin de son calcul, il demanda : « De la même mère ?

– Non. Il quitta la première après trente-quatre ans de mariage et se mit en ménage – vous êtes bien assis ? – avec la kiné qui l'avait soigné après s'être cassé l'épaule dans un accident de ski. Lorenza était leur fille.

– Quel âge avait-il ?

– Quand il l'a quittée ?

– Oui.

– Soixante ans. »

C'était une histoire plutôt banale, et qui de toute façon ne le regardait pas. Cela était arrivé à ses amis autour de la quarantaine : Lembo n'avait fait que sauter une génération. « Il est mort l'an passé, si je ne m'abuse ? » Brunetti se souvenait vaguement d'avoir appris sa mort dans les journaux, mais ce dont il se souvenait bien, par contre, c'était sa surprise devant les innombrables élucubrations de la presse pour la mort d'un autre dinosaure.

« Oui. Ils étaient ici, mais n'habitaient pas dans le *palazzo*.

– Où ? Eux, vous dites ?

– Il vivait à la Giudecca. Pas avec la kiné, elle l'a quitté après la mort de sa fille. Il a eu ensuite une nouvelle compagne et il y avait des gens qui venaient lui faire le ménage et la cuisine. Il ne s'est pas marié avec sa dernière compagne. »

Brunetti eut l'étrange sensation qu'il venait de jouer une nouvelle partie sur l'échiquier de ces vieilles intrigues de famille. Une blonde pleine aux as, qui épouse un gigolo qui pourrait être son fils. Un homme fortuné, incapable d'avoir un héritier mâle, qui laisse sa femme pour une femme plus jeune, et finit par avoir une autre fille. Qui meurt en plus. « Et l'autre fille ? Lavinia ? »

Signorina Elettra n'eut pas à revenir au clavier. « Elle a fait ses études à l'étranger et s'est installée à l'étranger. Elle a 51 ans, maintenant.

– Où est-ce qu'elle est ?

– En Irlande. Elle est professeur de mathématiques au Trinity College, à Dublin. » Elle affirma, sans lui laisser le temps de poser la moindre question : « Elle a fait cours, cette semaine. »

Brunetti éprouva un certain soulagement à entendre qu'une des filles avait bien tourné. Il reporta son attention sur Lucrezia : « Pourriez-vous revenir en arrière et me montrer de nouveau le nom de son médecin ?

– De laquelle ? s'étonna-t-elle.

– Celui de signora Cavanella. »

Elle réafficha les dossiers médicaux et il nota le nom, l'adresse et le numéro de téléphone du docteur. Le nom, Luca Proni, lui semblait familier. N'était-il pas allé à l'école avec Umberto Proni ? Mais il devait sûrement y avoir d'autres familles du même nom dans la ville.

Il sortit son téléphone et composa le numéro du cabinet du médecin. Un message enregistré signalait que le cabinet était ouvert de 9 heures à 13 heures et de 16 heures à 19 heures, du lundi au vendredi. En cas d'urgence, les patients pouvaient le joindre sur son *telefonino*. Brunetti fut surpris d'entendre un tel message chez un médecin de famille, et plus encore qu'il ait communiqué son numéro de portable. Il le nota aussi et le composa immédiatement.

Au bout de la troisième sonnerie, une voix grave lui répondit : « Proni.

– Dottor Proni, dit Brunetti, résolu à ne pas perdre de temps, ni à tromper la personne. C'est Guido Brunetti à l'appareil. J'allais à l'école avec Umberto.

– Vous êtes celui qui est devenu policier, n'est-ce pas ? s'enquit-il d'une voix tout à fait neutre.

– Oui.

– Umberto m'a souvent parlé de vous. » À la façon dont il le dit, il n'avait aucun moyen de savoir ce qu'Umberto pouvait lui avoir raconté.

« En bien, j'espère », répliqua Brunetti d'un ton léger, en essayant de se souvenir, après toutes ces années, de ce qu'Umberto avait pu lui révéler sur son grand frère. Mais rien ne lui revint à l'esprit.

« Toujours », puis ajouta : « En quoi puis-je vous aider, commissaire ?

– Vous figurez comme le médecin d'Ana Cavanella. »

Il eut une brève hésitation. « Effectivement, je le suis.

– Donc vous êtes au courant, dottore ? » Comme c'était son médecin, l'hôpital avait dû l'appeler.

« À quel propos ? » demanda Proni, d'un ton à mi-chemin entre la curiosité et la préoccupation, mais nullement alarmé.

« Signora Cavanella est à l'hôpital.

– Quoi ?

– Je suis désolé, dottore. Je pensais qu'on vous avait prévenu.

– Non. Qu'est-ce qui s'est passé ?

– Elle a été retrouvée sur les Zattere, hier. Elle a dit à l'homme qui l'a trouvée qu'elle était tombée. » Brunetti parlait d'une voix neutre, ne faisant que répéter une information. Comme Proni se taisait, il continua : « Il est possible qu'elle ait une commotion cérébrale ; elle a deux doigts écrasés et le visage couvert de bleus. Mais le médecin qui l'a examinée a dit qu'elle n'était pas en danger. » Proni gardait toujours le silence.

« J'aimerais vous parler.

– Vous réalisez que je suis médecin, rétorqua-t-il, en se servant cette fois de cette information pour ériger une barrière contre l'information.

– Je le comprends, dottore. » Brunetti s'abstint de poser des questions au sujet de Davide : tout ce qu'il voulait, c'était pouvoir parler directement à Proni. « Je sais ce que cela signifie en termes de responsabilité professionnelle.

– Mais vous voulez quand même me parler ? »

Brunetti décida de lui dire la vérité. « Oui. Il y a des choses à son sujet que je ne comprends pas. Et au sujet de son fils.

– Vous voulez dire sa mort ?

– Oui.

– C'est une mort accidentelle.

– Je n'en doute pas, dottore. Mais je voudrais comprendre comment cela a pu être possible.

– On dirait que vous agissez juste par curiosité personnelle, commissaire. »

Brunetti émit un léger bruit, exaspéré de voir combien il était devenu transparent.

« Effectivement.

– Dans ce cas, je vous parlerai », accepta Proni à sa grande surprise.

Brunetti regarda sa montre. « Je pourrais être là dans vingt minutes, dottore.

– Parfait. » Brunetti entendit le clic du téléphone au moment où le médecin raccrocha.

18

Brunetti alla à la fenêtre, se pencha et vit Foa sur la *fondamenta*, en train de parler à l'agent de service. Brunetti l'appela et lui cria qu'il devait l'emmener à San Polo ; Foa leva un bras en signe d'assentiment. En descendant l'escalier, il songea à la piètre opinion que Chiara aurait de lui si elle apprenait qu'il traversait toute la ville dans un bateau de la police, alors qu'il pouvait très bien prendre les transports en commun, même si le numéro 2 mettrait plus de vingt minutes pour l'emmener à destination. « Les gens doivent apprendre à attendre », tel était le mantra de sa fille.

Il monta dans le bateau, sans saisir la main que lui tendait le pilote. Foa mit la clef, fit tourner le moteur à fond et s'écarta du quai, en direction du *bacino*[1]. « J'ai bien peur que ce ne soient les derniers jours où l'on puisse rester dehors, monsieur, lui dit-il aimablement.

– Pour ceux comme moi, certainement, répliqua Brunetti. Jusqu'aux premiers signes du printemps, je te laisserai affronter tout seul le mauvais temps. »

Foa perçut le ton amical de son supérieur et sourit. « J'ai appelé quelques-unes de mes connaissances, monsieur. Au sujet de la famille Lembo, comme vous me

1. Bassin de Saint-Marc.

l'aviez demandé. Pour voir ce que je pouvais apprendre d'autre.

– Très bien. Qu'est-ce qu'on vous a dit ?

– Eh bien, monsieur, commença Foa, en prenant à droite le grand virage qui conduisait dans le Grand Canal, c'est *una famiglia sfigata*[1]. » C'était le langage de la rue, mais telle qu'il l'entendait enfant, cette expression sonnait à ses oreilles comme si *toute* la famille était née sous une mauvais étoile.

« Qu'est-ce qu'on vous a dit ?

– Eh bien, qu'il y a une fille qui est morte. Au Brésil, je crois. Il y en a une autre en Irlande ou quelque part par là, mais il semble qu'elle s'en soit bien sortie. Et puis il y a celle qui a eu des enfants, Lucrezia. » Il pouffa d'exaspération en entendant ce nom. Comment est-ce qu'on pouvait faire ça à un enfant, lui donner un nom pareil ?

« Elle a appelé ses propres enfants Loredano et Letizia. »

Foa émit un autre bruit d'exaspération. « Je suppose que c'était pour faire écho à ses parents. D'après ce que me disent mes amis, leurs gosses avaient intérêt à filer droit. » Puis, après un moment de réflexion, Foa spécifia : « Même si quelques-uns disent que c'était la mère. Une vraie tigresse. Et bigote, en plus.

– Qu'est-ce que tu veux dire ? » Brunetti leva les yeux vers le sommet du clocher de San Gorgio juste au moment où l'ange choisit de tourner avec le vent et de ramener ses ailes vers lui.

« C'était une amie du patriarche, elle portait toujours un foulard noir quand elle allait à la messe, elle était de la pire espèce des *basabanchi*. » Et après une

---

1. Une famille qui n'a pas de chance.

pause : « On m'a dit que c'était une vieille habitude de famille. »

Brunetti sourit, débordant d'amour pour sa langue. Il les avait vues, enfant, ces femmes voilées de noir, qui se penchaient pour embrasser le sommet des bancs d'église en face d'elles. *Baciare il banco*. Seul le dialecte de la Venise anticléricale – fièrement, historiquement anticléricale – pouvait transformer cette idée et cet acte en un mot aussi méprisant, aussi mouillé d'acide. *Basabanchi*.

« La mère avait engagé une bonne sœur au palais et des gouvernantes pour faire de ses filles de vraies dames. Son père – c'est-à-dire le père de sa mère, donc le grand-père des filles – avait une sorte de titre, mais c'en était un que lui avait donné la maison de Savoie, donc il ne vaut pas un pet de lapin. »

Voilà bien des bribes de *vox populi* à rapporter à Paola, se dit Brunetti. Il espérait qu'elle le raconte à son tour à son père : comme son titre à elle était plus vieux de plusieurs siècles, il ne pouvait pas ne pas l'apprécier. Foa marqua une pause et regarda de biais Brunetti, qui hocha la tête en signe d'approbation. « Ce sont juste des ragots, monsieur. Vous savez comment c'est quand les gens sont au bar et qu'ils parlent des autres.

– Qui ne sont pas là pour se défendre ? » s'enquit Brunetti en éclatant de rire. Il se retint d'ajouter que les potins fusaient encore plus si la personne en question était riche ou avait pas mal de succès, ou les deux.

« Exactement. En plus, il paraît que la famille était toujours – en fait, le grand-père, on m'a dit –, toujours prête à traîner tout le monde devant la justice, et personne n'aime ça. Si on se mettait en travers de ses affaires, ou si on essayait d'acheter une propriété sur laquelle il avait des visées, on se retrouvait le lendemain matin au petit déjeuner avec six avocats. J'ai demandé à mon père, et il m'a dit qu'il n'avait jamais entendu personne dire du bien de lui. »

Brunetti s'abstint de faire remarquer que la liste des gens dont lui-même n'avait jamais entendu de bien était plus longue que celle de Leporello comptabilisant les conquêtes de Don Juan, et il préféra lui demander : « Est-ce que tu as déjà rencontré ses filles ?

– Moi, non. Mais mon meilleur ami Gregorio m'a dit qu'il avait eu une liaison avec Lucrezia. Il y a longtemps, avant son mariage. Juste une amourette, en vérité. » Brunetti conclut sans grands efforts qu'il ne l'avait pas épousée. « Gregorio a toujours pensé qu'elle l'avait fait pour faire bisquer sa mère.

– Qu'est-ce qu'elle avait comme réputation ? Quand elle était jeune, je veux dire.

– Oh, vous savez comment c'est, monsieur », dit Foa en coupant sur la gauche pour prendre le rio de la Madoneta. « Une fois qu'une femme a couché avec un homme, tous les mâles prétendent lui être passés dessus aussi. » Brunetti mit cette petite perle de sagesse dans un coin de sa tête pour pouvoir la ressortir dès que quelqu'un lui parlera de progrès de l'humanité.

Puis, comme pour compenser ce qu'il venait de dire, Foa ajouta : « Gregorio a dit que c'était une chouette fille. Ils sont longtemps restés amis.

– Ce qui n'est plus le cas ?

– Jamais de la vie, monsieur. Il a épousé une fille de la Giudecca qui le tient en laisse. Si elle venait à découvrir qu'il a même simplement téléphoné à une autre femme, elle planterait une croix dans le jardin et l'enverrait acheter les clous.

– Et il irait les acheter, ces clous ?

– J'ai bien peur que oui, monsieur. » Foa amarra le bateau en douceur sur la rive droite du canal.

« Pas besoin de m'attendre, Foa.

– Merci, monsieur. Je prends un café et je retourne à la questure. Si vous changez d'avis, appelez-moi et je vous emmène. »

Brunetti lui assura qu'il n'y manquerait pas, même s'il tremblait à l'idée de la réaction de Chiara si elle apprenait qu'il avait traversé deux fois la ville en bateau, et que la seconde fois, il n'y avait en plus aucune urgence. Sûr qu'elle l'enverrait acheter des clous, elle aussi.

Il avait vérifié l'adresse dans son *Calli, Campielli e Canali* ; ainsi la trouva-t-il facilement. C'était un immeuble ordinaire, avec une grande porte vert foncé à double battant. Le nom du médecin se trouvait sur l'une des sonnettes et la porte s'ouvrit dès que Brunetti sonna. Le hall d'entrée sentait l'humidité : rien d'étonnant après la pluie de la veille. Tout au bout du vestibule, face à l'entrée, il y avait une porte ouverte. Brunetti entra et vit la rangée de chaises classique, disposées le long du mur comme dans les salles d'attente des médecins, même si ici les chaises étaient toutes différentes, en bois, anciennes et belles. Encore plus surprenant, les murs ne présentaient pas les mièvres portraits habituels de chiens et d'enfants, mais trois dessins aux traits fins, ce qui attira son regard. Au début, il crut que c'étaient des silhouettes de villes surréalistes, avec des tours abstraites et des coupoles, mais en les examinant de plus près, il s'aperçut que c'étaient ses yeux, et non pas les lignes, qui créaient cette illusion de ville. Les lignes étaient si serrées que le fond du dessin semblait gris. Brunetti se demanda quelle technique l'artiste avait utilisée pour les rapprocher d'une manière aussi parfaite, car aucune ne se touchait.

Il sortit ses lunettes de lecture de sa poche et les chaussa ; c'était le meilleur moyen d'étudier ces lignes magiques qui captivaient le regard du spectateur avec la force d'un aimant. Le deuxième dessin évoquait une plage, même si ici aussi, c'était l'œil du spectateur qui reconstituait cette réalité. En effet, l'espace entre les lignes horizontales du dessin, de longueurs et de largeurs variées, suggérait les différences entre le sable et la mer, lisibles aussi bien à la surface que dans la texture de ces éléments.

Le troisième devait représenter les façades d'édifices sur le côté est du campo San Polo, mais seul un Vénitien pouvait le reconnaître, comme seul un Vénitien pouvait y distinguer le palais Soranzo et le palais Maffetti-Tiepolo. Ou peut-être pas, d'ailleurs. Lorsque Brunetti se recula, la distance transforma le dessin en simples lignes, se touchant presque, mais complètement abstraites et dénuées de signification. Il laissa ses yeux balayer ces trois œuvres et fut très soulagé de constater qu'elles étaient protégées par un verre. Puis il revint vers le troisième dessin et la magie opéra de nouveau : les *palazzi* se matérialisaient au sein des lignes. Il suffisait de s'éloigner de 40 centimètres pour qu'ils se dissolvent de nouveau.

« Commissaire ? » appela une voix d'homme derrière lui.

Il se tourna, enleva ses lunettes et vit un homme petit et trapu, de dix ans de moins que lui. Même si le médecin portait des lunettes, Brunetti vit qu'il avait une coquetterie dans l'œil, ou des yeux d'une taille différente. Il s'attendait à retrouver la même imperfection au niveau de la bouche, mais ses lèvres étaient tout à fait régulières. Il chercha une ressemblance avec Umberto et la décela dans le côté plutôt carré du visage, avec les oreilles bien collées à la tête et la mâchoire proéminente et quasiment aussi large que les pommettes.

Brunetti lui tendit la main. « Merci d'avoir bien voulu me recevoir. » Il avait appris, lorsqu'il disait bonjour aux gens qui avaient accepté de lui parler, à s'en tenir à ces mots et à ne rien dire au début qui pourrait leur rappeler qu'il était là pour leur poser des questions. Il remit ses lunettes dans la poche.

« Est-ce que vous aimez ces dessins ? demanda le médecin.

– C'est plus que cela, je dirais. » Brunetti revint vers eux et s'aperçut, à cette distance, que tous les trois s'étaient transformés en des images encore différentes. « Où vous les êtes-vous procurés ?

– Ici, dit Proni. C'est un artiste local, puis il lui suggéra : Nous serions peut-être mieux dans mon bureau. »

Il tint la porte ouverte pour Brunetti, qui traversa ce qui devait être la salle d'accueil de l'infirmière, puis il entra dans celle du médecin, où il y avait un bureau avec un ordinateur et un petit bouquet de tulipes orange et devant, deux chaises de style. Brunetti s'approcha de l'une d'elles et laissa le docteur s'asseoir derrière le bureau. Être interrogé par la police est une expérience si étrange pour la plupart des gens qu'il vaut mieux rendre l'ambiance aussi confortable et aussi normale que possible.

Brunetti s'assit et jeta un coup d'œil circulaire dans la pièce. Les fenêtres étaient dotées de grilles solides, pratique courante dans tout cabinet de médecin, censé contenir des drogues. Dans le meuble aux portes en verre, situé entre les fenêtres, les étagères étaient remplies de boîtes de médicaments empilées pêle-mêle : le rêve de tout toxico, un vrai cocktail de fête. Brunetti fut ravi de voir un autre dessin encore sur le mur opposé aux fenêtres. S'il n'avait pas observé ceux de la salle d'attente, il aurait pu le prendre pour une aquarelle abstraite réalisée dans un camaïeu de gris, mais il savait désormais que la couleur résultait de la proximité des lignes, qui n'étaient même pas espacées d'un millimètre.

Proni capta l'attention de Brunetti en lui précisant : « J'ai appelé l'hôpital et j'ai parlé au médecin responsable de sa chambre. Il dit qu'il veut la garder encore un jour. La commotion cérébrale n'est pas grave, mais il préfère être prudent.

– Est-ce qu'elle lui a dit ce qui s'est passé ? s'informa Brunetti, même s'il connaissait parfaitement la réponse.

– Juste ce qu'elle avait dit à l'homme qui l'a trouvée, qu'elle était tombée dans les escaliers. » Proni regarda alors Brunetti dans les yeux.

« Espérons que ce soit ce qui s'est véritablement passé.

– Qu'est-ce que vous voulez dire, commissaire ?

– Exactement ce que j'ai dit, dottore : j'espère que c'est vraiment ce qui s'est passé.

– Au lieu de quoi ?

– Au lieu d'avoir été blessée suite à une agression.

– Qui aurait pu en être l'auteur ? » Le docteur semblait sincèrement intrigué.

Brunetti s'autorisa un petit sourire. « Vous devriez être plus à même que moi de le savoir, dottore. »

Proni monta sur ses grands chevaux. « Je me répète, mais que vous voulez-vous dire ? »

Brunetti leva une main et donna « une réponse douce », pour « faire rentrer la colère »[1] : « Vous êtes son médecin traitant, donc vous êtes mieux placé que moi pour connaître sa vie. Tout ce que je sais, c'est que c'est la mère d'un homme qui est mort, Davide Cavanella. » Il en savait plus long, mais il détenait

1. Proverbes, xv, 1 (TOB).

peu d'éléments substantiels et aucun ne lui permettait d'avancer dans cette affaire.

« Que suis-je censé savoir, à votre avis, commissaire ? » demanda Proni, en recourant intentionnellement à la forme de politesse.

Brunetti adopta en retour le même ton formel. « J'aimerais savoir tout ce que vous pouvez me dire sur la relation entre signora Cavanella et son fils.

– C'était sa mère. »

Il eut beau chercher, Brunetti ne détecta pas une once de sarcasme dans ces mots ; il poursuivit donc avec le plus grand naturel. « C'était une bonne mère ? »

Le visage de Proni resta impassible. « C'est un jugement entièrement subjectif, que je ne suis pas apte à porter. » Sa voix ne laissait transparaître aucune justification, c'était simplement une explication. « Elle prenait soin de ses besoins physiques au mieux de ses capacités, si c'est ce que vous cherchez à savoir. »

Ce n'était pas ça, mais c'était tout de même une information que Brunetti n'avait pas encore obtenue et qu'il était content de posséder à présent. Il trouva intéressant que le docteur spécifie besoins physiques, sans préciser quelles étaient ces capacités.

Brunetti n'avait nullement l'intention de lui dire qu'il avait consulté les dossiers médicaux d'Ana Cavanella : aucun médecin ne devait savoir avec quelle facilité on y avait accès dès l'instant où on avait un minimum de savoir-faire en la matière. « Pourriez-vous me donner une idée générale de son état de santé ? »

Le médecin plissa les yeux, comme s'il s'était attendu à cette question à propos du fils, mais pas de la mère. Il y réfléchit un instant, puis déclara : « Je dirais que, pour une femme de son âge, elle est en bonne santé. Elle ne fume pas et n'a jamais fumé, elle boit modérément

– pour ne pas dire pas du tout – et, à ma connaissance, elle n'a jamais fait usage de stupéfiants.

– Lui avez-vous prescrit des somnifères, dottore ? »

Ce n'était pas là une question déstabilisante, toutefois il ne parvint pas à cacher sa nervosité. Il détourna son regard de Brunetti et fixa le dessin sur le mur à l'autre bout de la pièce et, gardant les yeux dessus, il répondit : « Oui.

– J'ai l'impression que cette question vous a perturbé, dottore. Pourquoi donc ?

– Parce que ça ne me plaît pas d'être responsable, d'une façon ou d'une autre, de la mort de Davide », expliqua-t-il en regardant cette fois Brunetti.

Brunetti secoua la tête. Il avait sincèrement du mal à comprendre. « C'est là une sentence trop dure, vous ne croyez pas, dottore ?

– Pas tant que ça, répliqua Proni. Elle n'en avait jamais eu besoin auparavant, c'est une patiente qui n'a jamais pris beaucoup de médicaments. J'aurais dû lui préconiser une boisson chaude avant d'aller se coucher, ou une bonne promenade chaque soir. » Il se gratta machinalement entre les sourcils, puis se frotta le front du bout des doigts. « J'aurais dû y penser.

– Penser à quoi ?

– Que les somnifères ont des couleurs vives et une couche sucrée et attirante, comme des bonbons. Ces comprimés sont très alléchants pour quelqu'un de l'âge mental de Davide. » Il se gratta de nouveau. « Mais je n'y ai pas pensé et lui ai prescrit bêtement l'ordonnance.

– Quel *était* son âge mental ? »

Proni le regarda comme s'il l'avait invité chez lui et l'avait trouvé en train de fouiller dans ses tiroirs. « Aucune idée.

– Je vois, se contenta d'affirmer Brunetti. L'aviez-vous soigné comme patient, dottore ?

– Dois-je répondre à cette question ?

– Cela pourrait nous faire gagner beaucoup de temps.

– Qu'est-ce que cela signifie ?

– Que, tôt ou tard – mais seulement après avoir suivi toutes les pistes, obtenu l'ordonnance d'un magistrat et gaspillé plusieurs journées de travail –, eh bien oui, on vous intimera l'ordre de répondre à cette question. »

Proni recula sa chaise, qui fit un horrible bruit en raclant les carreaux du sol. Le médecin recommença à se frotter le front. « Je suis allé chez eux une fois où il avait la grippe et une autre fois où il avait une terrible diarrhée. La première fois, tout ce que j'ai pu faire, ça a été de lui dire de le garder au lit et au chaud et de lui faire boire beaucoup de liquide. La seconde fois, j'ai prescrit une ordonnance. Je ne me souviens pas de ce que j'ai prescrit : ça fait des années.

– Est-ce que vous y aviez procédé officiellement ?

– Que voulez-vous dire ? demanda Proni, en proie à la confusion.

– Est-ce que l'ordonnance était prescrite pour lui ?

– Bien sûr qu'elle était prescrite pour lui. Il était le seul à être malade.

– Je suis désolé, dottore. Je n'ai pas été assez clair. L'ordonnance était-elle prescrite à son nom ? »

Proni regarda fixement Brunetti, comme s'il avait soudain vu de la fumée sortir de ses oreilles. « Je vous ai dit que tout cela s'est passé il y a des années, commissaire. Je ne me souviens pas de ce que j'ai prescrit et je ne me souviens pas non plus pour qui je l'ai prescrit. Il avait des symptômes, j'ai rédigé une ordonnance, voilà. »

Brunetti se dit qu'il n'avait rien à perdre à lui faire confiance. « Dottore, je vous vois bien irrité et je comprends. » Gêné de n'avoir plus que la carte de l'honnêteté à jouer, il poursuivit : « Je l'ai vu pendant des années. Il travaillait au pressing où ma femme et moi emmenons nos vêtements. Et je le voyais dans la rue parfois. Il avait toujours l'air si… Je ne sais pas quel mot employer. Vulnérable, peut-être. » Il marqua une pause, mais Proni ne souffla mot. Par goût de la bienséance ou de la décence, Brunetti s'abstint d'inventer un mensonge comme Pucetti et d'aller raconter au médecin que son fils l'avait connu et avait joué au football avec lui.

« Qu'est-ce qui n'allait pas chez lui, dottore ? » Sans laisser le temps à Proni de répondre, il enchaîna : « Cela n'a aucune importance si vous l'avez vu d'autres fois, ou si vous l'avez traité pour d'autres maladies. Je veux juste savoir ceci : qu'est-ce qui n'allait pas chez lui ? »

Proni se pencha et vida son sac : « Il est né d'une femme stupide. Il est né d'une femme qui voyait ce qui n'allait pas chez lui comme une malédiction divine, comme si elle vivait dans une cabane dans une forêt et qu'elle croyait à l'existence des sorcières. Comme beaucoup de chrétiens, elle savait tout sur la culpabilité, mais rien sur la charité, donc elle l'a gardé caché – souvenez-vous, c'était une malédiction – et n'a jamais fait la moindre tentative pour lui donner une formation ou une instruction et Dieu seul sait comment elle l'a élevé. C'est pourquoi il avait l'air si vulnérable : c'est pourquoi il semblait si perdu et si bizarre.

– Est-ce elle qui vous a dit cela, dottore ? »

Proni rougit, soit à cause de ce qu'il venait de lâcher, soit parce que Brunetti l'interrogeait sur ce propos. Sa bouche se crispa et la différence entre ses yeux s'accentua. « Elle n'avait pas besoin de me le dire, commissaire, précisa-t-il d'une voix plus calme. C'était implicite dans la manière dont elle le traitait et dans tout ce qu'elle disait de lui. »

Proni se leva subitement. « C'est tout ce que j'ai à dire, commissaire. »

Brunetti se leva à son tour et se pencha au-dessus du bureau pour lui serrer la main. Proni la saisit chaleureusement.

« Laissons-le reposer en paix, dit le médecin. Il a été si peu gâté, de son vivant. »

Sentant qu'il n'avait rien à gagner à poser d'autres questions, Brunetti se dirigea vers la porte. Dans la salle d'attente, il s'arrêta et fit un signe vers les dessins, qui avaient de nouveau changé, s'adaptant à la plus grande distance d'où il les voyait à présent. « Vous avez dit que c'était un artiste local, je le connais peut-être ?

– Probablement, répondit Proni avec un sourire qui le rajeunit de plusieurs années.

– Alors, qui est-ce ? demanda Brunetti, jouant le jeu.

– Davide Cavanella, déclara Proni, en passant devant lui. C'est pourquoi j'en veux tellement à sa mère. » Il lui tint la porte ouverte et Brunetti partit.

19

Comme il était tout près de chez lui, Brunetti décida de rentrer, plutôt que de retourner à la questure. Les enfants n'étaient pas là pour le déjeuner ; il avait dit à Paola qu'il ne rentrerait pas non plus, mais après sa conversation avec le dottor Proni, il avait envie de s'entretenir avec elle.

Il la trouva telle qu'il l'avait imaginée : allongée sur son canapé, en train de lire. Comme elle leva les yeux vers lui à son arrivée, aucunement surprise, il plaisanta : « Et si ç'avait été Jack l'Éventreur ? »

Elle prit le morceau de papier posé sur sa poitrine et le recolla dans le livre, lança le livre au bout du canapé et répliqua : « Jack l'Éventreur avait le même pas que toi dans l'escalier et ses clefs ont fait le même cliquetis que les tiennes.

– Tu as l'ouïe si fine ? s'exclama-t-il, avec un étonnement qui n'échappa à aucun des deux.

– Tu veux dire à mon âge avancé, ou après avoir subi pendant des années entières les lubies musicales de deux ados ? » s'enquit-elle.

Il sourit et posa sa veste sur le dossier d'une chaise, poussa le livre sur le côté et s'assit. « Tu m'as vraiment entendu arriver ?

– Oui.

– Et tu peux reconnaître mes clefs ? »

Elle hésita, comme elle le faisait toujours en soupesant l'utilité de mentir. « Non. » Il sourit ; elle haussa les épaules. « Mais je les ai bien entendues et les voleurs – ou ton Jack l'Éventreur, pour autant que je sache – ne font pas de bruit quand ils essayent d'entrer quelque part. »

D'un geste leste, elle fit tourner ses pieds et les posa par terre. « Tu as faim ? »

Brunetti ne savait que répondre. Davide Cavanella l'avait accompagné jusque chez lui, avait empli ses pensées et en avait chassé tout le reste. « Je voulais te demander quelque chose.

– À quel propos ?

– Du bruit, ou plutôt, des sons.

– Et quoi, plus précisément ?

– Je me demande ce que c'est que d'être sourd. »

Elle le regarda longuement, mais ne dit rien.

« Comment est-ce qu'ils apprennent ?

– Apprennent quoi ? »

Il agita sa main dans l'air. « Tout. Comment manger, ou s'asseoir sur une chaise.

– Je suppose qu'ils l'apprennent comme l'ont fait Raffi ou Chiara.

– C'est-à-dire ? » demanda-t-il, non pas parce qu'il ne se le rappelait plus, mais parce qu'il ne savait pas si Paola en avait gardé les mêmes souvenirs.

« En nous regardant faire, je dirais, même si pour ce qui est de manger, il faut qu'on leur guide la main avec la cuillère, puis avec la fourchette.

– Et pour ce qui est de s'asseoir ? continua-t-il, sans choisir expressément les actions qu'il évoquait.

– Au début, ils étaient assis dans leur chaise haute, parce qu'on les y mettait, puis une fois qu'ils ont été assez grands pour grimper sur une chaise, ils ont imité ce qu'ils nous voyaient faire. » Après un moment de réflexion, elle ajouta : « Et je suppose qu'ils ont fini par se rendre compte qu'être assis, c'était plus confortable qu'être debout.

– Quand tu as faim, tu portes de la nourriture à la bouche. Si tu n'as pas envie de rester debout ou de t'asseoir par terre, tu t'assois sur une chaise. Ce sont des solutions pratiques à des problèmes réels. » Il interrompit son raisonnement, mais Paola ne souffla mot. « Pourquoi se brossent-ils les dents ? Même s'ils nous ont vus le faire, ça n'a pas de sens pour un enfant. Ils n'en voient pas la raison.

– On leur dit que c'est bon pour eux, je suppose, affirma-t-elle, avec déjà moins d'intérêt pour la question.

– C'est justement ça.

– Justement quoi ?

– On le leur dit. Comment tu le dis à un enfant sourd ? »

Sans lui laisser le temps de répondre, il poursuivit : « J'ai parlé au médecin de sa mère. Il m'a dit qu'elle ne l'a jamais aidé.

– Aidé comment ? » Tout son visage trahissait son état d'alerte.

« Je ne sais pas. Il ne l'a pas dit. Il m'a juste dit qu'elle n'avait jamais dit à personne qu'il avait quelque chose qui n'allait pas. » Brunetti saisit l'horreur de ces termes au moment même où il les prononçait. « Ce qui fait qu'il a grandi sans recevoir la moindre instruction. Et le médecin n'a pas mâché ses mots en me le racontant. »

Il comprit qu'elle saisissait la situation à l'expression qui traversa son visage, et qu'elle en tirait les conséquences. « Mais ça se voyait qu'il avait quelque chose qui n'allait pas. On l'a bien vu, nous.

– On pensait l'avoir vu », rétorqua Brunetti.

Paola s'enfonça dans le canapé, indiquant par ce mouvement qu'il n'était pas question de déjeuner avant d'avoir réglé cette question. « Qu'est-ce que c'est qu'on n'a pas saisi ? Dis-le-moi.

– Tu te souviens quand on l'a vu pour la première fois, hein ? C'était quand, il y a quinze ans ? Plus peut-être ? » Paola hocha la tête. « Je me souviens de la façon dont la femme du pressing nous a dit – alors qu'il était là, debout, à moins de un mètre d'elle – qu'il était à la fois sourd et retardé. Si ç'avait été un meuble, c'était pareil. » Il lui revint à l'esprit qu'il n'avait décelé toutefois aucun brin de méchanceté dans la voix de cette femme.

Il vit que Paola se souvenait de cet incident aussi nettement que lui. « Je me rappelle avoir eu un mouvement de recul quand j'ai entendu ça. Sourd et retardé. Doux Jésus, comme ça, sans mettre de gants. » Il l'observait en train de se remémorer la scène. « Il n'a pas réagi, n'est-ce pas ? Elle aurait pu aussi bien parler de la pluie et du beau temps, il ne comprenait rien. »

Elle appuya sa tête contre le dossier du canapé et ferma les yeux une minute. Et les gardant fermés, elle demanda : « Où est-ce que tu veux en venir, en fait ?

– Je ne sais pas trop », admit Brunetti, qui reprit, après une longue pause : « Il y a quelques dessins à lui sur le mur de la salle d'attente du médecin. Ils sont extraordinaires, je n'avais jamais rien vu de tel avant. »

Paola ouvrit les yeux et sourit. « Il faudrait m'en dire plus, tu sais. »

Brunetti le reconnut d'un sourire et expliqua : « Ce sont des paysages créés par des centaines et des centaines de lignes horizontales, dessinées très près les unes des autres. À quelques millimètres à peine. Le palais Soranzo, le Lido, la silhouette de la ville. C'est incroyablement minutieux, tu ne t'en rends pas compte tant que tu n'es pas à la bonne distance. Sinon, tu vois juste des lignes. » Réalisant combien son discours était loin de rendre justice à la beauté de ces dessins, il cessa de parler.

« Et donc ? le relança Paola.

– Donc c'est peut-être de cela que parlait le médecin. Il n'arrivait pas à réprimer sa colère.

– Face à quoi ?

– Peut-être qu'il pensait qu'en ignorant son handicap, elle n'a fait qu'aggraver sa situation et qu'en fait il n'était pas retardé, qu'il était seulement sourd.

– Est-ce que c'est possible ? »

Brunetti croisa les doigts fermement et la regarda fixement. « Je ne sais pas. Je ne suis pas féru de psychologie et je ne sais pas grand-chose sur le développement du cerveau. Mais si personne ne lui a appris le langage des signes, ou à lire sur les lèvres, alors…

– C'est ce qui l'aurait rendu comme ça ?

– C'est possible. Je ne sais pas.

– Mais les dessins, alors ? »

Il décroisa les doigts et se passa la main dans les cheveux. « Je ne sais pas. »

Paola se tut un moment et lorsqu'elle reprit la parole, sa voix trahissait sa perplexité. « Il n'a jamais donné le moindre signe laissant entendre qu'il comprenait ce qui se passait. Ou qu'il avait de l'intérêt pour quelque chose. » Comme Brunetti ne contestait pas ses propos, elle conclut : « Donc je ne vois pas pourquoi on aurait dû remettre en question ce qu'on nous disait. » Puis, bien que clairement rétive à souligner la force de son argument, elle renchérit : « Il y avait aussi son physique, Guido, et sa façon de marcher. » Et sans lui laisser le temps de faire la moindre objection, elle déclara : « Je sais que c'est terrible de dire ces choses, mais il avait vraiment l'air de quelqu'un qui a quelque chose qui cloche. »

S'efforçant de garder un ton neutre, Brunetti répliqua : « On a cru ce qu'on nous disait sur lui et on n'a jamais pensé à demander pourquoi il était comme ça. »

Paola se pencha sur le côté et lui posa la main sur la cuisse. « Je ne veux pas te paraître trop dure, Guido, mais je pense que personne ne l'aurait fait, surtout si quelqu'un qui le connaissait bien disait qu'il était sourd et retardé.

– Il avait appris à livrer des choses chez les gens, à les accompagner chez eux, insista Brunetti. Ça, il fallait bien qu'il l'*apprenne*. Quelqu'un a bien dû lui *apprendre* à le faire. Imagine comme ça aurait été difficile, s'il avait été à la fois sourd et retardé. On n'a pas eu besoin d'apprendre aux enfants comment manger ou s'asseoir, ils voulaient le faire. Puis ça a pris du temps, mais on a fini par leur faire comprendre qu'il faut se brosser les dents ; on leur a appris comment le faire et on les a suivis jusqu'à ce qu'ils y arrivent tout seuls. C'est comme amener un paquet chez quelqu'un. Ce n'est pas quelque chose que tu as envie de faire, ou que tu fais instinctivement. Il faut qu'on te l'apprenne. Ou qu'on t'y entraîne. »

Paola garda le silence, les yeux rivés sur les tableaux accrochés sur le mur en face d'elle. « Quand est-ce que tu vas te décider à me dire pourquoi tu parles de ça ? »

Le regard de Brunetti se superposa sur celui de Paola et il observa les tableaux à son tour : le portrait d'une lointaine aïeule du côté de sa belle-mère, une femme pas très jolie, mais avec un beau sourire ; et un médaillon en bois dénué de cadre, que Brunetti avait acheté avec son premier chèque il y a des décennies de cela et qui représentait un homme en uniforme de la marine, tenant un oiseau tacheté de marron.

« Si lui – Davide – était à la fois sourd et retardé, et si sa mère ne l'a jamais aidé en rien, comment avait-il appris à faire ce qu'il savait faire ? » Brunetti était revenu à la case départ, ayant les dessins bien présents à l'esprit.

Paola pencha sa tête en arrière. Brunetti se demanda s'il n'avait pas tari sa curiosité intellectuelle, ou sa patience. L'homme était décédé d'une mort acciden-telle, qui ne suscitait pas le moindre doute. La réaction de Paola le força à admettre qu'il ne pouvait pas lui-même détecter ce qui le perturbait autant. Cet homme avait traversé sa vie sans laisser de traces de lui, sauf dans les souvenirs des quelques personnes qui l'avaient vu : Brunetti ne pouvait même pas dire « qui l'avait connu ». Il songea à cette énigme qu'on lui avait posée en première année de logique : si un arbre tombe dans la forêt et personne ne l'entend tomber, fait-il du bruit ?

Une vie humaine se définit-elle par les contacts avec les autres ? Si, pensait Brunetti, les gens ne vivaient que dans l'esprit des gens qui les connaissaient et se souvenaient d'eux, alors l'existence de Davide Cavanella était vraiment une existence misérable, vouée à prendre fin avec la mort de sa mère.

Il regarda de nouveau les portraits. Cela l'avait tou-jours dérangé que personne ne sache qui était cette femme, si c'était une tante remontant à de nombreuses générations, ou la mère d'un membre par alliance. Le portrait se trouvait dans le grenier du palais Falier et Paola l'avait mis dans sa chambre quand elle était adolescente, mais elle n'avait jamais trouvé personne dans la famille capable de lui dire qui était cette femme, et d'où venait ce tableau.

Brunetti n'était pas plus avancé pour son commandant de la marine. Même s'il portait un uniforme, il n'était jamais vraiment parvenu à cerner la nationalité de cet homme. L'oiseau avait fini par être identifié par l'ami d'un ami ornithologue de Paola, qui leur avait certifié que c'était un échassier d'Amérique du Sud, Dieu seul sait de quelle espèce.

Il se leva, la faim au ventre et bien décidé à se concocter un bon déjeuner avec tout ce qu'il trouverait au frigo.

À ce bruit, Paola ouvrit les yeux. « C'est qu'on a tous des torts envers lui ? C'est ça qui te tracasse ?

– Probablement. Et maintenant qu'il est mort, on ne peut plus se rattraper. »

Pour chasser tout cela de son esprit, Brunetti haussa les épaules et demanda à Paola : « Tu crois qu'il fait assez chaud pour manger sur la terrasse ? »

Elle se tourna et regarda par la fenêtre, pour étudier l'inclinaison du soleil : l'humidité n'était pas encore tombée. « Seulement si on se dépêche, dit-elle.

– Bien. Je sors les assiettes. »

Paola se leva et Brunetti nota, pour la première fois, qu'elle s'était aidée d'une main pour se mettre debout. Elle passa devant lui et se dirigea vers la cuisine ; elle s'arrêta à la porte et lui lança, sans se tourner vers lui : « C'est tout à ton honneur que ça te tracasse, Guido. » Et elle alla voir ce qu'il y avait au réfrigérateur.

20

Lorsque Brunetti retourna à la questure, le gardien lui dit que le vice-questeur Patta voulait le voir dans son bureau. Ceci rappela à Brunetti que ces trois derniers jours, il avait complètement négligé la requête de son supérieur, qui lui enjoignait de prendre en main la question de San Barnaba : elle lui avait semblé tellement insignifiante, au moment où Patta lui en avait parlé, et lui semblait tellement plus insignifiante encore, à présent.

Ceci, toutefois, ne porta aucunement atteinte à sa détermination : comme tout bon acteur une fois sur les planches, il jouait toujours son rôle jusqu'au bout. Bon, d'accord, se dit-il, presque toujours.

Signorina Elettra n'était pas dans son bureau, Brunetti affronta donc l'entretien sans informations préalables. Il frappa à la porte et obéit au cri de Patta : « *Avanti !* »

Même s'il avait résolu le problème sans difficultés majeures, Brunetti entra et se composa un air où la contrition le disputait à la diligence. Il n'avait pas fait deux pas que Patta se leva et fit le tour de son bureau pour aller vers lui. Le vice-questeur avait levé la main, mais au lieu de serrer celle de Brunetti, il la posa sur son bras et le guida vers le fauteuil. Brunetti se laissa dériver au milieu de ce flot d'apparente bienveillance et accepta de se laisser remorquer vers ce point d'ancrage.

Une fois qu'il vit Brunetti bien à l'abri sur le quai, Patta s'amarra à sa propre rive et sourit à son subordonné. « Je suis ravi que vous ayez trouvé le temps de venir », commença Patta. Brunetti sortit ses antennes, afin de détecter d'éventuelles marques de sarcasme dans le ton de Patta. Comme il n'en trouva point, il se fixa d'autres paramètres et y chercha des traces d'ironie, mais il en était exempt aussi.

« Lorsque Garzanti m'a dit que vous vouliez me voir, dottore, je suis monté aussitôt. » Brunetti sourit, comme pour suggérer que ces derniers jours, il n'avait véritablement vécu que dans l'attente de ce message.

« Je voulais vous parler de la situation que je vous avais prié d'examiner, déclara Patta avec un sourire aussi large que faux.

– Ah oui, dit Brunetti, arborant de nouveau une expression de diligence et d'inquiétude. Cette affaire m'a beaucoup occupé. » Puis, avec un semblant d'hésitation, il se força d'ajouter : « Cela n'a pas été une sinécure, monsieur le vice-questeur. »

Le sourire de Patta s'évanouit et une ombre passa sur son visage hâlé. Il ouvrit la bouche pour parler, la ferma et déglutit, puis se lécha les lèvres et se prépara à réafficher un sourire.

Sentant Patta si peu à son aise, Brunetti envisagea de lui dire qu'il avait, au prix d'efforts herculéens, résolu les problèmes relatifs au fils du maire. Puis il se mit à calculer comment il pourrait faire d'une pierre deux coups et s'assurer non seulement que le lieutenant ne prenne pas possession du bureau de signorina Elettra, mais aussi qu'il n'empêche pas Foa d'être détaché à la Guardia Costiera.

« En fait, dottore, poursuivit Brunetti, j'ai fini par pouvoir parler au responsable de la patrouille de ce secteur. »

Patta était tout ouïe. Brunetti exhiba le plus aimable des sourires. « Grâce à Dieu, c'est le cousin de Foa » et, face à l'éclair de confusion lisible dans les yeux de Patta, il spécifia : « En fait, c'est Foa qui m'y a emmené avec notre vedette et – comme je vous ai dit – le responsable de ce secteur est son cousin, donc il est entré avec moi et m'a présenté. » Brunetti marqua une pause, pour accorder l'importance voulue à une idée qui venait juste, soi-disant, de lui traverser l'esprit et affirma : « Je suis sûr que ça a fait son effet. »

Comme si c'était un détail insignifiant, il enchaîna. « Lorsque je lui ai mentionné le magasin, il m'a dit que le gars en patrouille avait noté que les tables dehors poussaient comme des champignons et en avait touché un mot au propriétaire. Mais jusqu'à présent, il n'y a pas eu de rapport écrit.

– Et le conducteur ? Foa ? Il était là, lui aussi ?

– Je lui ai demandé de rester, monsieur. J'ai pensé que cela faciliterait les choses s'il était là. » Puis, d'un ton détendu, comme s'il lui faisait une confidence d'homme à homme, en toute candeur, Brunetti assena : « Vous savez combien nous avons l'esprit de clan, nous autres Vénitiens. »

Patta accorda à cette remarque l'attention qu'elle méritait et finit par poser la question fatale : « Que s'est-il donc passé ? »

À ce point, Brunetti détourna son regard de Patta, comme s'il éprouvait de l'embarras face à sa réflexion sur les Vénitiens, ou peut-être à cause de ce qui allait suivre. Mais il fit quand même sa révélation : « Il m'a demandé, monsieur, pourquoi il devrait nous aider en fermant les yeux sur cette histoire – c'est-à-dire, nous aider nous, de la police –, puisque nous sommes des gens... » Il fit une pause et reprit : « C'est ce qu'il m'a dit, monsieur. » Au signe d'assentiment de Patta, il continua : « Alors que nous avons refusé d'aider un des nôtres.

– Je ne comprends pas ce que vous dites, Brunetti. Ou ce que vous essayez de dire.

– Eh bien, monsieur, j'étais là, avec Foa, et cet homme est son cousin.

– En quoi ne l'aidons-nous pas ? s'enquit Patta, sans chercher à masquer son exaspération.

– C'est au sujet de la demande de la part de la Guardia Costiera, monsieur », dit Brunetti.

Au bout d'un moment, la lumière revint dans les yeux de Patta. Ils s'étaient éteints, puis rallumés. Brunetti ne lui en tint pas rigueur le moins du monde ; il pouvait être bénéfique de laisser Patta juste se rendre compte à quel point ces Vénitiens sont claniques.

« Que voulez-vous d'autre ? » énonça Patta d'un ton neutre.

D'un air toujours aussi dégagé, Brunetti proposa : « Nous pourrions convaincre le lieutenant Scarpa de rester dans son bureau. »

Brunetti ne put qu'admirer l'aplomb avec lequel son supérieur encaissa cette requête. Il ne fit aucune grimace, ni ne cligna des paupières : « Je vois. » Patta baissa les yeux un instant sur son bureau, puis regarda Brunetti et s'assura : « Et il n'y aura plus de problèmes sur le campo San Barnaba ?

– Plus aucun, monsieur. Et les tables peuvent rester là où elles sont. »

De nouveau, son supérieur sembla consulter la superficie de son bureau avant de recroiser le regard de Brunetti. « Je vais parler au lieutenant. Vous pouvez disposer, commissaire. »

Brunetti se leva, fit un signe d'assentiment à son chef et monta dans son bureau.

Brunetti ouvrit les pages en ligne de *Il Fatto quotidiano*, un journal qui le ravissait souvent par sa méfiance patente à l'égard de tout parti, de tout homme politique et de tout guide religieux. Et il la trouva, l'histoire racontant que les officiers de la Guardia di Finanza s'étaient rendus la veille à la municipalité de Venise et avaient perquisitionné le bureau chargé d'attribuer les contrats et les soutiens financiers censés encourager le lancement d'affaires et la fondation de magasins. Sur un ordre des magistrats de Mestre, ils avaient confisqué les dossiers, les relevés et les ordinateurs. Le journal déclarait que, selon un proche de l'enquête, il y avait eu des rapports sur l'implication de certains hommes politiques dans l'attribution de ces subventions et de ces contrats à des parents et des amis.

À la fin de l'article, Brunetti s'autorisa un sourire et parla directement dans son ordinateur. « Si le maire appelle, dites-lui, s'il vous plaît, que je suis en communication avec les magistrats de Mestre », dit-il tout haut en imitant la voix de Patta, un talent qu'il avait aiguisé, au fil des années, jusqu'à approcher de la perfection.

« Certainement, monsieur le vice-questeur. C'est un message que je serais ravie de pouvoir lui transmettre », répondit la voix de signorina Elettra, mais lorsqu'il regarda en direction de la porte qu'il avait oublié de fermer, ce n'est pas elle qu'il vit, mais la commissaire Claudia Griffoni.

« Tu as franchement bien intégré le rythme vénitien, Claudia, remarqua-t-il. Alors que j'ai moi du mal à capter les nuances de son accent sicilien. »

Griffoni sourit et lui dit quelque chose. Il n'avait rien compris, à l'exception des quelques mots seulement qu'il avait pu saisir du fait de leur transparence, mais c'était une imitation exacte de Patta parlant dans son dialecte natal, et infiniment plus saisissante que la sienne. Elle traversa la pièce et s'assit en face de son bureau. « Il dit qu'il est de Palerme, mais son accent est du San Giuseppe Jato tout craché. » Sa hautaine désapprobation était digne de celle d'un lord, dont le majordome s'aviserait de jouer au polo. Comme toujours, elle s'exprima dans un italien dont il enviait la pureté.

Malgré toutes ces années de collaboration à la questure, Brunetti ignorait à peu près tout de la vie privée et du passé de sa collègue, mais il ne doutait absolument pas qu'elle provienne de ce que sa grand-mère maternelle appelait *des gens bien*, qui étaient clairement à ses yeux des gens bien intentionnés, mais également bien nantis. En outre, elle était intelligente et coopérative, et les quelques fois où ils avaient travaillé ensemble, il avait été impressionné par son sérieux et son humilité : elle ne tenait pas spécialement à devenir l'héroïne de l'enquête, une faiblesse à laquelle étaient enclins maints de ses collègues. Elle ne manquait pas non plus de courage physique, une qualité qui faisait l'admiration de Brunetti.

« Tu as des infos au sujet de l'enquête ? lui demanda-t-il.

– Tu veux dire le maire et la Guardia di Finanza ?

– Oui. »

Elle haussa les épaules. « Ils décèleront bien quelques irrégularités dans la comptabilité, remarqueront qu'une énorme somme d'argent se sera volatilisée, sans que personne ne parvienne à en justifier la sortie. Les gens iront raconter des choses et s'échangeront des accusations. Un des accusés ne manquera pas de pleurer devant les journalistes et, pendant quelques mois, les gens au bureau redoubleront de prudence. Puis tout reprendra son cours normal. »

Écartant momentanément la question de la corruption politique, Brunetti revint à sa curiosité première : « En quoi est-ce que je peux t'aider ?

– Ce n'est pas du tout ça, répondit-elle en secouant rapidement la tête. En fait, c'est le contraire. Je suis montée parce que c'est moi qui voudrais t'apporter mon aide. »

Brunetti leva le menton en un geste interrogateur. Il ne voyait vraiment pas ce qu'elle voulait dire. Pendant plusieurs mois, elle s'était occupée d'un incendie suspect qui avait ravagé une ancienne fabrique que le propriétaire avait envisagé de transformer en un hôtel de luxe. Même si l'enquête l'avait officiellement déclaré accidentel, les doutes persistaient, surtout après qu'un de ses informateurs lui avait appris que le fils de l'expert, chargé du rapport, avait été embauché comme directeur d'un hôtel au sein de la chaîne intéressée par la transformation de l'usine.

En quoi l'enquête de sa collègue pouvait-elle l'aider ? « Dis-m'en plus, lui suggéra-t-il, en se détournant de l'écran de son ordinateur pour lui faire face.

– Ça ne me regarde pas du tout, commença-t-elle, tout à coup hésitante.

– Quoi donc ?

– Ton amitié avec Vianello. »

Qu'est-ce que c'était que cette histoire ? Et en quoi son amitié avec Vianello la concernait-elle ? Pour gagner du temps avant de prendre la parole, il retourna à son ordinateur et ferma toutes les fenêtres restées ouvertes, puis appuya sur une autre touche et regarda l'écran se noircir.

Il revint vers elle. « Mais tu es en train de t'arranger pour que ça finisse par te regarder », observa-t-il d'une voix où ne perçait qu'une douce curiosité.

Elle se mit à parler, mais elle ne put que bredouiller une voyelle, peut-être un « a », qui pouvait tenir lieu d'un « alors », ou d'un « à présent », voire d'un « ami ».

« Il m'a aidée, comme tu le sais, affirma-t-elle. Vis-à-vis de Scarpa. Et des autres.

– Aidée comment ? » Comme le désir de se liguer contre le lieutenant Scarpa ne faisait pas le moindre doute, Brunetti poursuivit : « Vis-à-vis des autres, je veux dire. »

Elle le dévisagea un long moment, comme si elle ne savait sur quel pied danser. « Tu l'ignores ? Tu n'as jamais remarqué la manière dont les gens me parlent, ici ? » s'étonna-t-elle.

Il pensa à signorina Elettra et son premier mouvement fut de mentir, puis il se remémora d'autres détails qu'il aurait pu remarquer ou sentir, des allusions et des messes basses auxquelles il s'était résolu à ne pas donner suite.

« Ou parlent de moi ? » l'aiguillonna-t-elle.

Les livres décrivent souvent la métamorphose des belles femmes en proie à la colère, révélant ainsi combien leur visage était trompeur. Sa bouche n'était plus qu'une ligne mince et son nez fort était soudain devenu pointu et trop grand. Elle avait perdu son regard chaleureux et avait complètement basculé dans l'irrationnel.

« Tu veux dire, parce que tu es napolitaine ? »

Elle fit un petit bruit débordant de mépris. « Si ce n'était que cela. J'ai l'habitude d'être vue comme une *terrona*[1], avec tous mes cousins forcément impliqués dans la Camorra ; mon frère forcément assigné à résidence, et dans le meilleur des cas, on me soupçonne de mener toutes mes enquêtes sur la pointe des pieds, puisque j'ai pour seul but d'espionner et de veiller à ce que rien ne vienne nuire aux *camorristi*. » Brunetti était à ses côtés le jour où il y avait eu un échange de coups de feu et où un homme avait été tué, mais il ne l'avait jamais vue ainsi. Sa capacité de recul et son sens de l'ironie avaient fait place à une rage dont il sentait la violence parcourir son corps tout entier.

Il fronça les sourcils : « Tu ne crois pas que tu exagères un peu ?

– Bien sûr que j'exagère », confirma-t-elle d'un ton brusque, puis elle se tut assez longtemps pour que sa colère disparaisse partiellement de son visage. « Mais je n'ai aucun moyen d'y échapper ici. Ça imprègne l'air du Nord. »

Confronté à sa propre hypocrisie, qui colorerait inévitablement le moindre de ses propos, Brunetti opta pour le silence. Comment pouvait-il dire à cette femme que tout cela était dans sa tête, alors que son propre mépris des gens du Sud était aussi solidement enraciné que ses dents ? Comme elles, son mépris s'était formé dans son enfance et avait grandi parallèlement, à son insu.

L'avait-elle senti chez lui aussi ? Brunetti n'avait pas plus tôt conclu que, si c'était le cas, elle n'aurait pas effleuré le sujet avec lui, qu'il se souvint combien elle était subtile et qu'il fut de nouveau saisi par le doute. Quelle chose étrange, que les préjugés : si réconfortants, tant qu'ils ne sont pas démasqués.

1. Équivalent de cul-terreux. Terme péjoratif désignant les Italiens du Sud.

Il se passa la main sur le visage, puis de nouveau dans les cheveux, signe qu'il voulait couper court à toute digression. « Et où est passé Vianello, dans tout ça ?

– Il est descendu. Je viens de lui parler. »

Brunetti sourit et agita sa main pour rejeter sa réponse. « Non, je veux dire, où en est mon amitié avec lui ? » À la vue du léger soulagement lisible dans son attitude plus détendue, il énonça : « On s'est écartés du sujet, je crois. »

Elle rougit, elle rougit véritablement, ce qui lui fit reprendre possession de toute sa beauté, ou l'inverse. « Je suis désolée, Guido, mais vraiment, tu ne peux pas te rendre compte. » Il craignit un instant qu'elle ne revienne à la charge, mais elle n'en fit rien.

« Je t'écoute, commença-t-il.

– Tu lui as demandé de demander à Nadia de faire quelque chose pour toi. » Sans laisser le temps de donner ou d'éluder une explication, elle enchaîna : « Non, il ne voulait pas m'en parler, mais comme je voyais bien qu'il y avait quelque chose qui le tracassait, je lui ai demandé ce qu'il avait et il était hors de question qu'il s'en aille sans me l'avoir dit. » Voyant que Brunetti la croyait, elle poursuivit. « Tout ce qu'il m'a dit, c'est que tu voulais qu'elle se renseigne auprès de gens sur l'homme qui est mort.

– Davide Cavanella, compléta Brunetti, tout en n'appréciant pas le tour qu'elle donnait à sa requête originaire.

– Et il a peur de t'avoir vexé en refusant.

– C'est à toi qu'il l'a dit, pas à moi », rétorqua Brunetti, conscient de la pointe de susceptibilité audible dans sa voix.

Elle sourit de nouveau. « Il a dit qu'il ne voulait pas te laisser tomber. Ou te blesser. Il ferait n'importe quoi pour toi, tu le sais bien. Mais cette dédition le concerne lui, pas sa femme.

– Tu en parles comme d'un conflit d'allégeance », répliqua-t-il, espérant la décontenancer.

Ignorant son ton offensé, elle approuva : « Bien sûr que c'en est un. Vianello a d'abord sa femme et ses enfants, et après, il y a toi. »

Sur ces mots, Griffoni se pencha comme pour tripoter sa chaussure, geste dont Brunetti devinait la totale inanité. Il s'étonna de la grâce des femmes et de leur sens de la charité.

Lorsqu'elle se redressa, elle lui proposa : « Pourquoi est-ce qu'on ne le fait pas nous ?

– Quoi donc ?

– Pourquoi est-ce qu'*on* ne le fait pas nous deux ? Aller là-bas et questionner les gens – dans les magasins, dans les bars – au sujet de signora Cavanella et de son fils. Tu peux être le bon flic et moi le mauvais, si tu veux.

– Tu es au courant de l'affaire ?

– J'ai lu tout ce que tu as pu lire, le rapport de Rizzardi, le rapport de l'équipe de l'ambulance qui a répondu au premier appel, et le tien au sujet de cette absence de papiers. » Elle marqua une pause, puis précisa : « J'ai demandé à signorina Elettra s'il y avait d'autres documents disponibles. »

Glissant sur cette réflexion, Brunetti lui apprit : « J'ai parlé au médecin de Davide. Ou plutôt, au médecin de sa mère, qui l'a soigné deux fois. » Il joignit ses mains en entrelaçant les doigts et tapota le bureau plusieurs fois. « Mais il n'y a aucune trace de dossier médical.

– Je ne dis pas que c'est impossible, mais c'est difficile à croire. Il doit bien y avoir un signe de son existence. Quelque part.

– Il n'y en a pas », assena Brunetti, en songeant aux dessins figurant dans le bureau du médecin, mais ne pouvant relever d'un dossier officiel.

« Alors, qu'est-ce qu'on fait ?

– On joue au bon et au mauvais flic et on va parler aux gens pour voir si on déniche des ragots par-ci par-là. »

21

Pendant que Foa les emmenait à San Polo, Brunetti lui raconta sa conversation avec les femmes du pressing et sa rencontre avec Ana Cavanella, et lui fit part de l'aisance apparente avec laquelle Pucetti s'était lié d'amitié avec elle.

Ils étaient entrés dans la cabine pour se mettre à l'abri du vent et ils étaient assis l'un à côté de l'autre sur le dossier capitonné, les mains prêtes à les protéger des vagues intermittentes. « C'est un garçon intelligent », déclara Griffoni avec un sourire convaincu. Ce terme sonna bizarrement aux oreilles de Brunetti, car les lèvres qui l'avaient prononcé devaient avoir tout juste dix ans de plus que celles du « garçon » en question. Lorsqu'ils passèrent devant San Giorgio, elle se tourna vers Brunetti et demanda, du ton le plus naturel du monde : « Est-ce que tu t'es déjà lassé de toute cette beauté ? »

Il dirigea son regard vers les nuages filant derrière la coupole. « Jamais. » C'était une réponse automatique, spontanée, vraie.

« C'est ce que je ressens pour Naples. » Puis, sans lui laisser le temps de réagir, et hésitant peut-être à revenir sur le sujet : « Tu l'as rencontrée, la fiancée de Pucetti ?

– La Russe », précisa-t-il et, pour lui montrer que, même si elle pouvait le voir aussi comme tous ces hommes indifférents à la vie sentimentale des autres, il avait pris la peine de s'intéresser à elle, il ajouta : « C'est une mathématicienne.

– Elle était à deux doigts de devenir professeur titulaire à Moscou, et voilà qu'elle enseigne l'algèbre à des adolescents à Quarto d'Altino », déplora Griffoni. Elle haussa les épaules à la manière dont les Napolitains admettent les vérités que la vie balance de droite et de gauche, comme de vils sacs de pommes de terre au marché. Puis, l'air de rien, elle lui annonça : « J'ai jeté un coup d'œil à sa retraite.

– De qui ?

– D'Ana Cavanella. Elle a travaillé pour la famille Lembo de 15 à 17 ans. »

Brunetti se demanda comment elle avait trouvé cette information, mais ne lui posa pas la question. Il préféra lui demander : « Et alors ?

– Alors il y a un trou de douze ans, où elle n'a pas travaillé, ou tout au moins, pas déclaré de revenus. Elle a ensuite travaillé dans une société de nettoyage jusqu'à sa retraite, qu'elle a prise il y a deux ans.

– Nettoyage de quoi ?

– De bureaux et de magasins. La société se trouve à Mestre, mais ils travaillent beaucoup ici. Elle avait un contrat régulier : impôts, cotisations sociales, retraite. »

Subodorant qu'elle détenait d'autres informations, Brunetti l'encouragea à continuer. « Je t'écoute. » Le bateau se cabra sans crier gare et retomba avec un grand bruit sourd, en les secouant tous deux. Brunetti tira le rideau et vit le vent qui jouait sur l'eau, brisant le sommet des vagues blanches d'écume. Il y eut un autre bruit, moins sourd, puis le calme revint.

« J'ai lu des choses sur la famille Lembo.

– Quoi donc ?

– Ce qui était disponible en ligne. » Elle s'interrompit un instant.

« Et puis ?

– Puis j'ai appelé quelques amis et je leur ai posé des questions à son sujet.

– Des amis où ?

– Ici. Et à Rome.

– Et qu'est-ce que tu as appris ?

– Probablement rien de plus que toi. Quelques-uns ont dit que sa mère a eu ce qu'elle méritait, mais personne n'a expliqué ce que cela voulait dire. Drogue, sexe et rock and roll pour la fille aînée.

– Lucrezia », spécifia Brunetti.

Elle hocha la tête. « Il y a beaucoup moins d'informations sur la suivante, Lavinia. Il paraît qu'elle est en Irlande. »

Brunetti hocha la tête à son tour. « Tu sais qu'une des filles est morte ?

– Oui, la petite dernière, dit-elle en simulant les guillemets. Au Chili. Dans une piscine.

– Drôle d'endroit pour mourir, observa-t-il d'un ton neutre.

– Pour celui qui meurt, tous les endroits doivent être bizarres. »

Il émit un bruit d'assentiment.

« Qu'as-tu trouvé sur Lavinia ? s'enquit-il, surpris de se référer aussi aisément à une femme inconnue.

– Uniquement des éléments d'information officiels. L'école, l'université, ses différents emplois.

– Tu sais entrer dans ce genre de fichiers ? » laissat-il échapper, se demandant avec étonnement où elle aurait pu apprendre à le faire. Sûrement pas avec signorina Elettra.

« Vianello a vérifié pour moi. » Puis, mordant à l'hameçon, elle ajouta : « Il a demandé à signorina Elettra de m'aider pour l'Irlande. »

Les mouvements de la vedette s'adoucirent. Brunetti regarda de nouveau à l'extérieur et vit qu'ils avaient tourné dans le rio San Polo. Le vent était tombé. Foa remonta vers le campiello Sant'Agostin, mit le moteur au point mort et sauta sur le quai pour amarrer le bateau. Brunetti le rejoignit, se tourna et prit la main de Griffoni pour l'aider à monter. « Je ne sais pas combien de temps ça va prendre, dit-il à Foa. Tu devrais rentrer.

– Cela vous dérange si je reste, commissaire ? » lui demanda le pilote, d'un air où Brunetti crut lire de la gêne. « Ma tante vit par ici et je ne vais jamais la voir. Alors je me suis dit que je pourrais en profiter pour… » La voix de Foa devint inaudible. Brunetti regarda Griffoni, qui haussa les épaules et regarda par terre, ce n'était pas de son ressort.

« Il y a combien de temps que ta tante habite ici ?

– Depuis toujours.

– Alors pose-lui des questions sur Ana Cavanella, d'accord ?

– Sans faute, commissaire. » Foa sauta dans le bateau pour y récupérer les clefs, puis fit un bond sur le quai.

Les deux commissaires prirent le pont et commencèrent à descendre vers campo San Stin, où ils allèrent dans le seul bar du quartier. Il y avait un homme debout derrière le comptoir en zinc, penché sur un journal : tous deux avaient l'air aussi fatigués que les *tramezzini* dans la vitrine à sa gauche. Il leur jeta un coup d'œil, puis replongea dans sa lecture.

Brunetti demanda deux cafés ; l'homme se tourna pour les préparer. En lisant à l'envers, Brunetti vit que le journal datait de trois jours : il le remit à l'endroit et le feuilleta jusqu'à ce qu'il trouve la page sur la mort de Davide Cavanella. Lorsque l'homme arriva avec les cafés, Brunetti indiqua l'article et lui demanda : « Vous le connaissez ? »

Le regard de l'homme dénotait une certaine neutralité, dérivant d'une combinaison de suspicion et d'insolence. « Suis-je censé répondre à votre question ?

– Non. Vous n'êtes pas plus obligé de me servir un café que de répondre à ma question. »

Le serveur posa les soucoupes sur le comptoir et s'en alla. Il disparut dans un étroit cagibi à la droite du bar, en laissant le rideau rouge ouvert derrière lui.

« Je pense que ça n'a plus le moindre intérêt de rester ici », décréta Griffoni. Elle mit deux euros sur le comptoir et ils partirent. Aucun des deux n'avait touché à sa tasse.

Ils passèrent une autre heure dans le quartier et entrèrent dans un magasin d'informatique, dans une épicerie et un magasin qui vendait des boutons et des sous-vêtements ; ils allèrent aussi dans un endroit lugubre où on vendait de la nourriture et des produits pour les animaux domestiques, et même dans un magasin de sacs à main, mais les vendeuses étaient chinoises et ne connaissaient pas un traître mot d'italien, à l'exception, semblait-il, des chiffres.

Même s'ils réalisèrent très vite que personne n'ouvrirait la bouche, ils persistèrent. La plupart des gens disaient qu'ils ne connaissaient pas Ana Cavanella ni son fils, mais certains donnaient des variantes de la réponse du cafetier, ce qui induisit Brunetti à soupçonner que les téléphones n'avaient cessé de sonner depuis qu'ils avaient quitté son bar.

Lorsqu'ils sortirent du dernier magasin, Griffoni remarqua : « J'ai vraiment l'impression d'être chez moi.

– Où personne ne veut parler à un policier ?

– Oui.

– Pourquoi est-ce que ce devrait être différent ? »

Elle ne put dissimuler sa surprise, comme si elle n'avait jamais envisagé la possibilité que les Vénitiens pouvaient, aussi, se méfier de la police et avoir des idées bien arrêtées sur l'*omertà*[1].

Sentant qu'il était inutile de continuer, Brunetti composa le numéro de Foa et lui demanda s'il était encore dans le coin. Apparemment soulagé d'entendre la voix de son supérieur, Foa répondit que oui et dit de lui-même qu'il serait au bateau dans les dix minutes.

Alors qu'ils descendaient le pont du côté où était amarrée la vedette, Foa apparut dans la *calle* devant eux. Son sourire rayonnait même à cette distance. Ils arrivèrent ensemble. « J'ai parlé à ma tante, commissaire. » Son sourire s'élargit davantage encore.

« Et elle connaît Ana Cavanella, je suppose ? » Brunetti ne put réprimer son propre sourire.

« Oui, monsieur. Ou tout au moins, elle la connaît de vue et sait ce que l'on dit d'elle.

– Et qu'est-ce qu'on dit ? »

Foa jeta un regard circulaire sur le *campiello*, comme s'il avait capté la nervosité qu'avait suscitée dans le voisinage le fait de parler à un agent de police. « Montons à bord », suggéra-t-il, en retournant au bateau. Il sauta sur le pont, qui était plus bas qu'à leur arrivée. Il tendit la main d'abord à Griffoni puis à Brunetti, qui fut content de la saisir en descendant dans l'embarcation.

Foa mit le moteur en route et s'écarta du quai. Il passa la marche arrière et remonta ainsi le canal sur la droite, pour pouvoir reprendre le même chemin en sens

1. Ou loi du silence. Règle tacite imposée par la Mafia.

inverse. Lorsqu'ils débouchèrent sur le Grand Canal, il ralentit et Brunetti et Griffoni se déplacèrent pour se mettre de chaque côté de lui.

Sans se presser, Foa prit la parole. « La mère d'Ana a déménagé ici il y a une éternité, quand elle était petite. Sa mère louait une maison, qu'Ana s'est ensuite appropriée, personne ne sait comment. » Comme c'est vénitien, pensa Brunetti, de commencer une histoire comme celle-ci en parlant de biens fonciers.

« Lorsqu'elle était jeune fille, Ana a obtenu un emploi comme domestique quelque part en ville. Elle vivait là pendant la semaine, mais venait voir sa mère quand elle pouvait. Puis après quelques années, elle est revenue vivre avec elle à la maison. » Foa marqua une pause et reprit : « Vous devez comprendre, ma tante a presque 90 ans. » Face à leur étonnement, il spécifia : « C'est la tante de mon père, en fait. Mais c'est toujours une tante. » Il rit. « Mon père disait toujours qu'il avait tout pris de cette branche-là de la famille et je suppose que moi aussi.

— Et Ana ? l'éperonna Brunetti, peu intéressé par les détails de la relation de Foa avec sa grand-tante.

— On raconte qu'elle est partie en voyage et qu'elle est revenue avec cet enfant.

— Quoi ? » s'exclama Griffoni.

Foa la regarda, peut-être soulagé de voir quelqu'un d'autre trouver cette histoire étrange. « C'est ce qu'elle m'a dit. Elle m'a dit que c'est ce que racontent les gens d'ici. Elle est partie un certain temps – ma tante ne sait pas combien de temps – je pense qu'elles ne devaient pas avoir beaucoup d'amis dans le quartier – et qu'elle est revenue avec son fils.

— Il avait quel âge ? s'enquit Griffoni.

— Personne ne le savait. Je veux dire, pas exactement.

Disons que ce n'était plus un jeune enfant. Peut-être qu'il avait 12 ans, ou quelque chose comme ça. Et il était sourd. C'est ce que disait ma tante. C'est Ana et sa mère qui l'ont dit aux gens, mais la plupart des gens pensaient qu'il y avait autre chose qui n'allait pas, car il était vraiment simplet.

– Attends une minute », le pria Griffoni. Foa, confus, ralentit le bateau. Elle rit. « Non, je voulais dire une minute pour cette histoire. Est-ce qu'elle avait parqué ce garçon quelque part et qu'elle est allée le chercher, arrivé à un certain âge ? » Elle secoua la tête à maintes reprises. « Cela n'a aucun sens.

– Ma tante dit qu'elle a dit aux gens qu'il vivait chez des parents à la campagne et que quand il a été assez grand, elle l'a ramené à la maison.

– Assez grand pour quoi ? » demanda Brunetti d'une voix douce, comme s'il se parlait à lui-même. Ils l'entendirent, mais ne trouvèrent rien à suggérer.

Griffoni proposa, en les surprenant tous deux : « Pourquoi n'essayons-nous pas de voir du côté des Lembo ? » Comme personne n'y vit d'objection, elle poursuivit : « Elle a travaillé pour eux pendant pas mal de temps. Lucrezia a quelques années de plus qu'elle, donc elle devait être adolescente à l'époque et peut-être qu'elle se souvient d'elle. »

Brunetti jeta un coup d'œil à sa montre et vit qu'il était 6 heures passées. « Tu peux nous laisser là, Foa, si tu veux, et ramener le bateau.

– Vous ne voulez rien savoir d'autre sur ce que ma tante m'a dit ? » Foa ne put cacher à quel point il était vexé qu'ils aient coupé ainsi son histoire.

Brunetti lui mit la main sur le bras : « Bien sûr, je suis désolé. Qu'est-ce qu'elle t'a dit d'autre ?

– Que c'était une belle fille et que tous les garçons du quartier étaient fous d'elle. Mais elle n'a jamais voulu avoir affaire à eux parce qu'elle pensait qu'elle était trop bien pour eux, ou des choses comme ça. » Il y réfléchit, puis demanda, comme si ce genre de question ne souffrait aucune réponse adéquate. « C'est une fille de San Polo, et elle est trop bien pour les garçons du quartier ?

– Ma fille est une fille de San Polo, répliqua Brunetti d'un ton léger, et je suis sûr qu'elle est mieux que la plupart des garçons que j'ai vus dans les parages. »

Foa mit du temps à comprendre, puis partit d'un grand éclat de rire et accéléra pour les emmener au *palazzo* Lembo.

22

Foa s'arrêta à l'endroit où il avait conduit Brunetti la fois précédente, mais il ne manifesta aucune envie de s'y attarder. Il était peut-être encore blessé par leur manque d'intérêt pour le récit de sa tante. Il les aida à sortir du bateau, leur fit un signe et continua en direction du canal de la Giudecca.

Le vent avait cessé, mais le temps s'était rafraîchi et Brunetti regretta de ne pas avoir pris d'écharpe avec lui, ou de ne pas avoir pensé à mettre une veste plus chaude. Griffoni, remarqua-t-il, portait un manteau matelassé qui lui arrivait juste au-dessus des genoux et ne semblait pas du tout souffrir du froid.

En remontant la *calle*, elle demanda : « Comment on s'y prend ?

– On voit comment ça se passe et on réagit en fonction. » C'était tout ce qu'il pouvait suggérer.

Il sonna une première fois. Pas de réponse. Comme un bateau était en train de passer dans le canal à la fin de la *calle*, il attendit qu'on ne l'entende plus pour sonner la seconde fois. Il appuya sur le bouton un long moment ; tous deux entendirent l'écho lointain se répercuter à l'intérieur.

Si personne ne vient, se dit-il, je laisse tomber et j'oublie toute cette histoire. Laissons les morts en paix.

243

Laissons-les tous en paix. Il attendit une bonne minute puis sonna de nouveau, en gardant longtemps son doigt sur la sonnette.

À l'intérieur, une porte claqua et Brunetti se sentit soulagé. Il y avait quelqu'un et il pouvait donc y avoir une suite.

La porte s'ouvrit subitement. Sans avertissement, ni aucun bruit depuis l'intérieur. Une grande femme, qui pouvait être la sœur aînée de la dame en bikini sur les photos que signorina Elettra lui avait montrées, se tenait devant eux. Elle portait un survêtement qui semblait avoir été acheté pour quelqu'un de plus mince.

Il s'était écoulé beaucoup de temps depuis que les photos avaient été prises, mais visiblement il s'était écoulé plus de temps pour elle, ou des temps plus durs. Il suffit d'un regard à Brunetti pour s'apercevoir qu'elle s'était fait un lifting, peut-être même plusieurs, mais qu'elle avait fini par renoncer à ce type de tentative ou de préoccupation, et qu'elle avait accepté l'inéluctable. Les rides s'étaient accumulées sous le menton comme une épaisse pâte à frire qu'on aurait laissée lentement tomber d'un bol. Ses cheveux, d'un brun roux, étaient attachés en queue-de-cheval, d'où s'échappaient de maigres boucles éparses.

De petites lignes, d'une forme entre le U et le V, creusaient des sillons sous les yeux, et la chair au-dessus d'eux était plus foncée que la peau du visage. Elle les regarda fixement, d'abord lui, puis elle, sans exprimer la moindre curiosité. « Oui ? » fit-elle. S'ils étaient venus encaisser le loyer, ou lui dire que sa maison était en feu, leur présence lui aurait inspiré la même attitude.

« Signora Lembo ? demanda Brunetti.

– Oui, acquiesça-t-elle, d'un ton neutre.

– Je suis le commissaire Brunetti et voici la commissaire Griffoni. Nous aurions souhaité vous parler.

– À quel propos ?

– De Ana Cavanella. »

Ses yeux changèrent et s'animèrent, mais pas d'une manière particulièrement attirante, de l'avis de Brunetti. Elle regarda Griffoni et, lorsque Brunetti jeta un coup d'œil de son côté, il vit que sa collègue s'était affaissée et que sa posture lui avait fait perdre quelques centimètres de haut. Elle avait également adopté une attitude gauche et moins gracieuse, et son visage, désormais dénué d'expression ou de la moindre marque d'intérêt, avait perdu tout son charme et était devenu quelconque.

« Que voulez-vous savoir sur elle ? » demanda Lucrezia Lembo – car ce devait être Lucrezia. Elle ramena sa main de derrière son dos et tira une profonde bouffée de cigarette, comme si elle s'était sentie jusque-là dans l'obligation de la cacher. Elle pencha sa tête en arrière et fit une longue ligne de ronds de fumée parfaits dans l'air. Brunetti ne put réprimer un sourire d'admiration, qui ne lui échappa pas.

« Venez avec moi, dit-elle. Il fait froid, dehors. »

Elle se tourna et traversa la petite cour, ouvrit une porte et grimpa rapidement les marches raides. Ils la suivirent. Brunetti cherchait à éviter la vue de ses grosses fesses qui le précédaient dans l'escalier. Ils entrèrent dans un vestibule où il faisait encore plus froid que dehors. Brunetti et Griffoni ne percevaient que leurs pas : la femme portait en effet des pantoufles. Pas étonnant qu'ils ne l'aient pas entendue arriver.

Au bout du couloir, elle ouvrit une porte qui donnait sur un autre corridor. Elle leur laissa le soin de la suivre et de fermer cette porte, initiative que prit Brunetti. Il songea au nombre de fois où il avait vu ce genre de scène dans les films, de bonne ou mauvaise qualité, avec l'innocent qui est accueilli dans la maison de l'assassin, ou les assassins qui s'introduisent dans la maison de l'innocent.

La femme s'arrêta devant une autre porte et tapota sa cigarette dans un cendrier plein à ras bord, posé sur une table en bois de noyer. Cette porte menait dans une petite pièce faiblement éclairée, qui devait avoir été une bibliothèque. La plupart des étagères étaient vides et les livres encore présents sur les rayonnages vacillaient comme des ivrognes de forme rectangulaire, chacun à sa façon. Il y avait même une petite échelle en bois pliante, accrochée aux étagères, pour accéder aux plus hautes, également presque dénuées d'ouvrages.

Pas d'odeur de fumée, ni le moindre grain de poussière sur les volumes ; il y avait si peu de temps que l'on avait passé l'aspirateur sur le tapis que leurs chaussures laissèrent des traces sur les poils. Ce qu'il restait de la lumière du jour filtrait aisément à travers les fenêtres, d'une propreté parfaite.

Lucrezia s'affala dans un divan en velours et posa ses pieds bien à plat devant elle. Elle leur fit signe de s'asseoir sur les chaises en face d'elle. « Que voulez-vous savoir à son sujet ? demanda-t-elle.

– Elle travaillait pour votre famille, n'est-ce pas ? » s'enquit Brunetti. Griffoni était devenue, pour ainsi dire, sourde et muette.

« Oui. Il y a longtemps. »

À la façon dont sa voix martela ces mots, Brunetti comprit qu'elle était ivre ou droguée, ou qu'elle était en tout cas suffisamment sous l'emprise de substances pour que son discours en soit affecté. Elle tourna son lourd regard vers Griffoni, mais vit à son tour une personne inerte. Lucrezia était-elle tout ce qu'il restait de ses années de drogue, sexe et rock and roll ? Assurément, personne n'aurait pu imaginer une telle issue.

« Quelles fonctions avait-elle dans votre famille ? »

Un éclair soudain de colère traversa les yeux de Lucrezia et ses mains se transformèrent involontairement en poings. Mais, en l'espace d'une seconde, son visage retrouva son calme et ses mains se relâchèrent. « C'était la bonne, si c'est ce que vous voulez dire, répondit-elle avec flegme.

– De votre mère ? » Brunetti se souvint qu'à une époque, les femmes aisées avaient ce que l'on appelait des femmes de chambre.

De nouveau, cet éclair de lumière et le mouvement involontaire de sa main, immédiatement suivis de calme. « Non, c'était la bonne pour toute la famille.

– Elle était très jeune, non ?

– Elle avait 15 ans lorsqu'elle est arrivée chez nous. »

Son mécontentement lui fit hacher les mots encore plus durement cette fois, révélant de nouveau qu'elle avait bu ou pris de la drogue. « Tout dépend de l'idée que vous vous faites de cet âge. » Brunetti pensa que l'âge en lui-même ne présentait aucune espèce d'intérêt. En revanche, il fut frappé qu'elle se souvienne d'un tel détail après un demi-siècle.

« C'est un âge dangereux », intervint Griffoni à son grand étonnement, non pas à cause de sa réflexion, mais parce qu'il l'avait complètement oubliée, assise à ses côtés, humble, effacée, en silence. En attente.

Les yeux de Lucrezia pivotèrent en direction de la femme installée près de Brunetti et elle étudia cette chose soudainement douée de voix. Griffoni regardait ses mains jointes sur les genoux, mais son visage restait suffisamment visible pour que l'autre femme puisse y remarquer les sourcils soudain sillonnés de rides profondes et les lèvres serrées.

« Dangereux », répéta Lucrezia, sans la moindre expression. Elle aurait très bien pu donner une pointure de chaussures. Sans explication, elle se leva et sortit, en laissant la porte ouverte derrière elle.

Brunetti se tourna vers sa collègue d'un air interrogateur, mais elle, suite peut-être aux pas silencieux de Lucrezia, mit un doigt sur les lèvres et secoua la tête. Il jeta de nouveau un regard circulaire dans la pièce, où le contraste entre la propreté maniaque et l'état désordonné des livres créait un certain malaise.

Griffoni étant apparemment tenue au secret, il tourna ses pensées vers Davide Cavanella. Son âge était difficile à déterminer : il aurait pu naître pendant que Ana Cavanella travaillait dans ce palais, ou plus tard. La famille l'avait vue grandir et devenir une femme mûre. Il se souvenait, avec la précision d'une photo, des mains crispées de Lucrezia. Il revit la scène où elle les avait détendues lentement, les forçant, peut-être, à s'ouvrir. Il se souvenait aussi de son regard lorsqu'il l'avait interrogée sur les services – terme bien malencontreux – qu'Ana exerçait pour la famille. Comment savoir si c'était la femme de chambre, ou la bonne à tout faire, ou quoi d'autre encore ? En quoi consistaient ses services ? Et pour qui ?

Lucrezia Lembo revint dans la pièce. Brunetti et Griffoni purent constater la différence : elle était plus calme, son corps plus détendu et sa démarche plus fluide. Ses cheveux, se dit Brunetti, étaient les mêmes, comme son corps, mais elle semblait plus fraîche, voire plus jeune ; sans aucun doute, plus heureuse.

Elle regagna sa place sur le divan et s'y enfonça avec un autre soupir. « Où en étions-nous ? reprit-elle, en essayant de sourire à Brunetti, mais incapable de ne pas diriger son attention vers la silencieuse Griffoni.

– Je vous ai demandé de me parler d'Ana Cavanella qui travaillait autrefois pour votre famille, lui rappela Brunetti.

– Oui, je me souviens d'elle. » La voix de Lucrezia avait presque pris des accents de langueur. « Une jolie fille, n'est-ce pas ?

– Je ne la connaissais pas à l'époque », répliqua Brunetti, trouvant indélicat de lui dire qu'il n'était alors qu'un enfant. Puis, décidant de mentir, il précisa : « Mais mon père, oui. »

Elle tourna ses yeux vers lui et ce n'est qu'alors qu'elle le vit véritablement. « Ah bon ?

– Il avait un service de bateaux, genre taxis, mais il transportait aussi des objets précieux pour des antiquaires. » Brunetti arbora son sourire le plus affable, un sourire empli du souvenir des temps passés, du temps du bonheur – dans le cas de son père, un temps qui n'a jamais existé. « Il avait un goût raffiné. C'est ce que disaient les antiquaires. Donc ils lui faisaient confiance pour les transports d'objets. Je me souviens qu'il me parlait de votre père. » Vu son âge à cette époque, c'était improbable, mais il douta qu'elle s'en rendît compte.

La bouche de Lucrezia s'habilla d'un sourire. « Mon père achetait beaucoup de choses. » Elle sourit de nouveau, à l'écho que ces mots produisaient en elle, mais ce sourire, bien que sincère, n'était pas joli. Elle désigna d'un geste les étagères presque vides et Brunetti les regarda d'un œil admiratif. « Donc votre père doit avoir travaillé pour lui », conclut-elle, comme si ces mots lui paraissaient enfin dotés de sens et en lien avec leur conversation précédente.

Brunetti réitéra le sourire que faisait naître l'évocation du bon vieux temps. « Il disait que votre père était toujours très généreux envers lui et envers les hommes qui travaillaient avec lui », inventa Brunetti. La générosité est une qualité si séduisante que chacun veut se la voir attribuée, à la différence de la justice ou de la probité, vertus peu malléables, et bien peu complaisantes.

« Oh, il était très généreux, mon père », confirma-t-elle d'un ton si perfide que Brunetti eut la sensation qu'ils n'étaient pas engagés dans la même conversation, ou qu'ils ne parlaient pas de la même chose.

« C'est dangereux, aussi, intervint Griffoni, avec une indifférence des plus énigmatiques. La générosité. » Elle souligna ces propos d'un reniflement moqueur.

Lucrezia sursauta, comme si elle ignorait d'où pouvait provenir cette voix. Elle tourna son regard vague vers Griffoni, redevenue silencieuse. La perplexité de Lucrezia se lut clairement sur son visage. Puis, à leur grande surprise, elle assena : « C'est ma mère qui n'était pas généreuse. » Ses yeux se dirigèrent vers les étagères de la bibliothèque et, le temps que l'écho de ses mots revienne vers elle, elle plaqua sa main sur sa bouche. « Non. Ce n'est pas vrai. C'était une bonne mère. Elle nous faisait réciter le chapelet. Chaque soir, avant d'aller au lit, nous devions nous agenouiller avec elle et réciter le saint rosaire. Le lundi, les mystères joyeux, le mardi, les mystères douloureux, le mercredi, les mystères glorieux. » Elle ferma les yeux et joignit les mains, comme si elle le tenait encore entre les doigts. « La présentation de Jésus au Temple, poursuivit-elle d'une voix complètement différente, solennelle, profonde, révérencieuse. Fruits du mystère : la pureté, l'obéissance. » Brunetti la regardait égrener lentement les perles invisibles. Elle remuait les lèvres. Brunetti eut l'impression qu'elle répétait les deux derniers mots.

Du même ton, et du même rythme incantatoire, Griffoni lui suggéra : « Il vaut mieux penser à la crucifixion, signora. Fruits du mystère : le salut, le pardon. » Brunetti sentit les poils se dresser sur la tête et songea à son imitation de la voix de signorina Elettra.

Lucrezia ouvrit lentement les yeux et regarda Griffoni, avec un doux sourire. « Ma mère nous a appris l'obéissance. » Puis son sourire s'éteignit : « Elle l'a apprise à mon père, aussi. »

Elle se tourna vers Brunetti et, d'une voix tout à fait normale, observa : « Les gens l'appelaient le Roi du cuivre, je sais. Mais c'était ma mère qui régnait, pas lui. »

Pris au piège de ce monde, où la féminité s'était fourvoyée, Brunetti se sentit suffoquer. Griffoni semblait avoir perdu la raison et être entrée en transe, tandis que signora Lembo invoquait les esprits de ses parents défunts, puis elles se mirent à réciter ensemble les noms des dizaines du rosaire qu'il n'avait plus entendus depuis son enfance où, auprès de ses grands-parents, il écoutait les vieilles femmes sombrant dans la dévotion.

Il se leva et alla ouvrir la fenêtre la plus proche. Une bouffée d'air frais balaya la pièce. Lucrezia ne le remarqua pas, mais Griffoni lui lança un regard perçant et secoua la tête d'un geste sec, lui intimant l'ordre de la refermer. Il s'exécuta mais resta à côté, d'où il pouvait les voir toutes les deux. Il se détourna cependant de leur vue et regarda vers le nord, où pointait le clocher de Santo Stefano qui semblait encore plus incliné que vu d'en bas. « Tout penche, mais rien ne tombe », adage qu'il avait entendu toute sa vie dans la bouche des Vénitiens.

Il entendait, derrière lui, leurs murmures : Brunetti ignorait si les deux femmes récitaient le rosaire, ou si elles étaient en pleine confession. Il n'avait ni vu, ni senti le courant passer entre elles, mais il avait saisi le moment où le chapelet avait engendré leur union spirituelle. Si le regard de Griffoni l'avait fait frissonner d'horreur, à l'idée de tout pacte qu'elles auraient pu sceller, il ne souhaitait pas moins tirer les plus grands avantages de cette alliance.

Pendant ce temps, la lumière avait décliné sur la ville. Le clocher de Santo Stefano se détachait sur l'obscurité uniquement par les points lumineux qui brillaient autour de lui. La tour éclairée, qui s'élançait vers les cieux, avait perdu son aplomb et donnait l'impression qu'elle pouvait s'écrouler d'un instant à l'autre. Pour combien d'entre nous est-ce le cas ? se demanda Brunetti.

Leurs voix dérivaient vers lui, comme de la fumée ; Brunetti ne pouvait regarder les femmes, ni ne voulait savoir ce qu'elles marmonnaient. Laisse-les réciter leurs dizaines et exalter leurs vertus préférées, mais toi, surtout, ne t'en mêle pas.

Même s'il essayait de ne pas les écouter, ces invocations continuaient à flotter autour de lui : « mépris du monde », « grâce d'une mort heureuse », « désir de sainteté », « mortification », « pureté ». L'avaient-elles déjà exercée cette dernière vertu ? Mais d'où pouvait bien venir cette obsession de la pureté sexuelle ? Quelle manière tordue de regarder la vie.

Les voix continuaient, imperturbablement. Finalement, incapable d'en supporter davantage, Brunetti se tourna vers elles : Lucrezia Lembo pressait sa tête contre le dossier de sa chaise, le visage couvert de ses mains. Griffoni était penchée en avant, en train de lui parler si doucement que Brunetti ne pouvait pas comprendre ses mots.

Cette grotesque comédie de bigotes n'avait que trop duré. « Griffoni, hurla-t-il si fort que toutes deux se tournèrent vers lui, alarmées. Ça suffit maintenant. »

Elle savait qu'il valait mieux éviter toute querelle avec lui sur ce point. Elle se leva, se pencha au-dessus de Lucrezia, qui découvrit ses yeux et lui murmura quelque chose. Griffoni fit un geste d'assentiment et toucha son bras de la main droite.

Brunetti les ignora toutes deux et gagna la porte. Il la garda ouverte pour Griffoni, qui tapota le dos de la main de l'autre femme et le rejoignit docilement. Ils descendirent les marches et traversèrent la cour en silence. Brunetti actionna la poignée et ils sortirent ensemble dans l'étroite *calle*.

Brunetti réprima sa terrible envie de claquer la porte et prit sur la gauche, en direction de l'arrêt Accademia. Comme il entendit un bruit étouffé derrière lui, il se tourna : Griffoni était debout, son bras appuyé contre la façade d'une maison de l'autre côté de la rue. Le froid de la nuit le saisit au moment où elle fit un pas vers lui, s'accrocha à son bras et tomba contre lui. Sans y réfléchir à deux fois, il l'entoura d'un bras et essaya de la soutenir. Mais elle se mit à glisser et il se rapprocha d'elle pour l'entourer de l'autre bras. Sa tête tomba sur l'épaule de Brunetti et son bras tapa contre le flanc du commissaire.

Il y avait, non loin de là, une fenêtre basse, et grillagée. Il chercha à s'en approcher, à la fois en la portant et en la poussant. Il l'aida à se baisser jusqu'à ce qu'elle puisse s'asseoir sur le rebord, où elle se pencha, la tête contre l'estomac. Il s'accroupit, la soutenant d'une main contre les barreaux, et lui prenant le pouls de l'autre, même s'il savait parfaitement à quoi s'attendre.

La tête de Griffoni retomba en arrière et se tint appuyée contre les grilles. Elle ouvrit les yeux et fut décontenancée à la vue des bâtiments dressés en face d'elle. Elle prit soudain conscience de la présence de Brunetti et s'écarta, en prenant appui sur les barreaux. Puis elle le reconnut et son visage se détendit.

« Qu'est-ce qui s'est passé ? » demanda-t-elle, en s'essuyant les yeux.

Brunetti, lui, ne se détentit pas. « Tu as dû t'évanouir.

– Je ne m'évanouis jamais, répliqua-t-elle, en prenant un air vexé.

– Tu as peut-être vu la Vierge », osa rétorquer Brunetti.

Ses yeux s'agrandirent, puis elle sourit. « Je pense que c'était trop.

– Quoi donc ?

– De faire ça à cette pauvre femme.

– De lui faire quoi ?

– De l'amener à me parler de sa mère et de la manière dont elle récitait son chapelet. »

Puis, après un moment et avec le plus grand sérieux, elle déclara : « Quel monstre.

– Cette pauvre femme ? s'enquit Brunetti, en désignant de la tête la porte fermée du *palazzo*.

– Non, sa mère. »

23

Pensant que Griffoni avait besoin de boire quelque chose, Brunetti l'aida à se relever et attendit qu'elle tienne bien sur ses jambes. À son signe d'assentiment, il passa son bras sous le sien et ils se mirent en route. Ils prirent à droite, traversèrent le pont et entrèrent dans le bar. Par chance, il y avait une table de libre au fond. « Une camomille », dit-elle en réponse à son regard : Brunetti alla au comptoir et commanda l'infusion et un café, puis changea d'avis et demanda deux infusions. Sa mère disait que c'était bon dans les cas d'urgence et tout portait à croire que c'en était un.

Il revint à leur table. Il entendit le sifflement de la vapeur, le bruit de vaisselle et la serveuse fut bientôt là, avec les deux tisanes. Il mit un sachet dans la théière de Griffoni, et en fit autant pour lui, puis ajouta deux sachets de sucre dans la tasse de Griffoni, même si elle fit signe qu'elle n'en voulait pas, et deux dans la sienne.

Griffoni avait le visage crispé, comme les enfants qui font leurs premiers pas et qui apprennent, dans un second temps, à skier dans les montagnes. Il se dit qu'elle finirait par se dégeler : il lui fallait juste un peu de temps et un endroit douillet.

Il prit sa tasse, souffla à la surface, puis fit tourner la boisson chaude et resouffla dessus. Elle l'imita.

Finalement, il se lança et prit une petite gorgée : c'était encore très chaud, mais plus bouillant. Il posa sa tasse et recommença à souffler. Lorsque la température fut bonne, Brunetti lui dit : « Je t'écoute. »

Elle prit plusieurs gorgées de son infusion, se resservit sans rajouter de sucre, pour lui montrer combien elle appréciait sa boisson. Une autre gorgée encore, et elle commença : « Pureté. C'est le mot qui l'a fait craquer, je pense. Sa mère ne jurait que par ça. Prendre des bains, se laver les mains, faire la lessive, deux fois par jour. Ils avaient des bonnes, donc ils pouvaient se le permettre. Et puis, enchaîna-t-elle après avoir repris un peu de sa camomille, quand elles ont grandi, elle a commencé à leur parler d'une autre sorte de pureté. Il y avait une nonne qui vivait avec eux et des curés partout dans la maison. »

Griffoni cessa de parler et finit sa tasse. Sans cacher son exaspération, elle s'étonna : « Pourquoi faut-il que les gens gâchent toujours tout ? »

Brunetti haussa les épaules. Il n'avait jamais trouvé de réponse à cette question.

« Quand elles ont été plus grandes, elle les a envoyées dans une école de filles en Irlande, mais elle est tombée malade – la mère – et Lucrezia a dû rentrer et s'occuper d'elle.

– Qu'est-ce qu'elle avait ?

– Je n'ai pas compris, dit-elle en regardant Brunetti, comme pour évaluer jusqu'où elle pouvait aller. J'ai l'impression que c'est une de ces maladies que les femmes de la haute attrapent dans les romans.

– Et le père, dans tout ça ?

– À vrai dire, je ne sais pas. C'est comme s'il n'existait pas, énonça-t-elle, d'un ton perplexe.

– Comment tu peux être le Roi du cuivre et ne pas exister ?

– Je ne sais pas, répéta-t-elle, la gorge nouée. Je lui ai posé des questions à son sujet, mais elle m'a dit qu'il ne comptait pas, la société appartenait à la famille de sa mère, il n'en était responsable que parce qu'il l'avait épousée. Il était toujours en voyage, à cause du travail. Ils avaient des mines aux quatre coins du monde et il devait aller les inspecter. »

Brunetti avait l'impression de réentendre les mêmes histoires qu'à l'époque de la Sérénissime République, où les marchands rentraient une fois par an avec leurs flottes, restaient le temps de décharger et de recharger leurs cargos et de mettre enceintes leurs femmes, puis repartaient gagner de l'argent.

Elle avait repris des couleurs et sa voix était plus ferme. D'abord, c'était Pucetti qui s'était lié d'amitié avec Ana Cavanella et maintenant, c'était Lucrezia Lembo qui faisait des confidences à Griffoni : était-il tombé dans un nid de vipères, capables de s'insinuer dans les bonnes grâces des gens ? En était-il une, lui aussi ?

Brunetti finit son infusion et regarda en direction du comptoir, espérant happer l'attention de la serveuse. Griffoni pencha sa tête en arrière et ferma les yeux, à la manière de Lucrezia.

Puis elle les ouvrit, tenta de sourire et s'excusa : « Je suis désolée, Guido. Ça me fait tellement de peine pour elle. Pour eux tous.

– Ça ne devrait pas exister. Cette stupidité fait trop de ravages. »

Cette fois, ce fut elle qui ne comprit pas, il le vit à son expression. « Sa mère et elle parlaient de pureté », dit-il et il enchaîna, sans ambages : « Le médecin qui suivait Ana Cavanella et son fils a dit qu'elle n'a jamais rien fait pour lui venir en aide, pas de tests, pas de scolarité, rien. » Il perçut l'étonnement de Griffoni. « Il a dit qu'elle était si stupide qu'elle avait honte de sa surdité. Qu'elle la voyait comme un châtiment de Dieu pour ses péchés, ce qui fait qu'elle l'a laissé grandir comme une bête. Et mourir comme une bête.

– Est-ce que du coup, tu as envie de tout arrêter ? s'enquit-elle, en brassant l'air de ses mains comme pour englober le *palazzo* de l'autre côté du pont, Ana Cavanella et son fils mort.

– Non.

– Alors, la prochaine étape ? » Il apprécia sa fougue.

« On continue à chercher, jusqu'à ce qu'on trouve quelque chose.

– Parfait. »

Brunetti envisagea de rentrer à la questure pour une heure et de commencer à fouiller dans les dossiers publics pour compléter ses informations sur la famille du Roi du cuivre, mais il y renonça. Bien entendu, il ne pouvait pas non plus inviter Claudia Griffoni à venir chez lui, annoncer à sa femme qu'ils travailleraient à l'ordinateur un moment pendant qu'elle préparait le dîner, voire lui demander de mettre une assiette supplémentaire.

Lorsqu'il s'aperçut de l'état de fatigue de Griffoni, il lui suggéra de commencer le lendemain matin, se doutant bien qu'elle accepterait. C'est ce qui se passa et elle lui évita de lui proposer de la raccompagner à la maison, en lui disant qu'elle allait beaucoup mieux.

Ce n'était pas bien, mais ce n'était pas non plus bien méchant de lui faire ça, se justifia-t-elle et elle précisa, d'un ton qu'elle voulait désinvolte : « C'est le côté que je déteste le plus dans notre métier : gagner la confiance des gens et puis s'en servir pour obtenir des informations.

– Ça fait partie de notre boulot, même si je n'aime pas ça non plus. »

Ils marchèrent lentement en direction de l'embarcadère. Elle s'arrêta et se plaça face à lui pour lui déclarer : « Mais quelquefois, avec les sales gens, on a plaisir à le faire. » Comme Brunetti restait impassible, elle poursuivit : « C'est dur parfois, surtout pour les jeunes recrues, d'entendre les gens parler de la façon dont ils sont victimes de la société, des circonstances, ou encore de leurs familles.

– Et qu'en est-il de Lucrezia Lembo ? » ne put s'empêcher de demander Brunetti, même si rien ne prouvait qu'elle fût fondamentalement mauvaise ; peut-être était-elle juste faible et instable.

Elle sourit. « J'y ai moi-même laissé des plumes, n'est-ce pas ?

– Oui. »

Elle reprit le chemin vers l'arrêt de l'Accademia. « J'entendais ceux qui frappent leurs petites amies, ou qui tuent ou volent des gens, puis leur donnent un coup de pied à la figure, juste pour montrer de quoi ils sont capables. C'est de ceux-là que je parlais. »

Brunetti l'approuva, mais ne pipa mot. Ils entendirent le vaporetto arriver et se dépêchèrent de gagner le ponton couvert. Il lui tapota le bras plusieurs fois et attendit qu'elle monte dans son bateau, puis alla attendre le sien de l'autre côté.

Il se réveilla et regarda par la fenêtre de leur chambre ; à la vue des nuages gris et immobiles, suspendus au-dessus de la ville, il se rappela les événements de la veille. Il se tourna sur le côté, mais Paola n'était plus là. Il allongea une main sous la couverture et, se félicitant de son bon réflexe de policier, il sentit que sa place était froide. Il regarda le réveil : il était presque 9 heures.

Encore en pyjama, il alla à la cuisine, mais n'y trouva personne. Le seul signe de vie était la tasse de café dans l'évier et la cafetière encore posée sur la gazinière. Comme la place de Paola dans le lit, elle était froide. Il la rinça, y mit de l'eau et du café et la fit chauffer à feu doux. De la fenêtre qui donnait sur les monts éloignés des Dolomites, il vit les nuages s'étirer là-haut de tout leur long et s'obscurcir dans le lointain.

Est-ce que ce serait comme cela s'il était célibataire, s'il vivait seul et n'avait jamais été marié ? Il n'y aurait pas les services en porcelaine de la grand-mère de Paola dans leurs buffets, ni de Canaletto au mur, ni même, à une extrémité de la console, les statues d'animaux en céramique que Chiara avait ramenées à la maison pendant des années. Pas de canard jaune, pas d'éléphant rose, ni de girafe ou de famille de pingouins. Le glouglou de la cafetière chassa ces pensées de son esprit. Il sortit la tasse de l'évier, y versa le café et y mit du sucre.

Une heure plus tard, Griffoni et lui étaient assis devant son nouvel ordinateur, avec une copie de la carte d'identité de feu le Roi du cuivre devant eux : Ludovico Fadalti. « Je croyais qu'il s'appelait Lembo, nota Griffoni, et pas Fadalti. » Elle posa son doigt sur l'écran, comme si elle croyait Brunetti incapable de lire le nom qui y était imprimé.

« Elle t'a dit que la société appartenait à sa mère, non ? s'assura Brunetti.

– Oui, mais la société s'appelle Lembo. »

Brunetti actionna une touche et une nouvelle carte d'identité apparut avec la même date et le même lieu de naissance, la même photo, mais le nom de famille, cette fois, était « Lembo ».

« Il l'a fait changer. » Brunetti n'avait encore jamais entendu parler d'un tel cas et était curieux de découvrir à quoi ce monsieur Fadalti avait accepté de renoncer pour pouvoir devenir le Roi du cuivre. « Les enfants pouvaient alors porter le nom de la mère. »

Il regarda les autres documents auxquels ils avaient eu accès : les certificats de naissance et de décès, le permis de conduire, l'acte de mariage, l'affiliation aux caisses sociales. Lembo n'avait pas d'abonnement de bateau : ils n'avaient été institués que quelques années plus tôt, mais peut-être que dans les années 80, les gens aisés ne s'abaissaient pas à prendre les transports en commun. Son passeport avait été enregistré et prorogé jusqu'à quatre ans avant sa mort et ses comptes bancaires et ses cartes de crédit n'avaient été clôturés qu'après son décès.

Sur tous les documents officiels établis aussitôt après son mariage, il figurait sous le nom de Lembo. Il se remémora l'acte de naissance de Lucrezia : il ne se souvenait pas d'avoir vu la moindre trace de « Fadalti », donc la métamorphose s'était opérée avant qu'elle ne vienne au monde.

Il retrouva son certificat de naissance, puis l'acte de mariage de ses parents. C'était la même année, oui, mais avec seulement six mois d'écart. Il poussa Griffoni du coude et pointa les deux dates.

« *Mamma mia*, s'exclama-t-elle. Même dans la Naples la plus dissolue, ce n'était pas chose courante il y a soixante ans – et sûrement pas parmi les gens de leur classe.

– Et encore moins ici », renchérit Brunetti.

Ayant fait le tour des sources officielles, il revint à Google et tapa le nom Ludovico Lembo. Il en découla des pages remplies d'articles et, en les parcourant en diagonale, il s'aperçut que son nom apparaissait dans un grand nombre d'entre eux, même s'ils n'étaient pas centrés sur lui. Il entama une nouvelle recherche, en partant cette fois de Ludovico Fadalti, mais il ne trouva aucune référence dans la presse à un mariage à l'église : pas de basilique, pas de mariée arrivant en gondole et bénie par le patriarche. Quelques articles plus tardifs, traitant des folles années de Lucrezia, ne mentionnaient Ludovico que parce que c'était son père.

Ils trouvèrent quand même quelques informations, datant de l'époque où il s'appelait encore Ludovico Fadalti : c'était le seul enfant d'un ingénieur vénitien, diplômé de l'université de Padoue. Il y avait un certain nombre de textes sur les Minéraux Lembo, qui donnaient des informations sur la société et sur le succès qu'elle avait remporté sous « la direction dynamique » de ce Ludovico, l'ingénieur dont « le talent et l'esprit d'initiative » gouvernèrent une société traditionnelle, capable de conserver « les valeurs centrées sur la famille », qui lui avaient ouvert la voie du succès au début du siècle. Le plus vieux de ces articles, semblait-il, avait été écrit des années après que la société eut emprunté ce nouveau chemin « dynamique ». Il y avait un très mince dossier sur les premières années de direction de Lembo – Brunetti se dit qu'il pouvait très bien l'appeler par ce nom – ainsi que quelques références aux honneurs que lui décernèrent plus tard des organisations financières et industrielles, dont l'apothéose fut sa nomination, deux ans avant de quitter la société, au titre de « Cavaliere del Lavoro[1] ».

1. Littéralement : « Chevalier du travail ». Titre conféré à toute personne digne d'entrer dans l'ordre du Mérite du travail.

Les articles rédigés au milieu des années 70 commençaient à évoquer les femmes de la famille et mettaient en vedette la hautaine signora Lembo et ses deux jolies filles. Les voyant poser sur les photos, où la mère entourait de ses bras ses filles adolescentes, en un geste parfumé d'amour, Brunetti songea à la mère des Gracques, qui exhibait aussi ses joyaux, rayonnante de fierté. Signora Lembo, apprit-il, se distinguait par sa foi profonde et ses bonnes œuvres incessantes, opérées pour la cause de la sainte mère l'Église. Il y avait même une photo d'elle à genoux, impossible à reconnaître, dans son voile noir et la tête inclinée sur la main que lui tendait le pape.

Puis, au cours des dix années qui suivirent, les articles disparurent peu à peu, remplacés par des textes sur la femme, qui n'était pourtant plus de première jeunesse, mais qu'ils avaient apparemment décidé d'appeler « la Princesse du cuivre ».

Il se leva pour s'étirer le dos, laissant l'ordinateur à Griffoni. Elle continua à lire tandis qu'il allait à la fenêtre. Il se pencha pour sentir le radiateur, qui était encore froid, et se mit à observer les silhouettes sur le *campo* de l'autre côté du canal.

Le père, réalisa-t-il, était aussi une de ces personnes qui disparaissent de la circulation, même si lui n'avait renoncé qu'à son nom. Mais cela en valait-il la peine, pour pouvoir devenir le Roi du cuivre ? Et quel prix avait-il dû payer encore ? Épouser la femme que la presse à sensation présentait comme une sainte ? Sa fille aînée s'était mariée avec un gigolo qui avait la moitié de son âge, et s'adonnait à la boisson et à la drogue pour embellir ses dernières années. La deuxième était partie en Irlande, l'île hantée par Dieu, pour y faire ses études et travailler, et avait fini par s'y installer.

La dernière était morte à l'âge de 20 ans et sa mère, assez rapidement, avait pris la poudre d'escampette et quitté l'ancien Roi du cuivre qui était alors sur ses 80 ans. Ce dernier avait fini sa vie avec sa nouvelle compagne et était mort sur la Giudecca.

Brunetti revint à Griffoni et la regarda travailler quelques minutes. Elle était entièrement captivée par sa recherche : plus rien d'autre ne comptait. Il était trop loin pour pouvoir lire l'écran, mais il pouvait voir chaque page apparaître, disparaître, pour céder la place à une autre, puis une autre encore.

À la fin, elle retira les mains du clavier et se tourna vers lui. « La plupart des articles sur les parents sont truffés de bêtises mondaines. Sans intérêt. Surtout les rubriques nécrologiques.

– Il n'y a que les saints qui meurent.

– Quoi ?

– Il n'y a que les saints qui meurent. Dans les nécrologies, les gens sont tous des saints ; tout le reste est balayé.

– J'ai bien peur que tu n'aies raison, dit-elle en fermant la page. Qu'est-ce qu'on fait, à ton avis ? »

Il fit un signe de la main en direction de l'ordinateur. « Pourquoi est-ce qu'on ne jetterait pas un coup d'œil à leurs éventuelles connaissances ? »

24

Ce ne fut pas une tâche aisée, mais après avoir expliqué à signorina Elettra que la commissaire Griffoni et lui-même avaient besoin de son aide, Brunetti parvint à la faire accéder aux relevés des fonds de retraites d'État. Elle y trouva les noms de deux anciens employés de la famille Lembo, une servante et un homme, remplissant la fonction de majordome. Mais cet homme était arrivé après le mariage de Lucrezia, donc il devait tout ignorer des faits antérieurs à ce mariage et à la société.

La servante, par contre, avait travaillé pour les Lembo à l'époque où Ana Cavanella y était et était restée dans la famille pendant trente ans. Griffoni était assise en face de lui. Signorina Elettra leur avait fourni quelques feuilles de papier, disposées entre eux.

L'air de rien, Brunetti avait parfaitement noté la manière dont les deux femmes s'étaient comportées l'une envers l'autre pendant la rapide incursion de signorina Elettra dans le bureau et y avait vu leurs efforts pour maintenir la paix entre elles.

« Donc la servante aurait tout vu, fit-il remarquer à Griffoni.

– Je frémis d'imaginer ce que *cela* devait être.

– Sans doute, commença-t-il, en se penchant en avant pour prendre une des feuilles de papier… Maria Annunziata Ghezzi peut nous le dire. »

Il se trouvait que Maria Annunziata Ghezzi vivait au bout de Castello, derrière San Francesco della Vigna et il n'eut aucune difficulté à la trouver dans l'annuaire téléphonique. Il l'appela et elle décrocha en se présentant. Comme il lui parla en vénitien, elle répondit de bonne grâce. Oui, elle avait bien travaillé pour la famille Lembo. Non, elle n'était plus en contact avec eux, à part la retraite qu'elle touchait, mais qui venait de l'État et non pas d'eux.

Brunetti lui demanda si elle voulait bien lui parler. « Au sujet de ce garçon qui est mort, n'est-ce pas ? s'enquit-elle.

– Davide Cavanella ? précisa-t-il.

– Oui. Le fils d'Ana.

– Oui, signora, c'est effectivement à ce sujet. »

Il s'ensuivit un long silence ; Brunetti décida de ne pas le briser. Elle finit par dire : « Alors, le mieux est que vous veniez parler chez moi. »

Il se demanda, mais un instant seulement, s'il était plus sage d'emmener Griffoni avec lui. Elle ne savait pas parler vénitien, c'est un fait, mais en compensation, il pouvait compter sur sa part de féminité et sur les bienfaits de sa présence. « Ça te dit d'aller marcher ? lui suggéra-t-il.

– Je vais chercher mon manteau. »

En chemin, ils parlèrent de son enquête sur l'incendie à l'usine. « Personne n'a rien vu. Personne n'a rien entendu, maugréa-t-elle.

– Tu le dis sur le ton de quelqu'un qui n'y croit pas une seconde », répliqua Brunetti.

Elle s'arrêta au sommet du pont qui menait à San Francesco. « Non. L'incendie a éclaté à l'intérieur de l'usine. Des gens y sont entrés par effraction il y a des années de cela et se sont servis de cet espace. Je ne veux pas savoir ce qu'ils y faisaient. Il semble que le feu se soit déclaré dans une pièce où étaient entreposés de vieux pots de peinture et de vieilles fripes. »

Autrefois, Brunetti serait intervenu comme une flèche, ou aurait juste « émis une remarque », mais le temps lui avait appris à contrôler son besoin de se mêler de ce qui ne le regardait pas. Il n'avait pas lu le rapport de l'équipe de l'incendie criminel et si le terme « d'entreposer » leur convenait, il lui convenait aussi. Lorsqu'il eut vent pour la toute première fois, lors d'une réunion du conseil municipal – qui avait dû se tenir six ans plus tôt –, que cet édifice pouvait devenir un hôtel, Brunetti s'était uniquement intéressé à la manière dont s'opérerait cette métamorphose.

Ils continuèrent en direction du domicile de signora Ghezzi. « J'ai réfléchi.

– C'est toujours dangereux chez une femme », énonça Brunetti machinalement.

Elle ne releva pas et continua : « À la manière dont les gens mettent toujours le doigt sur nos différences régionales : le dialecte, la nourriture, les habitudes, même notre apparence physique. » Propos qui venaient d'une Napolitaine blonde aux yeux clairs, presque aussi grande que lui.

« Et puis j'ai réfléchi au fait que personne n'ait pris la peine d'enquêter sur cet incendie ou ait cherché à trouver ce qui pouvait l'avoir causé. Si quelque chose l'a causé. Intentionnellement, je veux dire.

– Et qu'est-ce que tu en as conclu ?

– Que toutes ces différences de dialecte, de nourriture et d'habitudes n'ont aucun sens.

– Pourquoi ?

– Parce qu'au bout du compte, nous sommes tous les mêmes, livrés pieds et poings liés à ce système qui ne changera jamais, à ces gens qui sont au sommet et qui font purement et simplement ce qui leur chante. » Impossible de déceler le moindre iota de colère dans sa voix. S'il y avait eu quelque chose à déceler, c'était du soulagement, ne serait-ce que de pouvoir enfin le dire à quelqu'un.

Brunetti s'arrêta pour essayer de se souvenir où se situait le ramo Sagredo, ou de se remémorer la dernière fois qu'il était passé dans le coin. Ses pieds retrouvèrent soudain la mémoire des pas et le menèrent sur la gauche.

Il la conduisit à travers le passage couvert et s'arrêta à l'angle. « Eh bien ? » fit-elle.

Brunetti lui lança un regard neutre. « On est au XXIe siècle, Griffoni. Et c'est ça l'avenir.

– Cela ne t'embête pas ?

– Bien sûr que si. Mais on ne peut rien y faire. »

Elle se tourna et regarda le fragment de lagune surgissant entre les bâtiments. « À part aller parler à signora Ghezzi ? finit-elle par deviner.

– Exactement. »

La vieille dame habitait au quatrième étage. Elle leur demanda de venir à la cuisine, dont les fenêtres donnaient sur la lagune et le cimetière. Brunetti savait, après lecture de son dossier sur la retraite, que signora Ghezzi avait 84 ans, mais elle faisait au moins dix ans de moins. Elle avait les cheveux blancs et un visage rond et ridé qui lui rappelait celui des amies de sa mère. Son expression, cependant, était celle d'une personne encore jeune, vive et intelligente. Elle leur proposa un café, que tous deux acceptèrent.

Griffoni alla à la fenêtre. Elle regarda les bateaux et les nuages qui filaient vers l'est. « Comme c'est beau d'ici », dit-elle. Signora Ghezzi, qui était allée chercher les tasses et les soucoupes dans le buffet, se retourna et lui sourit, mais Brunetti se demanda si ce n'était pas une nouvelle tentative d'amadouer un témoin pour gagner sa confiance.

Le café fut bientôt prêt et elle le servit promptement. Une fois qu'elle l'eut posé devant eux – Griffoni ayant pris place à table –, signora Ghezzi demanda : « Que voudriez-vous savoir ?

– Nous nous demandions si vous pouviez nous parler d'Ana et de la famille Lembo. » Brunetti sentait que les subterfuges ne marcheraient pas avec cette femme.

Signora Ghezzi mit une cuillerée de sucre dans son café ; Brunetti remarqua le léger tremblement de sa main, qui fit tomber des grains de sucre sur la table et dans la soucoupe. « Pourquoi ?

– Parce que je n'aime pas du tout la manière dont vivait Davide », se surprit-il à lui répondre.

Signora Ghezzi s'en étonna aussi : « Que voulez-vous dire ?

– Il est né avec un handicap physique et mental et sa mère n'a jamais rien fait pour cela – pour l'aider. Ça, c'est une chose, et c'est terrible. Mais personne d'autre n'a jamais rien fait non plus pour l'aider. Que ce soit un médecin, un assistant social ou un bureau de la mairie. Rien. Personne ne lui a prêté la moindre attention et c'est comme ça qu'il a grandi.

– Je ne l'ai jamais vu bébé, vous savez. »

Ils étaient en train de parler en vénitien, elle avec un accent de Castello à couper au couteau, son accent préféré. Il jeta un coup d'œil à Griffoni, qui semblait ne pas perdre une miette ; il ne pouvait pas interrompre la conversation pour s'en assurer, ce n'était pas le bon moment. Qu'est-ce donc qu'Ana Cavanella n'avait jamais fait ? L'avoir aidé ? S'être suffisamment occupée de lui ? Avait-elle seulement l'intelligence de savoir comment l'aider ? Avait-elle fait ce que lui, quarante ans après, estimait qu'elle aurait dû faire ? « Elle n'a jamais essayé de lui apporter son aide, répéta-t-il.

– Comment savez-vous cela ? »

Brunetti ouvrit les mains dans un geste de candeur. « Nous avons vérifié tous les dossiers de la ville et il n'y a aucune trace de l'existence de Davide : il n'avait pas de carte d'assuré social, il n'est jamais allé à l'école et ne touchait aucune pension. »

Elle détourna les yeux de Brunetti et regarda par la fenêtre, comme si seule l'eau s'étendant à perte de vue pouvait l'aider à soulager son cœur. Brunetti et Griffoni gardaient le silence. « Elle ne pouvait pas faire autrement », assena-t-elle.

Intrigué par sa remarque, mais ne voulant pas qu'elle s'en rende compte, Brunetti se limita à dire : « Voulez-vous bien me parler d'elle, signora ?

– Il n'y a pas grand-chose à dire, en fait. » Elle sirota son café, approcha sa cuillère du sucrier mais l'en écarta, comme si elle entendait la voix pleine de reproches de son médecin, lui recommandant de ne pas abuser de sucre.

« Ana était une fille simple. Quand elle est arrivée. Je ne sais pas combien de temps elle est allée à l'école, peut-être qu'elle s'est arrêtée un an avant de commencer chez nous. » D'un air absent, elle tourna son café.

« Il y avait une femme qui s'occupait de la lessive et du repassage – la signora était maniaque là-dessus – et cette femme passait trois jours par semaine à s'occuper de tout comme notre patronne le voulait. » Elle prit une nouvelle gorgée de café, puis se leva et alla chercher dans le buffet une boîte en plastique remplie de biscuits. Elle la posa sur la table et en prit un, le trempa dans son café et en mordit l'extrémité. Tous deux tendirent la main et se servirent.

« Où en étais-je ? reprit-elle, en les regardant tour à tour.

– La femme chargée du repassage, précisa Griffoni.

– Ah oui, bien sûr. Elle est partie. Sans explication. Cela lui est souvent arrivé, à la signora. Mais avant de partir, elle lui a dit qu'elle connaissait une fille qui pouvait repasser et faire aussi le ménage et que c'était quelqu'un de bien. » Elle s'arrêta et regarda Brunetti.

« Ana ? demanda-t-il en prenant un autre biscuit.

– Oui. Sa mère l'accompagna et parla à la signora. Je n'étais pas là. Mais deux jours après, Ana s'est installée dans une chambre en haut, au quatrième étage. Elle passait ses journées à repasser dans la buanderie. Puis elle a commencé à faire avec moi les lits et le ménage. » Les yeux de la femme voyagèrent vers ce lointain passé, où elle pouvait manger tout le sucre qu'elle voulait et avait une jeune fille qui l'aidait pour les travaux pénibles.

« Parliez-vous avec elle, signora ? s'enquit Griffoni. Elle devait se sentir seule dans un si grand endroit, ajouta-t-elle en prenant un autre biscuit.

– Je pense que oui. Surtout au début. Mais la signora nous occupait tout le temps. »

Le plus tranquillement du monde, et avec une habileté qui ne put qu'émerveiller Brunetti, Griffoni trempa son biscuit dans le café, en mordit juste le bout ramolli et, souriant de délice, elle demanda : « Comment était-elle, la signora ? »

Si Brunetti avait été interrogé, après une transition aussi naturelle, il lui aurait dit tout ce qu'il savait.

« Elle était très religieuse. » Le terme de signora Ghezzi était de la plus grande neutralité, ne laissant pas transparaître la moindre once d'approbation. Elle aurait très bien pu déclarer que la signora était grande ou droitière. « Il y avait une parente, une nonne, qui vivait dans le *palazzo*. Nous autres nous ne la voyions pas beaucoup, mais la signora, si. Et les filles aussi. » Elle avança la main pour prendre un autre biscuit, mais résista et prit bien ses aises pour finir son café. Elle regarda Griffoni dans les yeux. « Servez-vous. C'est ma bru qui les fait.

– Ils sont exquis », affirma Griffoni en se resservant. Elle le trempa dans son café, et visiblement se régalait. Sa collègue, comme il le savait, détestait le café sans lait et n'aimait ni bonbons, ni gâteaux. Elle trempa l'extrémité du biscuit mais s'arrêta, et le garda en l'air, preuve manifeste qu'elle était en pleine réflexion. « Ce ne devait pas être un endroit bien amusant pour des jeunes filles », commença-t-elle comme si l'idée venait de lui traverser l'esprit. Puis sa voix ne devint plus qu'un filet et elle s'excusa auprès de Brunetti : « Je suis désolée, commissaire », puis à signora Ghezzi : « Je ne voulais pas dire que... » De nouveau, sa voix ne fut quasiment plus audible, et cette fois, elle finit même par rougir. Pour le cacher, elle finit son café.

Signora Ghezzi sourit et se pencha pour lui tapoter le bras. « Ne soyez pas désolée, ma chère. Vous avez parfaitement raison. Et c'est grâce à la religion d'ailleurs que la signora a tout découvert.

– Pardon ? fit Brunetti, en exprimant leur surprise unanime.

– Elle était partie faire une retraite spirituelle. La signora. Elle avait une parente – je crois que c'était une tante – dans un couvent à Assise – où elle passait avec elle une semaine par mois. Il y avait là-bas son confesseur – elle était très proche de lui – et elle nous racontait comment elle vivait avec les nonnes, en suivant leurs règles : elle se levait et se couchait à leur rythme, et mangeait avec elles. Mais sans parler. Pendant toute la semaine. » Elle sourit à Brunetti et dit : « Nous étions toutes très impressionnées par ça à l'époque, je peux vous l'assurer.

– À l'époque. » Brunetti était impressionné par le langage de signora Ghezzi. Il lui sourit en retour, mais sans l'interrompre.

« Quoi qu'il en soit, cette fois-là, la signora est partie pour dix jours, et lorsqu'elle est rentrée, Ana s'est absentée pendant trois jours, donc quand elle est revenue travailler, cela faisait pratiquement deux semaines que la signora ne l'avait pas vue, et elle a remarqué le changement en elle. » Signora Ghezzi dessina, de l'extrémité de ses deux index, comme un ample ballon au-dessus de son ventre.

Brunetti et Griffoni la regardèrent fixement.

« Vous ne l'aviez pas remarqué, vous ? » demanda Griffoni. Tant mieux que ce soit elle qui ait posé la question, songea Brunetti ; ce sont des affaires de femme.

« En fait, je voyais bien qu'il y avait quelque chose qui clochait. Mais je ne comprenais pas trop ce que c'était.

– Est-ce qu'il y en avait d'autres qui étaient au courant dans la maison ? s'enquit Griffoni.

– Lavinia était partie pour ses études et Lucrezia ne faisait pas grand cas de ce qui se passait autour d'elle. »

Comme bien des propos tenus par la vieille femme, celui-ci avait grand besoin d'être clarifié. Brunetti hocha la tête et attendit qu'elle poursuive.

« Que s'est-il passé ? » voulut savoir Griffoni.

Signora Ghezzi secoua la tête. « Je ne sais pas. La signora lui a parlé et elle est partie. C'est à ce moment-là que la signora est tombée malade. À cette époque, comme je vous l'ai dit, répéta-t-elle, je faisais tout passer sur le compte de sa foi excessive. » Elle cessa de parler et prit un autre biscuit. Elle le mit tout entier dans la bouche et le mâcha.

Le silence tomba. Ils entendirent provenir de la lagune le bruit de moteur d'un grand bateau. Ni Brunetti ni Griffoni n'y prêtèrent attention, vu les sons intéressants qui frappaient ici leurs oreilles.

Peu de gens aiment la trahison, il le savait. Pour l'éviter ou éviter d'en être accusés, les gens préféraient tourner autour du pot, ou présenter les faits en jouant à cache-cache. « À cette époque, signora », reprit Brunetti d'un ton neutre. Comme signora Ghezzi lui lança juste un regard en guise de réponse, il ajouta : « Nous avons vu Lucrezia hier, signora. Elle ne fait toujours pas très attention à ce qui se passe autour d'elle. »

Il remarqua que Griffoni enleva subitement ses bras de la table et se recula sur sa chaise, comme pour créer une distance entre elle et signora Ghezzi. La vieille femme le remarqua aussi.

« Est-ce que signora Lembo a jamais prononcé le nom d'Ana ? » demanda Brunetti.

Surprise, signora Ghezzi demanda à son tour : « Vous connaissiez donc la signora ?

– Non, signora, je ne l'ai jamais rencontrée.

– Ah », fit-elle. Elle joignit ses mains sur la table devant elle et regarda ses articulations. Comme les mains d'Ana, ses mains avaient passé un bon bout de temps dans l'eau froide et les produits décapants. Tout comme les mains de sa mère. Elle le regarda furtivement de l'autre côté de la table. « Mais vous en avez suffisamment appris sur elle pour la comprendre, observa-t-elle.

– Pourquoi dites-vous cela ?

– À cause de votre question. C'était sa façon de faire : si elle n'aimait pas quelque chose, elle s'arrangeait pour que cela n'existe plus. » Elle joignit cette fois les mains sur les genoux.

Griffoni la coupa : « Donc elle fit en sorte qu'Ana n'existe plus ? »

La vieille femme acquiesça.

« Et l'enfant ? s'inquiéta Griffoni.

– Oh, révéla-t-elle avec le plus grand naturel, elle fit en sorte que lui non plus n'existe plus. »

25

« Qu'est-ce que cela signifie, signora ? » demanda Brunetti calmement. L'enfant était devenu un homme, donc il n'y avait eu ni avortement ni fausse couche, ni même de mort prématurée. La femme avait, à son insu, exprimé ce qui avait perturbé Brunetti dès le premier instant où il avait entendu parler de Davide Cavanella : son manque d'existence.

« Elle ne parla jamais plus d'Ana, ni ne permit à personne d'évoquer son nom. » Elle fouilla dans ses souvenirs et raconta : « J'ai encore dans les oreilles lorsqu'elle répondit à Lucrezia, qui lui demanda où elle était : "Cette personne n'existe pas". » Cette fille avait été chez eux pendant plus de deux ans, et tout à coup, elle n'existait plus. Elle les regarda tour à tour. « C'est exactement ce qu'elle a dit : c'étaient ses propres termes. "Cette personne n'existe pas". »

Elle garda le silence un certain temps, pour que ces mots fassent écho. Lorsqu'elle regarda de nouveau Brunetti, il eut l'impression que son visage avait changé : ses yeux étaient devenus plus perçants et il n'avait plus devant lui la vieille servante à la retraite, mais une femme plus jeune et plus forte.

« Pourquoi me posez-vous cette question ? » s'enquit-elle.

Brunetti réalisa que si cette question lui avait été posée par la femme qui les avait fait entrer chez elle et leur avait donné des biscuits, il lui aurait probablement dit un pieux mensonge. Mais il s'en garda bien avec cette femme qui se moquerait de lui s'il s'avisait de le faire.

« J'aurais aimé qu'il ait une vraie vie. » Il s'écouta le dire, sans bien comprendre pourquoi il ne pouvait être plus explicite.

« Pourquoi est-ce que cette affaire vous touche autant ? » s'étonna signora Ghezzi. Griffoni se tourna et le regarda, aussi curieuse que l'autre femme.

« Parce que depuis qu'il est mort, je n'ai pas entendu deux avis qui convergent et tous les gens auxquels j'ai parlé ont quelque chose à cacher, ou savent des choses que je dois continuer à ignorer. »

Il se souvint de l'expression complètement vide des voisins et de leur refus catégorique de lui parler. Était-ce par solidarité avec une femme malheureuse, qui avait perdu son seul enfant ? Était-ce la honte d'avoir été eux-mêmes complices du silence encore plus grand qui avait rempli la vie de l'homme sourd ?

Brunetti recula sa chaise et se leva.

Il s'écarta de la table de deux pas, mais revint s'asseoir. Il regarda signora Ghezzi droit dans les yeux : l'heure de la vérité avait sonné. « Que devrais-je savoir, signora ? »

Elle se leva lentement et il lui fallut un moment pour bien se tenir sur ses jambes, comme le font beaucoup de personnes âgées lorsqu'elles se mettent debout après avoir été en position assise un certain temps. Elle empila sa tasse sur celle de Brunetti, mais arriva trop tard pour prendre celle de Griffoni : la jeune femme s'était levée aussi et l'avait déjà apportée dans l'évier. Prenant la boîte en plastique pour la ranger, elle lui remit son couvercle et la ferma d'un bruit sec. Elle saisit les autres tasses des mains de signora Ghezzi, les posa aussi dans l'évier et fit couler de l'eau froide dessus. Puis elle alla à la fenêtre, laissant à tous deux la responsabilité de la suite des événements.

Signora Ghezzi garda une paume à plat sur la table. « Je pense que vous devriez trouver le propriétaire de la maison où habite Ana, suggéra-t-elle. Et je pense que vous devriez garder à l'esprit que la plupart des gens ne changent pas lorsqu'ils avancent en âge, et que la vie avance en eux.

– Vous parlez pour Ana ?

– Pour tout le monde », répliqua-t-elle. Elle y réfléchit un instant, puis déclara : « Lucrezia est la meilleure de la famille. De tous les gens que vous rencontrerez à cause de cette histoire, elle est la seule à être honnête.

– Pas Ana ?

– Ana Cavanella est une vipère au cœur froid, dit-elle avec la plus grande neutralité. Mais signora Lembo était pire. »

Si cette vieille dame à l'air si affable s'était ruée par terre, possédée par le démon et avait commencé à se répandre en invectives contre lui et Griffoni, Brunetti n'en aurait pas été plus étonné. Cela l'aurait seulement choqué, après l'image qu'il s'était faite d'elle, mais ses mots prononcés si calmement l'incitèrent à revoir son opinion sur la plupart des gens avec qui il avait parlé, ou dont il avait entendu parler les derniers jours.

Ana Cavanella était la mère en deuil ; Lucrezia une épave ; signora Lembo, l'épouse, la mère et la sainte, qu'on voyait partout en photo ; et le Roi du cuivre restait une énigme : puissant, efficace, toujours par monts et par vaux pour affaires.

Usant d'une douceur que Brunetti ne lui avait jamais entendue, Griffoni rompit le silence en demandant : « Pourriez-vous nous en dire davantage, signora ? »

Aucun mouvement du côté des femmes. Puis signora Ghezzi s'enfonça dans son siège, les regarda tous deux et finit par lâcher : « La plupart d'entre eux sont morts, vous savez. Tout ce qui est resté, c'est l'argent, et il ne leur a jamais été porté bonheur. Tout ce qu'ils peuvent faire, maintenant, c'est se battre pour ça. Non, je ne pense pas avoir autre chose à vous dire. Parce que ça ne changera rien. »

Brunetti s'apprêta à prendre la parole, peut-être pour émettre une protestation, mais elle leva une main et il se tut. « Je suis plus âgée que vous, signore et, avec un aimable regard envers Griffoni, et beaucoup plus âgée que la signora, et je me suis fait mon opinion sur cette histoire, différente de la vôtre. »

Elle aperçut une auréole sur la table, qu'elle se mit à frotter de son index jusqu'à ce qu'elle disparaisse, puis déclara à Brunetti : « Vous savez, ils ont toujours agi en fonction de ce qu'ils sont, et non pas parce qu'ils souhaitaient quelque chose de particulier, ou parce qu'il leur arrivait des choses spéciales. C'est juste leur façon d'être. Et ça, ça ne changera pas. »

Elle se pencha en avant, comme pour se dresser de nouveau sur ses jambes, mais renonça à faire cet effort et se rassit. « Vous pouvez partir, à présent, et merci pour votre visite. C'est agréable, pour les vieux, de voir de nouveaux visages. Ce n'est pas bon, pour nous, de toujours regarder ceux du passé. » À ces mots, elle sourit et agita une main, comme pour les inviter à sortir, leur souhaiter du bien, ou encore signifier toute la futilité des désirs humains. Ce geste pouvait réunir toutes ces possibilités. Ils s'en allèrent.

« Est-ce qu'on va lui parler ? » proposa Griffoni.

Ce sont les circonstances qui décidèrent pour lui : ils étaient à moins de cent mètres de l'arrêt Celestia et le bateau arrivait déjà sur la droite. Au lieu de répondre, il pivota sur ses talons et se dirigea rapidement vers l'embarcadère ; elle lui emboîta le pas.

Lorsque le vaporetto s'amarra, Brunetti se tourna vers sa collègue et dit : « Rentre à la questure, essaie de voir qui est le propriétaire de la maison. Appelle-moi dès que tu as trouvé quelque chose. Je serai à l'hôpital. »

Griffoni s'était mise en route avant même qu'il soit monté dans le bateau ; il y avait juste un arrêt pour l'Ospedale. Lorsqu'il se renseigna au bureau d'accueil de l'hôpital, on lui apprit que signora Cavanella avait été transférée au service gériatrie, dans la seule salle où il y avait de la place.

Brunetti traversa la cour et décida de ne pas prendre l'ascenseur. Il amorça la dernière volée de marches lorsqu'une voix haut perchée, dont il était impossible de deviner le sexe, commença à monter toute sa gamme vocale, en répétant « Non, non, non » mécaniquement, jusqu'à atteindre les notes les plus aiguës, puis descendit dans les plus graves, pour recommencer indéfiniment. Brunetti se rendit au poste des infirmières et leur demanda où il pouvait trouver signora Ana Cavanella.

« Chambre 15 », lui dit l'infirmière, qui ne daigna pas lever les yeux de sa revue.

Il longea la pièce d'où provenait la voix, tourna à droite, puis au fond du couloir, à gauche ; à chacun des angles du corridor, la voix lui parvenait de plus en plus faible, mais toujours aussi angoissée. Il s'arrêta à l'avant-dernière chambre du couloir, ignorant encore quel comportement adopter avec une femme que juste quelques mots avaient fait passer d'une mère en deuil à une vipère au cœur froid. Décidant de s'en remettre aux événements, il frappa doucement à la porte ouverte et entra.

Dans le lit le plus proche de la porte dormait un vieil homme, bouche bée, édenté. Dans l'autre lit, une longue forme montagneuse était allongée sous les couvertures ; Brunetti n'eut même pas à regarder le visage barbu pour s'apercevoir que c'était un homme aussi et qu'il s'était donc trompé de chambre. Il revint sur ses pas en direction de la porte et s'arrêta brusquement, car il vit passer un homme qu'il connaissait et qui provenait de la dernière chambre de ce service. Il le laissa s'éloigner un peu et sortit la tête dans le couloir.

Il reconnut la silhouette corpulente de l'homme qui s'en allait, marchant en canard à cause de ses grosses cuisses. De sa main droite pendait une mallette en cuir marron tout abîmé qui était devenue, au fil du temps, son sobriquet : Beni Borsetta, alias Beniamino Cresti, avocat des masses, paladin des classes populaires dans leur lutte sans fin contre les myriades d'injustices infligées par les gens puissants et couronnés de succès. Mais seulement à 50 %, murmurait-on dans certains cercles.

Tandis que Brunetti le suivait des yeux, Cresti tourna à droite à la fin du corridor, montrant ainsi de profil son gros ventre proéminent que Brunetti avait vu plusieurs fois en train de se frayer un chemin dans les cours d'appel où l'*avvocato* avait officié, en quête de justice.

Il jeta un coup d'œil à sa montre, s'appuya dos au mur dans le couloir et se mit à dresser la liste des raisons qui auraient pu inciter Beni Borsetta à emporter sa fameuse mallette lors d'une visite à l'hôpital. Aucune ne le satisfaisait véritablement, mais il les trouvait toutes intéressantes. Il attendit quelques minutes avant de se diriger vers la porte d'où était sorti l'avocat. Se tenant légèrement sur le côté, il frappa et appela, du ton le plus naturel : « Signora Cavanella ? »

Il entendit une voix répondre et entra. Elle se tenait assise dans son lit ce jour-là et avait l'air d'aller beaucoup mieux, même si l'état de son visage avait empiré. Ou plutôt, même si elle le reconnut et semblait avoir complètement recouvré ses esprits, tout le côté gauche, de l'œil aux cheveux, puis de la pommette au menton, était désormais gris-rouge et deviendrait, en l'espace de deux jours, comme Brunetti le savait, quasiment noir.

« Bonjour, signora.

– Vous êtes le policier, n'est-ce pas ? » Elle semblait étonnamment calme et lucide, tout au moins pour quelqu'un désormais curieux de voir comment la vipère allait se révéler.

Il s'approcha du lit, le visage tendu, et avec un air d'inquiétude. Il se permit un petit sourire, qu'il imprégna d'un profond soulagement. « Je suis ravi que vous me reconnaissiez, signora.

– Je vous ai reconnu l'autre fois », répliqua-t-elle agacée, mais non pas fâchée.

Son sourire s'élargit. « J'en suis ravi, signora. Le médecin était inquiet à cause de votre chute et pensait que vous pouviez avoir une commotion cérébrale. » Il s'en tenait à la version de la police : une chute.

Elle ne sourit pas, mais son visage s'adoucit, comme si elle aussi était soulagée. « Je me suis cogné la tête. » Puis elle ajouta, en guise de plaisanterie : « Je suppose qu'elle était aussi dure que ce qu'elle a cogné. »

Brunetti accompagna son hochement de tête d'un sourire, manifestant sa joie à cette heureuse nouvelle. « Vous ont-ils dit quand vous rentrerez chez vous ?

– Demain.

– Bien », conclut-il en se tournant, comme s'il s'apprêtait à quitter la chambre. Qu'est-ce que Beni et elle pouvaient bien manigancer ensemble ? Elle n'avait pas évoqué le fait d'avoir trébuché ; donc probablement qu'elle ne porterait pas plainte pour négligence des services publics, l'un des fonds de commerce de l'avocat. Et comme son cas avait été classé comme une chute, Beni ne pouvait pas non plus traiter un dossier pour tentative de voie de fait, comme il le faisait souvent suite à des bagarres de bar – comme il l'avait fait à l'encontre du propriétaire d'une bicyclette qui avait causé la chute d'un passant.

Son téléphone sonna et, priant la femme de l'excuser, il répondit.

« C'est Lucrezia Lembo la propriétaire de la maison, lui apprit Griffoni.

– Je vois.

– Mais le fils d'Ana Cavanella était légalement autorisé à y vivre toute sa vie, après quoi la maison revenait à la propriétaire ou à ses héritiers.

– Je vois, répéta-t-il. Et quand cet accord a-t-il été pris ?

– Si tu veux dire le contrat, c'est l'année où elle a quitté son emploi à la société Lembo.

– Ah », fut tout ce que Brunetti s'autorisa à dire. Puis une autre question lui vint à l'esprit : « Et les frais annexes ?

– C'est Lucrezia Lembo qui payait les taxes, le gaz, l'électricité, les ordures. » Et elle enchaîna aussitôt : « Nous sommes en train de vérifier le compte en banque de Cavanella.

– Nous ?

– Signorina Elettra et moi. Elle s'y connaît beaucoup mieux que moi. » Même si c'était la vérité, Brunetti, qui avait reconnu le numéro de téléphone du bureau de signorina Elettra sur son portable, dut admettre que Griffoni n'était pas avare de compliments. « Bien, tiens-moi au courant.

– Bien sûr », et ce fut tout.

« Excusez-moi, signora. C'était ma femme.

– Certes, répliqua-t-elle d'une voix chaleureuse, comme si le fait d'avoir une femme l'avait rendu plus humain.

– Si vous avez besoin d'aide, signora, lorsque vous rentrerez chez vous, nous pouvons vous envoyer une vedette et je suis sûr que Pucetti serait ravi de vous accompagner.

– Il est très gentil, Roberto.

– C'est quelqu'un de bien », confirma Brunetti, avec la plus grande sincérité. Il cherchait des choses à dire pour gagner du temps en attendant le nouvel appel de Griffoni. « J'ai bien peur qu'il n'y ait aucun progrès, signora, lança-t-il.

– En quoi ? » Elle semblait véritablement confuse.

« Dans la recherche de l'identification de votre fils. Je veux dire, l'identification officielle. »

Son visage se durcit. « Je vous l'ai dit. J'ai été cambriolée et on m'a pris tous mes papiers. »

Le regard de Brunetti était si neutre, et son scepticisme si palpable, qu'elle redit : « On me les a pris. Avec mon argent. Et mon alliance. Tout. » On aurait pu croire, un instant, qu'elle allait essayer de pleurer, mais elle abandonna l'idée et opta pour la main sur les yeux.

Son téléphone sonna de nouveau. « Pendant ces quarante dernières années, il y a eu chaque mois un transfert d'argent sur son compte. Depuis le compte de Lucrezia Lembo.

– Vraiment ? Et combien c'était ?

– Ça a commencé en lires et puis c'est passé en euros, mais c'était toujours l'équivalent d'un mois de salaire.

– Pour quel type de travail ?

– Sûrement pas celui d'une bonne. Ça lui fait presque 3 000 euros maintenant.

– Je vois. Merci. On en reparle demain », et il remit son portable dans la poche.

Brunetti attendit qu'Ana Cavanella enlève sa main des yeux et dirige son regard vers lui pour lui assener, comme s'il lui demandait juste quelle heure il était : « Quel chantage faisiez-vous à la famille Lembo, signora ? »

26

Elle resta bouche bée un long moment, le visage dénué de toute expression. Brunetti ne pouvait y voir que le gris rouge de sa peau qui avait gagné le côté gauche et ses yeux, sans doute beaux autrefois, mais désormais de glace. Cette femme, lui avait-on dit, avait la réputation d'être une bonne fille, mais son air terrifié incitait Brunetti à croire que le jugement de signora Ghezzi était plus proche de la vérité.

« De quoi parlez-vous ? »

Combien de fois ne lui avait-on pas posé cette question ? À deux doigts de la confession, elle frôlait le sentiment de culpabilité qu'il avait observé ensuite chez bien des gens. Il l'avait entendu prononcer sur le ton de l'indignation, de l'incrédulité, de l'arrogance, ou encore de la menace, mais rarement sur celui d'une confusion sincère : cette fois non plus, ce n'était pas le cas.

« Votre compte en banque a été approvisionné ces quarante dernières années, signora. Par Lucrezia Lembo.

– Je travaille pour elle, cracha-t-elle, essayant de jouer les indignées.

– Et vous faites quoi ?

– Cela ne vous regarde pas. »

Brunetti s'accorda un petit sourire. « Peut-être que non, signora. » Puis, après une légère pause : « Avez-vous payé des impôts sur ces revenus ? »

Il regarda ses yeux se détourner des siens pour se diriger vers la fenêtre, puis vers la porte, comme si elle cherchait une issue pour s'échapper de la pièce. N'en ayant point trouvé, elle expliqua : « C'est elle qui paie les impôts.

– Je vois. » Et il lui demanda, avec le même calme et la même voix que celui qui s'était inquiété, précédemment, de son bien-être : « Où allez-vous vivre, signora ? »

Cette fois, sa confusion était réelle. « Quoi ?

– Où allez-vous vivre, maintenant ?

– De quoi parlez-vous ? reprit-elle si timidement que Brunetti en déduit qu'elle n'avait vraiment pas saisi.

– C'était Davide qui avait l'usufruit de la maison. »

Il s'aperçut que le terme juridique ne lui disait absolument rien. « Il avait le droit d'y habiter. Pas vous, signora. Il vous faudra partir. »

Une amie de Paola disait souvent que son fils avait épousé une femme avec des « yeux de caisse enregistreuse », mais il n'avait jamais aussi bien compris cette expression que lorsqu'il observa le calcul auquel se livra Ana Cavanella suite à cette déclaration.

Elle regarda fixement la fenêtre derrière lui, puis à sa gauche, et il eut la sensation que pour elle, il avait complètement disparu de la chambre. Elle fronça les sourcils, pinça les lèvres et se pencha sur le problème un long moment. Il décela l'instant où elle entrevit une échappatoire : elle relâcha les sourcils et hocha légèrement la tête, d'un air satisfait.

« Cela n'aura aucune importance », affirma-t-elle. Il entendit sa voix se durcir comme l'acier et vit en même temps son visage se fermer brusquement.

« Je suis désolé pour votre fils », dit-il et il quitta la chambre.

Il sortit de l'hôpital et alla tout droit chez Rosa Salva. Cela faisait vingt ans, si ce n'est plus, qu'il voyait cette femme aux cheveux gris, derrière son comptoir. Pour Brunetti, elle était la même depuis toujours, même si ce n'était pas possible. Il se demandait s'il lui faisait la même impression, mais il n'osa pas le lui demander, après toutes ces années où ils n'avaient eu que des échanges de pure et simple courtoisie.

Par contre, il demanda un verre de vin blanc et deux *panini* au jambon, puis un *tramezzino* au jambon et artichauts. Il évita de se regarder dans le miroir, comme il avait coutume de le faire dans les bars.

Ana Cavanella avait objecté que cela n'avait aucune importance de ne pas pouvoir rester là où elle et Davide avaient vécu, et elle avait mis son verbe au futur, le temps verbal des joueurs ou des rêveurs. Mais c'était bel et bien sa réponse. Cela signifiait-il que le chantage allait continuer, ou bien que Ana Cavanella se voyait promise à un meilleur lot ?

Il paya et se mit en route pour la questure.

Il trouva Griffoni dans le bureau de signorina Elettra ; elles étaient toutes les deux assises à l'ordinateur, comme de bonnes copines devant une PlayStation. Au moment où il entra, Griffoni était en train de dire : « Tu peux revenir à son testament, s'il te plaît ? »

Elle la tutoyait familièrement et signorina Elettra en faisait de même : « Tu l'as déjà vu.

– Je sais, mais je veux… » Griffoni s'interrompit à la vue de Brunetti qui se tenait dans l'embrasure de la porte et avait effacé de son visage tout signe de consentement paternel. « Viens voir un peu ça, lui suggéra-t-elle, en décalant sa chaise pour lui faire de la place au milieu.

– Ce sont les dernières volontés de signora Lembo », expliqua-t-elle, en pointant l'écran. Il découvrit qu'elle était décédée quinze ans plus tôt. « Son mari et ses filles touchaient sa part d'intérêts dans la société et pratiquement tout le reste était divisé entre eux. » Il vit la copie du testament et put évaluer la quantité considérable que représentait ce « reste ». Elle tapa un nom, sœur Maria Rosaria Lembo-Malfa, à laquelle était échue une somme modique. C'était probablement la religieuse qui vivait avec eux ; sans doute que les religieuses n'ont pas de gros besoins.

« Ils étaient encore mariés ? » s'informa Brunetti, qui se souvenait que son mari l'avait quittée pour sa kiné, mais il était peu probable qu'un homme doté d'une telle fortune complique sa situation financière en se mettant un divorce sur le dos.

« Bien sûr », répondit signorina Elettra qui pianota quelques touches pour afficher le testament de Ludovico Lembo. La société et tout ce qui restait de sa fortune étaient divisés en parts égales entre Lucrezia et Lavinia. Point de codicilles, ni d'annexes, mais la stricte déclaration de ses dernières volontés, précédées et suivies des fioritures habituelles de la terminologie juridique.

Griffoni poussa sa chaise sur le côté et se tourna vers lui. « Qu'est-ce qu'elle t'a dit ?

– Qu'elle travaillait pour Lucrezia Lembo : c'est de là que venait l'argent. Le premier point est un mensonge. » Elle fit un signe d'assentiment et il continua : « Il lui a fallu un bon bout de temps pour comprendre la notion d'usufruit, mais une fois qu'elle l'a eu saisie, elle a dit que cela n'aurait aucune importance.

– C'est-à-dire ? s'enquit signorina Elettra.

– Qu'elle a un plan. Ou un endroit où aller. Elle ne s'en fait pas le moins du monde.

– Est-ce qu'elle est intelligente ? » demanda Griffoni.

Brunetti n'avait pas pensé à signora Cavanella en ces termes, mais il répondit sans ambages : « Pas très. » Voyant que cette réponse laissait à désirer, il spécifia. « Elle ne songe pas aux conséquences que peuvent avoir les choses. Je doute qu'elle planifie quoi que ce soit, ou qu'elle réfléchisse à quoi que ce soit à fond. Peut-être qu'elle croit le faire, mais elle ne sait pas comment s'y prendre. »

Le silence se fit dans la pièce, comme si chacun d'eux cherchait une manière de poursuivre la conversation. Brunetti finit par dire : « Beni Borsetta était dans sa chambre. » Il le désigna par son sobriquet, parce qu'il était plus connu ainsi ; personne n'utilisait son véritable nom, sauf lorsqu'on s'adressait directement à lui, ou lors des présentations.

« Mon Dieu, s'exclama Griffoni. Si on avait besoin d'une preuve de sa stupidité, en voilà bien une. Pauvre femme. »

Signorina Elettra, plus pondérée, questionna Brunetti en ces termes : « Avez-vous une idée de ce qu'il pouvait bien y faire ?

– Essayer de gagner de l'argent en la persuadant d'intenter un procès contre quelqu'un, je suppose », intervint Griffoni. Aucun des deux ne chercha à la contredire, même s'il n'y avait pas longtemps qu'elle était à Venise.

Brunetti essaya d'évaluer l'ampleur du rayon d'action de Beni. Son génie créatif lui ferait-il poursuivre en justice la société pharmaceutique pour avoir vendu des somnifères conditionnés comme des bonbons ? Ou bien le service de secours, pour être arrivé en retard ? Ou encore les bureaux sociaux, pour avoir manqué pendant quarante ans à leurs devoirs ?

Brunetti savait que Beni était disposé à prendre des risques avec ses clients : il n'aurait aucune hésitation à poursuivre, par exemple, n'importe quel service d'ambulance. Mais il douta que même un joueur comme Beni gaspillerait son temps à ouvrir un litige sur un de ces points. Aucun avocat sain d'esprit, même un jouissant d'une meilleure réputation que Beni Borsetta, ne s'amuserait à intenter un procès à une grande firme pharmaceutique avec un argument aussi faible. Quant aux secours, ils étaient arrivés le plus vite possible. Et l'acte de naissance de Davide autorisant l'intervention d'organismes sociaux, où était-il passé ?

« Pendant que ce truc est allumé, dit-il à signorina Elettra, qui à ces mots ferma momentanément les yeux de détresse, pourriez-vous jeter un coup d'œil sur l'ordre des avocats et vérifier si l'avvocato Cresti y figure ? » Sur le chemin de la questure, il s'était remémoré quelques épisodes hauts en couleur : l'un où Beni avait été menacé d'être expulsé de l'union des avocats et une autre fois où un juge – cela devait remonter à dix ans – avait chargé les huissiers de le faire sortir de la salle d'audience pour avoir désobéi à l'injonction de se taire. Beni, de l'avis de Brunetti, n'était pas homme à tirer la leçon de ses erreurs, et changer d'attitude n'était certainement pas au programme.

Il se recula pour assurer à signorina Elettra un meilleur accès à l'ordinateur ; Griffoni se pencha sur la gauche, pour mieux voir l'écran, mais ne déplaça pas sa chaise. Brunetti croisa les bras et observa l'écran, debout derrière elles. Des documents y apparurent, mais si rapidement qu'il ne pouvait les lire. Griffoni, remarqua-t-il, prenait de temps à autre des notes dans son carnet ouvert près d'elle sur le bureau. Une fois, elle demanda à signorina Elettra de lui expliquer quelque chose et acquiesça à sa réponse, en murmurant « Pas mal du tout ».

Au bout de dix minutes, signorina Elettra pivota et affirma : « S'il pratique actuellement la loi, il l'enfreint en même temps, car il a été empêché d'exercer pendant trois ans, et cette période d'interdiction ne prend fin que dans vingt-sept mois. »

Beni pourrait être un ami d'Ana Cavanella, supposa Brunetti, même si Beni ne devait pas avoir d'amis. Le fait que sa visite ait eu lieu à l'hôpital renforçait le doute qu'il cherchait du travail, et qu'il n'était pas en train de s'adonner à l'une des sept œuvres de miséricorde corporelle. Et s'il avait encore besoin d'une preuve de la sottise d'Ana Cavanella, le fait qu'elle ait affaire, d'une manière ou d'une autre, à Beni Borsetta en était une plus que suffisante.

« Vous croyez que ce machin pourrait dégoter son adresse et son numéro de téléphone ? » s'enquit Brunetti, en faisant un geste aimable en direction de l'ordinateur.

Il l'appela peu après et l'avvocato Cresti ne sembla pas du tout surpris d'être contacté par un officier de justice. Il se livra même à de chaleureuses manifestations de bienveillance à l'égard du commissaire qu'il avait rencontré à des occasions diverses et variées et dont il gardait un très net souvenir. Désireux d'être au service de l'État, il semblait ravi d'apprendre que tout ce que l'on attendait de lui était une simple conversation. Il vérifia son agenda et sembla encore plus ravi d'avoir un trou dans son emploi du temps, ce qui lui permettait de passer à la questure dans l'heure suivante.

Sauf s'il était plus pratique pour le commissaire qu'ils se rencontrent ailleurs.

« Mon bureau ira très bien, avvocato », confirma Brunetti, pour couper court à son flot verbal et mettre fin au coup de fil avant que l'avocat ne réouvre les vannes. Brunetti avait été deux fois témoin dans des procès où Beni assurait la défense et il se souvenait clairement d'avoir eu la sensation, les deux fois, de suffoquer sous une montagne de détails sans importance. Il avait passé peu de temps au tribunal, mais il en avait suffisamment entendu pour ne pas s'étonner de voir les deux clients de Beni perdre leur procès.

Griffoni avait choisi de rester en bas avec signorina Elettra, qui avait commencé à lui expliquer la manière la plus facile d'accéder aux dossiers de deux agences d'État qui s'étaient soustraites, jusque-là, à toute requête légitime d'informations sur la société de gestion qui possédait la chaîne d'hôtels qui s'était montrée intéressée par l'acquisition de l'usine ravagée par l'incendie. Lorsque Brunetti quitta le bureau, la dernière chose qui parvint à ses oreilles fut la remarque de Griffoni : « C'est comme les poupées russes, tu ne trouves pas ? Où il y a toujours autre chose à l'intérieur. »

Brunetti alla à la fenêtre et regarda l'eau du canal qui coulait en bas. Il se demanda, et ce n'était pas la première fois, à quoi il avait passé la semaine précédente. Il n'avait enfreint aucune loi, n'avait menti à personne, n'avait entravé le cours de la justice en aucune façon. Mais il n'avait rien appris non plus d'important sur Davide Cavanella. Sa mère était une menteuse ; son médecin en savait plus long qu'il ne voulait bien le dire ; il y avait une vieille femme qui en savait probablement plus long encore, mais ne lâcherait pas le morceau ; et la fille de l'ancien employeur de sa mère vivait dans un monde ouaté, où elle n'était censée ni savoir ni parler, et payait probablement très cher cette liberté.

Pour réussir à glaner un nombre aussi ridicule d'informations, il avait fui ses responsabilités professionnelles pendant une semaine entière et avait impliqué d'autres commis d'État et réquisitionné leur aide dans une enquête qui prenait de plus en plus la tournure d'un simple caprice. Et là, il s'apprêtait à engager quelqu'un d'autre encore qui – contrairement à toutes les personnes qu'il avait interrogées – était suffisamment expert en droit pour s'apercevoir que ses questions ne relevaient pas d'une investigation autorisée.

Il aurait pu descendre rapidement à la rencontre de Borsetta arrivé sur ces entrefaites, lui certifier que la fameuse question avait été résolue entre-temps, le remercier pour son esprit civique et le congédier. Il était désormais en son pouvoir de passer l'éponge sur ces quarante années de versements mensuels sur le compte d'Ana Cavanella et sur leur raison d'être, tout comme de menacer Beni Borsetta et de l'essorer jusqu'à la dernière goutte.

« Commissario ? » appela quelqu'un à la porte du bureau. Il se tourna et aperçut l'avvocato Cresti. Il était dépourvu aujourd'hui de sa mallette, mais non pas de son gros ventre et de son petit air d'autosatisfaction.

« Ah ! avvocato », s'exclama Brunetti avec un sourire affable. « Quel remarquable exemple de civisme vous faites. Entrez, je vous prie, et asseyez-vous donc. »

Déstabilisé par cet excès d'amabilité, Cresti traversa la pièce et s'approcha de Brunetti qui se pencha sur son bureau pour lui serrer la main et lui indiquer un siège. Comme Cresti s'installait aisément entre les deux accotoirs du fauteuil, Brunetti en vint à considérer que l'homme était en fait plus épais que large. Il sourit et observa l'avocat de plus près : ses épaules étaient effectivement très étroites, bien plus que les siennes. Tout buste ou portrait de lui le figurerait comme un homme tout à fait normal, âgé d'une bonne cinquantaine d'années, doté d'un long et mince visage et de cheveux grisonnants clairsemés, pas vraiment propres et peut-être trop longs, brossés en arrière.

Il doit s'habiller en prêt-à-porter – grave erreur pour tout homme avec une telle bedaine –, songea Brunetti, car sa veste restait ouverte et laissait son énorme ventre tirer sur les boutons de la chemise.

Brunetti adressa à Cresti un sourire bienveillant, mais ne dit mot. L'avocat sembla perdre son calme face à ce silence : il agrippa les bras du fauteuil de ses doigts, les relâcha, puis les recroquevilla de nouveau. Brunetti, le sourire cloué sur le visage, observait cet homme. La minceur de son visage détonnait au milieu de toute cette corpulence, il ressemblait à une autruche avec sa toute petite tête disproportionnée par rapport au corps.

Le silence s'avéra trop long pour l'avocat, qui ouvrit la danse : « Je suis ravi d'être à votre service, commissaire, pour tout ce qui pourrait vous être utile. Les avocats, comme vous le savez sans aucun doute – vous avez étudié le droit, je crois – ont le plus haut respect pour la loi. En fait, je suis sûr que ce lien entre nous va nous aider à établir une relation qui nous sera mutuellement profitable et productive. »

Il marqua une pause pour respirer et Brunetti effaça son sourire : « Qu'avez-vous dit à signora Cavanella ?

– À qui ? » demanda Cresti, tombant dans le plus grossier des panneaux. Dès lors, Brunetti sut que ce serait un jeu d'enfant de le pressurer jusqu'au bout.

Brunetti ignora la question. Cresti dut réaliser qu'il avait commis une erreur tactique car il rectifia : « Ah, vous voulez dire Ana Cavanella ? » Il sourit. C'était un sourire automatique, dépourvu du moindre humour et ne répondant à aucun stimulus, qu'il pouvait coller et décoller machinalement, et c'est d'ailleurs ce qu'il fit.

Brunetti s'autorisa un petit signe d'assentiment. Comme il s'agissait là d'une conversation privée qui ne pourrait jamais être alléguée comme preuve, il n'était pas enregistré et pouvait donc recourir aux gestes comme bon lui plaisait.

« Oui. C'est une très vieille amie à moi, expliqua Cresti, avec un autre sourire automatique.

– Je vois, dit Brunetti. Quand l'avez-vous vue pour la dernière fois ?

– Avant de vous répondre sur ce point, s'enquit Cresti avec un de ses sourires éclairs, pourriez-vous me dire ce que vous voulez savoir sur elle ?

– Je veux savoir quand elle vous a vu pour la dernière fois. »

À l'instar de signora Cavanella, même si lui était bien plus apte à calculer l'impact de ses réponses aux différentes questions, Cresti en prépara une. « Je ne sais plus très bien. Cela fait déjà pas mal de temps.

– On vous a vu à l'hôpital, sortir de sa chambre, avvocato. Il y a tout juste quelques heures. » Brunetti observa Cresti en train de déplacer mentalement quelques pièces de son échiquier et suggéra : « Peut-être avez-vous été si troublé de la voir là que tous les souvenirs de votre visite se sont volatilisés de votre esprit ? »

Cresti hocha la tête. « Oui. C'est tout à fait cela. Je l'ai vue ce matin.

– Et vous étiez sous le choc, je présume.

– Oui.

– Mais je suis sûr que vous vous souvenez de votre sujet de conversation. Après tout, vous étiez là en qualité d'avocat. »

Cresti remua de façon malaisée dans son fauteuil, comme si ses bras avaient commencé à se contracter. « Pas exactement comme son avocat, comprenez bien, commissaire. Plutôt comme un ami en mesure de lui donner quelques conseils juridiques. » Comme effrayé par le terme de conseils, Cresti fit un petit saut sur son siège et précisa, d'un ton trop hâtif : « Quelques informations juridiques, je veux dire. »

Brunetti hocha la tête à son tour et l'avocat continua. « J'étais là en ami, je vous prie de le comprendre, juste à ce titre. Cela ne nous a jamais traversé l'esprit, ni à l'un ni à l'autre, que je travaille pour elle en tant que professionnel. » Brunetti se rendit compte soudain que Crespi était en train de parler pour le magnétophone qu'il croyait allumé. « Seulement par affection pour cette femme, comprenez-le bien. » Il esquissa un sourire furtif, censé attester son intégrité et sa bienveillance.

« Vous êtes aussi voisins, n'est-ce pas, avvocato ? » demanda Brunetti qui avait noté, sur le document que signorina Elettra lui avait imprimé, qu'il était domicilié à San Polo.

« Ah bon ? s'exclama Cresti. Quelle coïncidence ! »

Quelle raison avait-il de mentir à ce propos ? s'étonna Brunetti. Il se souvint du silence unanime des gens du quartier et commença à se demander quelle information ils gardaient tous si jalousement pour eux.

« Dois-je regarder dans le *Calli, Campielli e Canali* pour vous rappeler à quel point vous habitez l'un près de l'autre, ou vous souvenez-vous peut-être de l'avoir vue dans les parages ? » Brunetti perdait patience, comme sa voix le laissait transparaître.

« Oui, je me souviens de l'avoir vue, maintenant que vous me le dites. Mais juste à l'occasion, comme cela arrive, habituellement. » Brunetti voyait Cresti serrer les accotoirs de son fauteuil aussi fort que s'il était au beau milieu d'une tempête en mer et qu'il s'y accrochait pour ne pas être éjecté de son siège.

« Donc vous connaissez son histoire ?

– À vrai dire, tout le monde la connaît dans le quartier. » Cresti voulait répondre sur un ton désinvolte, mais il n'y parvint pas.

« Et si j'enquêtais sur votre lien professionnel avec signora Cavanella, c'est-à-dire sur le travail que vous effectuez pour elle en tant qu'avocat…

– Mais je ne suis pas son avocat, rétorqua Cresti avec un autre sourire crispé. J'essaie juste d'aider cette pauvre femme. Elle a perdu son fils, comme vous le savez. » Le ton théâtral de Cresti débordait de pathos.

« Je sais. S'est-elle adressée à vous suite à cet événement ?

– Eh bien, commença Cresti nerveusement, oui et non. » Voyant que Brunetti n'était pas satisfait de sa réponse, il poursuivit : « C'est-à-dire qu'elle est venue me voir avant qu'il meure.

– Pour vous demander d'être son avocat ?

– Non. » Le mensonge de Cresti était flagrant. « Elle est venue en tant que voisine et m'a demandé si je pouvais lui donner quelques informations, du fait que je suis avocat.

– Mais sans être son avocat, reprit Brunetti impitoyablement, pour bien laisser entendre à Cresti qu'il en savait long.

– Exact, parfaitement exact. Je ne m'engagerai jamais à exercer ma profession, tant que ma suspension ne sera pas levée et que je n'aurai pas réintégré l'ordre des avocats. » Avvocato Cresti, la justice en personne.

« Que voulait-elle savoir ?

– Ce qu'il en est des enfants naturels.

– Et quoi plus particulièrement, sur les enfants naturels ?

– Elle avait lu quelque chose dans le journal et elle voulait des renseignements sur une nouvelle loi.

– Quelle loi ?

– Celle de l'an passé, qui dit que les enfants naturels ont droit à une part égale du patrimoine de leur père. »

27

« Ah », fit Brunetti, qui tentait par tous les moyens de cacher son étonnement. Comme il n'était pas sûr de pouvoir garder un ton neutre, il pinça les lèvres et fronça les sourcils, en feignant de noter un détail qui pouvait, ou pourrait, être intéressant.

« Vous souvenez-vous quand a eu lieu cette conversation ? »

Il regardait Cresti se remémorer ce moment et, dans l'attente de la réponse de l'avocat, emplissait son doucereux regard d'une infinie patience.

« Ça devait être un jour de juillet. Je m'en souviens parce que je cherchais un cadeau pour l'anniversaire de ma mère et c'est alors que j'ai rencontré signora Cavanella dans la rue. »

Brunetti fit un aimable sourire à l'évocation de la mère de Cresti, comme si en avoir une relevait d'un acte spécial et vertueux. « C'est là qu'elle vous a posé cette question ? »

Cresti acquiesça plus de fois que nécessaire. « Oui, elle m'a proposé de prendre un café avec elle et m'a dit que quelques jours plus tôt, elle avait lu un article dans le journal sur cette loi et qu'elle voulait savoir ce que cela signifiait.

– Que lui avez-vous dit ? s'enquit Brunetti, qui avait complètement retrouvé possession de sa voix et reprenait la conversation au point qui lui importait.

– Je lui ai dit que c'était très simple, si l'enfant naturel pouvait prouver le lien de parenté, il ou elle avait pleinement droit à une part égale dans la succession. Au même titre que les enfants légitimes. » Cresti lança un sourire furtif à Brunetti.

« C'est tout ?

– Pour une fois, commissaire, c'est une loi très concise et facile à comprendre.

– A-t-elle compris votre explication ?

– Je crois que tout le monde peut comprendre cela.

– Vous a-t-elle demandé autre chose ? »

Cresti commit l'erreur de bouger sur sa chaise, et de détourner ses yeux de Brunetti et de les baisser.

« Vous a-t-elle demandé autre chose, signor Cresti ? répéta Brunetti, en espérant que le fait de ne pas s'adresser à lui par son titre professionnel lui rappellerait ce qui pourrait arriver si Brunetti faisait part à l'ordre des avocats de sa visite à l'hôpital.

– Oh, des choses insignifiantes, répondit-il, comme s'il était allergique à toute confidence envers un policier.

– Vous a-t-elle demandé autre chose ? »

Se sentant pris au piège, Cresti admit : « Elle m'a demandé si c'était le cas avec les héritiers de l'enfant. » Puis, après un autre sourire nerveux : « Vous savez, si l'héritier, autrement dit – l'enfant naturel – avait un enfant, l'héritage irait-il à cet enfant ? »

Du calme ; surtout, garder son calme. Brunetti s'informa, comme s'il était intrigué par une éventuelle possibilité de spéculer sur la situation. « C'est une question intéressante. Est-ce que cela pourrait sauter une génération et passer à la suivante ?

– C'est exactement cela, vous avez parfaitement formulé la question, commissaire, si l'enfant naturel avait un enfant, l'héritage passerait-il à cet enfant ?

– Que lui avez-vous dit ?

– Je ne pouvais rien lui dire. Je n'avais pas étudié cette loi, donc je ne connaissais pas la réponse.

– Que lui avez-vous dit ? »

Cresti se lissa les cheveux en arrière et laissa sa main sur la nuque, comme pour exhorter son cerveau à dénicher une réponse. « Je ne pouvais pas lui répondre, tant que je n'étais pas sûr de mon fait.

– Que lui avez-vous dit ? »

Cresti enleva sa main et s'agrippa aux accotoirs du fauteuil. « Je lui ai dit que cela passerait probablement aux héritiers de l'enfant. »

Quel cocktail de stupidité et d'avidité, se dit Brunetti, avec en prime un avocat serviable, prêt à exploiter le premier défaut pour pousser sa fausse cliente dans les bras du second.

« Je vois. » Puis, comme si Brunetti ne pouvait s'en empêcher, même s'il savait que cela n'avait aucun sens, il demanda : « Qu'avez-vous pensé à la mort de son fils ? »

Cresti esquissa un autre bref sourire, pour montrer son étonnement. « J'ai pensé qu'elle n'avait vraiment pas de chance. » Sa voix prit les accents graves de la solennité, censés exprimer le chagrin et les tragédies auxquelles la vie nous expose, nous autres, frêles humains que nous sommes. « Pauvre femme, perdre son seul et unique enfant comme ça.

– Et elle, qui était son seul parent… », répliqua Brunetti. Il se leva. « Merci d'être venu, signor Cresti. Je vous appellerai si nous avons besoin de plus amples informations. »

Le visage de Cresti perdit toute expression sous l'effet de la surprise. On le laissait s'en aller. Après ce qu'il avait dit, cet homme le laissait partir. Il alla pour se lever, mais une des poches de sa veste resta accrochée au bras du fauteuil. Son mouvement vers le haut souleva la chaise et la poche céda. Cresti perdit pied un moment, agita les bras en l'air et finit par retrouver son équilibre.

Brunetti, derrière son bureau, ne fit rien pour lui venir en aide, hocha la tête lorsque Cresti lui dit au revoir et regarda l'avocat quitter la pièce.

Il prit son téléphone et composa le numéro de signorina Elettra. « Pourriez-vous jeter de nouveau un coup d'œil aux relevés de compte de signora Cavanella et me dire à quelle date sont effectués ces fameux virements ? »

Sur le même ton, elle se contenta de répondre : « Un moment. » Il jeta un coup d'œil à sa montre et vit qu'on était le cinq.

« Ils ont lieu habituellement le premier du mois, commissaire.

– Y a-t-il eu un versement ce mois-ci ? »

Quelques secondes plus tard, elle déclara que non.

Il la remercia et raccrocha.

Tout ce qu'il lui restait à faire, c'était s'entretenir de nouveau avec Lucrezia Lembo, mais cette fois, il voulait le faire lui-même : sans chapelet, sans Sainte Vierge, sans aucune forme de dérive religieuse. Il voulait des chiffres, des dates et des faits, qu'elle était sûrement en mesure de lui fournir.

Il décida d'y aller au pied. C'était la fin de l'après-midi, le jour déclinait et on aurait dit qu'il allait pleuvoir. Tout en traversant les *campi* et en passant devant les édifices situés entre la questure et le pont de l'Accademia, le seul où il pouvait traverser le Grand Canal pour se rendre chez elle, Brunetti échafauda un scénario basé sur des faits fortuits, et sur des hypothèses encore plus fortuites. Lorsqu'il avait vérifié le dossier de l'équipe qui avait emmené signora Cavanella à l'hôpital, il avait vu, mais ne l'avait pas noté sur le moment, qu'elle avait été trouvée sur les marches d'une maison à quelques minutes seulement du *palazzo* Lembo. Le virement n'avait pas été effectué ce mois-là sur son compte. Il y avait déjà des décennies qu'Ana Cavanella ne travaillait plus pour la famille Lembo, mais elle continuait à percevoir chaque mois une somme d'argent. Elle vivait dans une maison qui appartenait à un membre de la famille Lembo, où son enfant avait obtenu le droit de loger à vie. Le Roi du cuivre avait quitté sa femme trente-quatre ans plus tôt pour une femme plus jeune, dont il avait eu un enfant, une autre fille, tout cela pour se faire quitter aussitôt après le décès de cette enfant.

Lucrezia était la seule qui restait : ses parents étaient morts, sa demi-sœur s'était noyée et son autre sœur s'était installée à l'étranger. Signora Ghezzi avait bien dit qu'on ne pouvait pas compter sur Ana Cavanella pour savoir la vérité et le pauvre Davide silencieux ne pouvait pas la dire, même s'il l'avait sue.

Brunetti entendit la pluie avant même de la voir ; il en reconnut le bruit à ses pieds en train de patauger. Il l'entendit, puis la vit et lorsqu'il mit sa main sur sa tête, il la sentit. Au sommet du pont de l'Accademia, il trouva, comme c'était prévisible, trois vendeurs tamouls – il se demandait souvent s'ils étaient lyophilisés et revenaient à la vie à la première goutte d'eau, les mains pleines de parapluies à 5 euros. Il commit un crime en en achetant un à l'un d'entre eux ; il lui donna 10 euros et lui dit de garder la monnaie, puis il tourna et descendit vers la Salute. Sur le campo San Vio, il prit à droite et s'engagea dans la *calle*.

Il sonna à la porte, laissant son doigt sur la sonnette jusqu'à ce qu'il l'entende résonner à l'intérieur. Puis le retira. Silence. Il sonna de nouveau, déplaça son pied pour prendre une position plus confortable, tout en continuant à appuyer sur la sonnette. L'écho dura un très long moment. Il finit par entendre un bruit provenant de la cour, qui se traduisit en pas s'approchant de la porte.

Une voix de femme marmonna quelque chose à l'intérieur, mais Brunetti l'ignora. La porte s'ouvrit et il aperçut Lucrezia Lembo, qui ne parut pas du tout surprise de le voir là. « Vous êtes donc venu pour moi ? » demanda-t-elle. Elle semblait bien plus lucide que lors de leur dernier entretien.

« Je suis venu vous parler, signora », déclara-t-il ; c'était une déclaration, et non pas une requête.

Sans protester le moins du monde, elle se tourna, laissant la porte ouverte et il pénétra dans la cour. Elle le guida vers l'entrée, puis à l'étage, mais ils allèrent cette fois dans la cuisine, qui avait des fenêtres donnant sur le canal. Comme l'autre pièce, celle-ci était d'une propreté impeccable. Brunetti s'arrêta dans l'embrasure de la porte.

Il avait une autre femme en face de lui. Ses cheveux étaient propres ; elle était vêtue d'une jupe classique, d'un pull et d'une veste en laine légère. Elle portait des chaussures plates, du même genre et de la même qualité que celles que Paola se met pour aller en cours. Ce n'était plus une femme grosse, elle était simplement robuste.

Elle alla à la table disposée face à la rangée de fenêtres donnant sur celles du bâtiment situé de l'autre côté du canal, qui étaient fermées. Elle se retourna et y prit appui. « Asseyez-vous, signore. »

Brunetti s'approcha de la table et entendit le bruit que faisaient ses chaussures sur le sol en marbre. Elle prit son parapluie et le mit dans l'évier derrière elle. Brunetti se prit lui-même une chaise et s'y installa, pour qu'elle puisse tourner ainsi la situation à son avantage.

« Êtes-vous venu m'arrêter ? demanda-t-elle.

– Pour quelle raison, signora ? »

Tout portait à croire qu'elle avait bien dormi la nuit précédente. Il lui vint à l'esprit qu'elle aurait pu aussi tout simplement avoir trouvé la bonne combinaison d'alcool et de médicaments, mais il n'eut pas cette impression.

« Autant que je sache, il n'y a aucune raison de vous arrêter, signora. » Il vit ses yeux s'agrandir, puis son visage se détendit davantage encore. « Et ce n'est pas non plus mon souhait.

– Alors pourquoi êtes-vous là ?

– Pour vous parler de votre père.

– Mon père ? » Elle baissa la tête et la secoua, et lorsqu'elle la releva, elle lui sourit, comme si elle souriait en fait à la naïveté des mots de Brunetti.

« Ludovico Lembo, autrefois Fadalti, connu aussi sous le nom de Roi du cuivre, énonça-t-il.

– Que voulez-vous savoir à son sujet, signore ?

– Est-il le père du fils d'Ana Cavanella ?

– Davide ?

– Oui.

– Oui, il l'est. Ou l'était.

– Avez-vous donné de l'argent pour subvenir aux besoins de Davide ?

– Oui.

– La maison où il habitait à San Polo est à vous ?

« – Oui. Elle m'a été laissée par ce même homme.

– Ludovico Lembo ?

– Appelé autrefois Fadalti. Oui.

– Et Davide avait l'usufruit de cette maison ?

– Jusqu'à sa mort. Oui. »

Brunetti savait que toutes ces choses, sauf la première, figuraient dans des dossiers officiels. « Est-ce que Ana Cavanella vous faisait du chantage, signora ?

– Quoi ? s'exclama-t-elle avec une surprise sincère.

– Est-ce qu'elle vous faisait chanter ?

– À quel propos ?

– À propos du nom du père de Davide.

– Pourquoi aurait-elle dû le faire ?

– Pour éviter que d'autres personnes – comme votre mère par exemple – ne viennent à le savoir. »

Cette fois, elle secoua la tête, comme s'il venait de tenir des propos vraiment trop ridicules pour y croire, mais elle eut peur de le vexer en riant.

« Venir à savoir quoi ?

– Je ne sais pas », avoua Brunetti en toute honnêteté. Avec cette famille, on pouvait s'attendre à tout. Puis, même s'il ne voulait pas reconnaître son irritation, à l'idée qu'elle détenait des informations qui lui échappaient, il déclara : « Je sais que votre mère avait appris qu'elle attendait cet enfant. »

Elle se tourna, mais juste pour ouvrir le buffet derrière elle. Elle en sortit un verre, puis un autre. Elle ouvrit le robinet d'eau de l'évier et les remplit tous deux, en plaça un en face de lui et but la moitié du sien. Elle garda son verre à la main ; Brunetti tira le sien plus près de lui, mais sans boire.

« Redites-moi votre nom, s'il vous plaît. Je crains de ne pas avoir été tout à fait moi-même la dernière fois que vous êtes venu.

– Brunetti, précisa-t-il, soulagé de constater qu'elle se souvenait de sa visite précédente.

– Et comment s'appelle votre collègue si émotive ?

– Griffoni.

– Ah oui. Signor Brunetti, je pense que vous et moi possédons des informations en commun. Mais qui signifient des choses différentes pour chacun de nous. » Elle sirota son eau.

Lorsque Brunetti sentit qu'elle n'ajouterait rien, il reprit : « Les virements depuis votre compte, sur le sien. Qu'est-ce que c'est, si ce n'est pas du chantage ?

– Juste ce que vous avez dit, de l'argent pour subvenir à ses besoins. Assez pour qu'ils puissent vivre tous les deux.

– Et la jouissance de la maison où ils habitaient ?

– C'est la même chose. La tentative d'un homme d'honneur de s'assurer que son fils ne vive pas dans la misère.

– Vous voulez dire son père ?

– Ludovico Lembo, dénommé précédemment Fadalti. »

Tout était dans le ton. « Qui est, ou qui n'est pas votre père ? s'enquit Brunetti.

– Qui n'est pas mon père, ni celui de ma sœur Lavinia, mais qui était le père de la fille de sa compagne Ludovica et de Davide, le fils de Ana Cavanella.

– Vous énoncez tout cela avec beaucoup de légèreté, signora, osa observer Brunetti.

– Vous faites une triste erreur, signor Brunetti, répliqua-t-elle. Je le dis avec beaucoup plus de chagrin que vous ne pourrez jamais le comprendre. » Elle but une autre gorgée d'eau. « Mais nous avons été élevées à la dure, ma sœur et moi, et nous ne sommes pas portées à geindre ou à nous plaindre.

– Élevées par qui ?

– Par ma mère et sa cousine.

– Sœur Maria Rosaria Lembo-Malfa ? s'assura Brunetti, qui ne pouvait s'empêcher de faire étalage des informations qu'il avait acquises.

– Exactement. Elle et ma mère. Des cousines unies dans leurs services et leur dévotion à Jésus-Christ. Sauf que…

– Sauf que quoi, signora ?

– Sauf que la dévotion de ma mère n'était peut-être pas aussi pure que celle de sa cousine. »

Brunetti en eut soudain assez de l'attitude de cette femme et de ses discours allusifs et énigmatiques. Il préférait presque ses excès de boisson. « Pourriez-vous vous exprimer plus clairement, signora ? Cela nous épargnerait du temps et des efforts. »

Il décela tout d'abord sa surprise, puis son amusement à ces mots. « Comme c'est rafraîchissant qu'on s'adresse à vous de manière directe. Je vous en remercie, signore. Ça m'est rarement arrivé dans ma vie. »

Il la crut. « Alors parlez-moi, et sans louvoyer.

– Ma mère n'aimait pas mon père et mon père n'aimait pas ma mère. C'est-à-dire l'homme que j'ai appelé mon père toute ma vie n'aimait pas ma mère et ma mère n'aimait pas l'homme que j'ai appelé toute ma vie mon père.

– Mais il l'a épousée ?

– Il l'a épousée parce qu'elle était enceinte et qu'elle lui a demandé de l'épouser.

– Enceinte de lui, ou d'un autre homme ?

– Pour l'amour du ciel, un homme comme mon père n'aurait jamais eu de relations sexuelles avant le mariage – pas avec la femme qu'il espérait épouser. Mais la vie en a décidé autrement, surtout si vous êtes

310

un ingénieur arriviste et que la femme en question est la fille de votre patron et que la société est l'une des plus puissantes du pays.

– Donc il l'a épousée pour l'argent ?

– Mon père était avant tout un homme d'affaires. Il aimait ça, aimait faire marcher les choses et aimait en tirer du profit.

– Vous l'appelez systématiquement votre père, nota Brunetti.

– Je l'aimais bien. C'était un homme bon et très gentil avec nous. Je n'ai jamais connu notre vrai père – ou tout au moins, je n'ai pas su qui c'était – et donc je lui étais attachée comme à un père, et Lavinia aussi.

– Elle n'était pas non plus sa fille ?

– Est-ce que je ne viens pas de vous le dire ? » Elle se tourna pour remplir son verre.

« Bien sûr, bien sûr, admit Brunetti lorsqu'elle fut de nouveau face à lui.

– Mais n'avaient-ils jamais… il ne savait pas comment le formuler, notamment parce qu'il parlait à une dame. N'ont-ils jamais réellement été mari et femme ?

– Je n'en ai pas la moindre idée et je ne veux pas le savoir, rétorqua-t-elle vivement, en parlant rapidement, pour pouvoir le dire le plus vite possible. Ils ont toujours fait chambre à part et vie à part. Ma mère partait voir sa cousine au couvent chaque mois, n'est-ce pas ? insinua-t-elle, laissant à Brunetti tout loisir d'en tirer les conclusions.

– Puis Ana Cavanella est arrivée au *palazzo*.

– Effectivement. Elle avait notre âge. Plus ou moins. Je suis sûre que les psychiatres adoreraient se pencher sur son cas : parler des désirs cachés de cet homme pour nous. Qu'aucune de nous n'a jamais décelés.

– Comment se comportait-elle ?

– Je ne sais pas. Ou plutôt, je ne m'en souviens plus. J'étais à un âge où je trouvais la vie difficile et révoltante. » Puis, avec un haussement d'épaules, elle ajouta : « Ça m'arrive encore, toutes proportions gardées », et Brunetti sentit qu'il commençait à bien apprécier cette femme.

« Est-ce que votre sœur s'en souvient ?

– Elle était à l'école. En Irlande. Chez les sœurs.

– Je vois, dit Brunetti, même s'il ne voyait pas. Et c'est alors que Ana est tombée enceinte ?

– Oui. Et ma mère est devenue folle. Je ne l'avais jamais vue comme ça.

– Par jalousie ? »

Elle rit. « Sûrement pas. Elle était en colère pour des questions d'honneur, pour l'image de la famille.

– Que s'est-il passé ?

– Ana est partie.

– Et la maison ? et les versements ?

– Mon père a acheté la maison à mon nom. J'avais 19 ans et il m'a demandé si je voulais bien faire ça pour lui : autoriser l'usufruit et autoriser les versements à mon nom. J'ai signé les papiers. C'était quelqu'un de bien. »

Brunetti prit son verre et but un peu d'eau. Il avait du mal à associer cette femme habillée d'un style classique et s'exprimant clairement avec l'épave délirante qu'il avait rencontrée la veille. Il soupçonnait toujours plus cette femme d'avoir déjoué leurs plans et que ce soit Griffoni qui ait été, en fait, la victime de la supercherie.

« Pourquoi pensiez-vous que j'étais venu vous arrêter, signora ?

– À cause de ce que j'ai fait à Ana Cavanella.

– Vous voulez dire que vous l'avez frappée ?

– C'est ce qu'elle a dit ? demanda-t-elle, sans pouvoir dissimuler sa surprise.

– Non. Voulez-vous bien me raconter ce qui s'est passé ?

– Elle est venue ici il y a quelques jours et je l'ai laissée entrer. Je ne l'avais pas reconnue, quarante ans, c'est long. Elle ne s'est présentée qu'une fois à l'intérieur.

– Que s'est-il passé ?

– Elle m'a dit que son fils était mort. Et je lui ai dit que je le savais. Elle était venue parce qu'elle avait reçu une lettre de son avocat lui disant que la mort de son fils Davide changeait la nature de notre relation fiscale actuelle. Elle était venue me demander ce que cela signifiait.

– Le lui avez-vous expliqué ? »

Sur un ton frisant l'irritation, Lucrezia déplora : « Je ne sais pas pourquoi les avocats ne disent pas les choses clairement. Il suffisait de lui dire qu'elle ne toucherait plus d'argent. Et qu'elle devait quitter la maison. » Elle regarda Brunetti droit dans les yeux. « J'ai essayé de le lui expliquer, mais je ne pense pas qu'elle ait compris. Ou elle ne voulait pas comprendre. Je lui ai dit que j'avais des obligations envers Davide, mais pas envers elle. »

Bien que curieux de savoir ce qu'elle entendait par « obligations », Brunetti ne souffla mot.

« Elle s'est mise en colère et a dit que la famille ne pouvait plus mentir au sujet de l'enfant ou sur son compte à elle. » Lucrezia émit un petit bruit, montrant qu'elle ne pouvait croire à de tels propos, et poursuivit. « Je lui ai répondu qu'elle n'était rien pour moi et lui ai dit de partir, mais elle a rétorqué que Davide était mon demi-frère et avait droit à un tiers des biens de mon père. »

Elle frissonna. « Elle avait lu quelque chose sur la loi qui a été promulguée l'an passé et a dit qu'elle en avait la preuve.

– La preuve de quoi ?

– Que mon père – c'est-à-dire le mari de ma mère – était aussi le père de Davide. Quand je lui ai dit qu'il ne pouvait pas y avoir de preuve, elle m'a parlé de quelque chose appelé UDN. Je n'ai pas compris au début de quoi elle parlait, puis elle a dit que c'était la preuve dans le corps, dans le sang, que certaines personnes étaient parentes.

– ADN, murmura Brunetti et fit une prière silencieuse pour être délivré d'une ignorante de cette espèce.

– Oui. ADN. Dieu seul sait où elle a obtenu cette information. Elle ne comprenait rien, mais elle parlait tout le temps de ce test UDN, attestant que c'était le père de Davide. Je lui ai dit de continuer et de s'arranger pour le prouver.

– Lui avez-vous dit autre chose ?

– Non. Elle ne voulait pas s'arrêter de parler, puis elle s'est mise à crier. Nous étions encore debout dans l'embrasure de la porte. Je l'ai ouverte et lui ai dit de sortir : nous avions discuté dans la cour pendant tout ce temps. Je ne la voulais pas à la maison. Elle a continué à crier qu'elle méritait d'être aidée et je lui ai dit que tout ce qu'elle méritait, c'était d'être jetée en prison ou d'être placée dans une institution. » Toutes ces émotions bouleversèrent Lucrezia et elle s'interrompit, en respirant lourdement.

« J'ai levé ma main vers elle. Elle a pris peur. Je l'ai saisie par les épaules, l'ai poussée dans la *calle* et je lui ai claqué la porte au nez avant qu'elle ne puisse rentrer de nouveau. Puis je suis montée chez moi. » Elle sourit alors, en parlant à Brunetti comme si c'était un vieil ami. « Je dois avouer que je n'avais jamais autant joui de ma vie.

– En sa présence ?

– Je parlais au sens figuré, précisa-t-elle. Elle est restée là, debout, en hurlant comme un putois. Pendant dix minutes je pense. Puis elle a arrêté. Et elle est partie. »

Elle finit son verre d'eau et le posa derrière elle sur la table.

« Que vouliez-vous dire lorsque vous lui avez répondu que sa place était dans une prison ou une institution ? »

De cette même voix tranquille, toujours comme si elle parlait à un ami, elle expliqua : « À cause de ce qu'elle a fait à Davide.

– Qu'est-ce qu'elle lui a fait ? »

Elle écarquilla les yeux. « Vous ne savez pas ? Je pensais que tout le monde dans le quartier était au courant.

– Je ne sais pas de quoi vous parlez, signora…

– Vraiment ?

– Vraiment.

– À propos de la pièce ?

– Quelle pièce ?

– Oh mon Dieu », fit-elle sincèrement surprise. « Je jure sur la tête de mon père que je croyais que vous le saviez, que les gens du quartier vous l'avaient dit.

– Je ne sais rien, signora », répliqua Brunetti, en disant la vérité toute nue.

Elle se pencha et posa ses paumes à plat sur la table, avec les pouces se frôlant à peine. Elle gardait les yeux sur ses mains en parlant. Il lui fallut un bon moment pour trouver l'énergie de continuer. « Lorsque mon père lui a dit de partir de chez nous, elle a refusé, et lorsqu'il a dit qu'il veillerait à ce qu'elle et l'enfant soient pris en charge, tout ce qu'elle a dit, c'est qu'elle s'occuperait

315

du petit. » Elle s'arrêta et déglutit deux fois. Puis elle tira une chaise et s'assit en face de lui.

« Nous ne savions pas ce que cela signifiait. Au début, elle est allée habiter à la maison, mais après elle a disparu. Plus tard, elle est revenue y vivre avec sa mère. Et elle a obtenu un emploi, mais je pense que c'était juste histoire de sortir de chez elle.

– Et la mère ?

– Elle l'aidait.

– Comment ? »

À part sa voix, seules ses mains trahirent son émotion. Ses doigts se contactèrent en poings et les veines sur le dos des mains se gonflèrent.

« Elles ne parlaient pas.

– Que voulez-vous dire ?

– Elles ne parlaient pas au bébé. Au garçon. Il était là. Peut-être même que personne ne savait qu'elle l'avait là. Elles l'avaient mis dans une pièce et elles lui donnaient à manger et lui faisaient sa toilette – je suppose. Mais elles ne lui parlaient pas. C'est ce qu'elle voulait dire lorsqu'elle a dit qu'elle s'occuperait du petit. »

Elle leva les yeux. « Ne croyez pas qu'elle soit folle, signore. Elle ne l'est pas. Elle est méchante. Elles l'étaient, toutes les deux.

– Combien de temps cela a-t-il duré ?

– Des années, dix ou peut-être plus. Puis la vieille femme est partie ou elle est morte, ou elle a disparu. Je ne sais pas. Je m'employais à détruire ma vie à l'époque. Je n'avais pas le temps de faire attention à la sienne. À la leur.

– Comment avez-vous appris tout cela ?

– Par signora Ghezzi. Mais bien plus tard. » Brunetti se composa un air confus et secoua la tête. « C'était la bonne de ma mère. Elle avait des amis dans le quartier et

316

elle les entendait parler. Il n'y a rien de sûr, ce n'étaient que des rumeurs. Personne ne voulait être impliqué. Personne n'osait mettre son grain de sel dans ce qu'elle faisait. Personne ne faisait confiance à la police. »

Elle se poussa pour se lever, puis se rassit. « Et un jour, la vieille femme ne fut plus là, mais le garçon, si ; son fils, son fils handicapé et retardé. Elle disait aux gens qu'il avait été élevé par des parents à la campagne ; même là, personne n'a osé poser de questions.

– Et vous avez continué à payer ?

– C'est mon père qui le faisait. En passant par mon compte. Quand il est mort, j'ai continué à le faire. Je le lui avais promis.

– Est-ce qu'il savait pour le garçon ?

– Ce qu'elle lui avait fait ? »

Incapable de prononcer le mot, Brunetti hocha la tête.

« Personne n'avait jamais eu le courage de le mettre au courant. Il avait déménagé à la Giudecca à ce moment-là. » Elle marqua une pause et regarda devant elle. « Il aurait pu la tuer, s'il l'avait su. Davide était son seul fils, vous savez. »

Elle croisa son regard. « Si vous faites des recherches, vous verrez que c'est bien ce qui se passe. Si vous ne leur parlez pas aux enfants, c'est ce qui arrive. Ils sont comme des animaux. Comme Davide. »

Puis elle se leva en disant : « Je pense que ça suffit, vous ne croyez pas ? »

Il approuva et partit.

28

Brunetti prit soin de fermer la porte de l'appartement tout doucement, descendit les marches aussi silencieusement qu'un fantôme, traversa la cour et sortit dans la *calle* aussi furtivement qu'un voleur. Il pleuvait encore, mais il ne le remarqua pas jusqu'à ce qu'il fût de retour à l'Accademia, où il acheta un autre parapluie à un autre Tamoul.

Comme ses chaussures étaient déjà, de toute façon, gorgées d'eau, il décida de rentrer à pied. Il avançait, en fait, d'un pas lourd, et réfléchissait, tout en marchant. Pas de conversations, pas de bavardages, pas de langage, pas de contacts, pas de mots, pas de communication, pas de signification, pas de sens, pas de mots pour penser, pas de noms pour désigner les choses. Quoi de plus terrible. Aucun moyen de faire le tri ; aucun moyen de distinguer entre le cri d'un chien et les paroles d'une berceuse ; « oui » faisait le même bruit que « non », et ces deux mots, le même bruit que « sens dessus dessous ».

Il s'arrêta à la porte de leur immeuble. Sa poche était trempée, ses clefs n'avaient jamais été aussi froides. Trois cents marches à grimper, ce soir, jusqu'à son appartement. Il ferma le parapluie et le laissa goutter à l'extérieur de la porte, entra, enleva ses chaussures en secouant ses pieds et se pencha pour les déposer sur le palier. Il y avait des sons provenant de la cuisine : des mots, des expressions : « c'est un si bon… », « elle n'a jamais dit que… », « encore cinq minutes ». Ils signifiaient tous quelque chose, ces fragments. Ces mots donnaient la possibilité de créer de plus amples catégories, des concepts plus universels, comme les éloges, la critique, ou le temps.

Il alla à la salle de bains et se délesta de ses vêtements, trempés et sales, en commençant par les chaussettes, puis mit tout en boule sur le bord de la baignoire. Il voulait prendre une douche, mais y renonça et se contenta de s'essuyer les cheveux avec une serviette, qu'il posa ensuite près de sa chemise. Il s'enveloppa dans son peignoir en éponge et suivit le couloir pour gagner leur chambre. Il trouva un vieux pantalon qu'il avait empêché Paola, pendant des années, de jeter à la poubelle. Sa souplesse sans forme, et familière, le réconfortait. Il enfila un tee-shirt et un vieux pull vert en cachemire qu'il avait sauvé plusieurs fois de l'envie instinctive, chez sa femme, de faire le vide. Il mit des chaussettes et glissa ses pieds dans des pantoufles en cuir.

Il prit le couloir et entra dans la cuisine. À son arrivée, Chiara décréta : « Tu as les cheveux en bataille, papa. Viens ici que je te les arrange un peu. » Elle se leva d'un bond et Brunetti s'assit sur la chaise de sa fille, étonné que « arranger » soit ici le terme approprié, même si les cheveux ne peuvent pas être arrangés, probablement parce qu'ils ne peuvent pas se déranger, mais quand les cheveux sont en bataille, ils peuvent être réordonnés en les arrangeant, comme s'ils avaient été dérangés ; n'était-ce pas là une manière étonnamment souple de jouer avec les mots ?

Chiara allongea ses doigts et les fit glisser à travers les cheveux encore mouillés de son père, les brossant à maintes reprises, jusqu'à ce qu'ils retrouvent plus ou moins une apparence correcte. Comme il ne disait rien, elle l'entoura de ses épaules tel un serpent et rapprocha son visage du sien. « Qu'est-ce qu'il y a, *cat got your tongue*[1] ? » lui demanda-t-elle en anglais.

Quelle chose remarquable que de voir ces jeux s'opérer dans différentes langues et de constater que les expressions peuvent avoir un double sens. Évidemment, il n'y avait pas de chat qui ait mordu sa langue, mais c'était une merveilleuse métaphore pour désigner une langue immobile. Comme celle de Davide.

« J'étais juste en train de réfléchir, affirma-t-il en leur souriant.

– À quel sujet ? » s'enquit Paola. Raffi était intéressé par la question, mais il était plus intéressé par son risotto.

« Au sujet d'une boutade que ma mère m'avait dite quand j'étais petit. Un soir où je ne voulais pas manger de carottes, elle m'a dit que les carottes, c'était bon pour les yeux. »

Chiara se boucha les oreilles, sachant ce qui allait suivre. Paola soupira ; Raffi mangea.

« Quand je lui ai demandé comment elle savait cela, elle m'a demandé si… » et il marqua une pause pour leur donner le temps de reprendre en chœur, comme ils le faisaient à chaque fois qu'il racontait cette histoire, « si j'avais déjà vu un lapin avec des lunettes ». Bien évidemment, ils se joignirent tous pour répondre à la question de sa mère, à la question de la belle-mère et de leur grand-mère, et Brunetti s'émerveilla que sa mère ait pu jouer tous ces rôles.

1. Tu as perdu ta langue ? Littéralement : le chat t'a mangé la langue ?

Il finit son dîner, sans prêter attention à ce qu'il était en train de manger. Il but un verre de vin, ne termina pas le second, enivré par les mots qui fusaient autour de la table, par leurs différentes significations et le fait qu'ils retraçaient le temps : le futur et le passé ; qu'ils indiquaient si quelque chose avait été fait, ou devait encore être fait ; qu'ils exprimaient les sentiments des gens : la colère, ce n'était pas un coup, le regret, ce n'étaient pas des larmes. À un moment donné, Paola formula un souhait et utilisa de ce fait le subjonctif. Brunetti sentit les larmes lui monter aux yeux face à la beauté de toute cette abstraite complexité : elle pouvait même parler de ce qui n'était pas, pouvait inventer une autre réalité.

Le dessert le ramena aux choses concrètes et la descente fut facilitée par un gâteau surmonté de prunes rouges. Comme Paola en coupait une deuxième tranche qu'elle posa sur son assiette, il lui demanda : « Tu crois que Dieu, c'est la langue ? »

Raffi, qui ne voulait rien savoir, leva sa fourchette pleine de cette pâtisserie et déclara : « Dieu est une génoise aux prunes » et il prit la communion.

Plus tard, Brunetti s'affala sur le canapé dans le bureau de Paola et lui raconta toute l'histoire dans les moindres détails, en commençant par sa première conversation avec Ana Cavanella et en finissant par sa paisible sortie du *palazzo* Lembo.

Paola était assise ; surprise par le récit, elle garda le silence un long moment, puis chercha par tous les moyens de revenir à une compréhension humaine de ces choses : elle évoqua ses lectures passées. « Il y a Gaspard Hauser et il y a cette fille aux États-Unis. J'ai lu des livres sur eux et j'ai lu aussi quelques textes théoriques. »

Elle le regarda et il hocha la tête. « Ils s'accordent tous à dire – les gens qui écrivent là-dessus – que si l'on n'apprend pas à parler avant l'âge de douze ans, les circonvolutions se forment dans le cerveau sans le langage et on rate alors le coche, et on peut plus jamais rattraper la situation, ni comprendre comment ça marche.

– Le fait de parler ?

– La langue. Le concept de langue. Le fait qu'un bruit puisse égaler une chose, ou une action.

– Ou une idée, ajouta Brunetti. Ou encore une couleur.

– Elle aurait été moins monstrueuse si elle lui avait arraché les yeux, assena Paola avec une soudaine férocité. Il serait resté quand même humain.

– Tu crois qu'il ne l'était pas ?

– Bien sûr qu'il l'était, mais il n'était pas comme nous.

– C'est encore une de tes exagérations rhétoriques ?

– Je suppose que oui, admit-elle. Mais il ne l'était pas vraiment. Tout lui échappait tout le temps, il ne pouvait pas comprendre ce que nous faisions. Ou le sens de n'importe quelle action.

– Est-ce que tu crois qu'il pouvait avoir une autre forme de compréhension ? lui demanda Brunetti, sans savoir véritablement ce qu'il voulait dire par là, mais ayant ses dessins en tête.

– Bien sûr. » Elle fit glisser ses mains sur le visage et dans les cheveux. « C'est tellement difficile de parler de ces questions sans passer pour le pire des monstres eugéniques, en attribuant différentes valeurs à différentes gens.

– Ou en définissant les gens par ce qu'ils savent faire ?

– Et si on allait se coucher ? suggéra-t-elle, comme une enfant boudeuse.

– Je crois que ça vaut mieux. Nous ne sommes pas en mesure, de toute façon, de répondre à ces questions.

– Ni toi ni moi n'en avons posé », répliqua-t-elle.

Brunetti eut envie un instant de contester cette remarque, mais il était trop fatigué pour le faire. Il préféra confirmer : « Et de toute façon, il n'y a pas de réponse. »

Le lendemain, le jour se leva avec une belle lumière, mais il faisait beaucoup plus froid. En fait, s'il s'était aventuré jusque-là dans cette affaire, c'était parce qu'il était animé d'une noble curiosité, se dit-il en observant le visage de l'homme dans le miroir, qui descendait son col sur sa cravate soigneusement nouée. L'esprit de l'homme bifurqua sur l'anglais : *The cat got your tongue*. C'est la curiosité qui a tué le chat. Pour rester dans l'ambiance, l'homme dans le miroir sourit à la façon du chat du Cheshire et Brunetti sortit de chez lui.

Il aurait pu aller n'importe où. Comme il était commissaire et qu'il y avait peu de crimes à cette époque-là dans la ville, il aurait pu prendre un bateau et aller marcher sur la plage au Lido, mais il arpenta les même vieilles *calli* familières en direction de l'hôpital et se rendit au service de gériatrie où sa mère – qui avait aussi perdu son ancrage aux mots pendant son long déclin – avait passé quelques mois. Tout semblait plus propre, mais l'odeur était la même.

Il entra sans frapper ; Ana Cavanella, assise sur une chaise en plastique orange, était en train de regarder par la fenêtre. Une femme, couverte de tubes en latex, était couchée dans l'autre lit ; tel un bateau déchargeant une cargaison liquide, tout en s'approvisionnant simultanément en fioul, elle voguait sur une autre mer, et n'était plus amarrée à la même rive qu'eux.

Ana Cavanella leva les yeux vers lui, le visage impassible et hostile. Le côté gauche était presque bleu et le point le plus foncé se trouvait sur le front, à l'endroit où la porte l'avait heurtée en se refermant.

Brunetti se tenait dos à la fenêtre, de sorte que le peu de lumière présente dans cette pièce pût briller sur le visage et dans les yeux de la femme. « J'ai parlé à Lucrezia Lembo, commença-t-il.

– À mon sujet ?

– La signora et moi n'avons rien d'autre en commun.

– Vous êtes policier, quel intérêt puis-je présenter pour vous ?

– Je suis curieux de savoir comment vous envisagez de pouvoir le prouver.

– Prouver quoi ? » Ses yeux se tournèrent alors imperceptiblement vers la patiente en train de dormir.

« Que Ludovico Lembo était le père de Davide. »

Elle resta muette un bon moment et il l'observait, en train de se concocter une réponse.

Il la voyait se débattre pour lui montrer qu'elle n'était pas plus bête que lui. Mais elle perdit la bataille. « Il y a ce test. UDN. » Elle n'avait toujours pas intégré le mot, toutefois elle se permit d'arborer le sourire autosatisfait du plus lambin des étudiants, convaincu de savoir une chose que les autres ignorent.

« Et qu'est-ce que ça prouve ?

– Qu'il l'est. Le père. À cause de ses autres enfants. Ils peuvent les confronter. C'est scientifique. »

Au lieu de passer aux révélations, il préféra lui avancer cette hypothèse : « Et si le juge n'ordonne pas de procéder au test ? Après tout, n'importe qui peut revendiquer la paternité d'un homme riche, n'est-ce pas ? »

À ses yeux tout au moins, cette question paraissait tout à fait raisonnable.

Elle y réfléchit longuement, consultant la dame endormie dans le lit, et le sommet des pins qui montaient de la cour située en dessous. « Vraiment ? » s'enquit-elle, comme si elle se croyait en droit de lui demander de veiller au mieux à ses intérêts et de lui suggérer une porte de sortie.

« Il vous faut des preuves plus tangibles. »

Elle essaya de réprimer un sourire, mais n'y parvint pas. Il s'étonna d'avoir perçu un jour des signes de beauté dans ce visage… « J'ai une lettre, fit-elle. De lui. Son avocat m'a écrit à propos de la maison et de l'argent. » Pour démontrer sa compétence en la matière, elle précisa : « Elle est datée, en outre » et ne put s'empêcher d'exhiber un nouveau sourire. Puis, avec un mélange de colère et de complaisance dans la voix, elle déclara : « N'importe quel juge le croirait. Les gens ne donnent de l'argent que contraints et forcés. »

Il décida de lui laisser ses illusions encore un instant. « Et vous êtes l'héritière de Davide, n'est-ce pas ? demanda-t-il, comme si l'idée venait juste de lui traverser l'esprit.

– Oui.

– C'est tout d'abord à lui que les biens reviennent, puis c'est à vous qu'ils échoient ?

– Oui. » Elle ne pouvait dissimuler sa jubilation à cette possibilité qu'elle voyait déjà comme un fait établi. Le côté droit de son visage rosit à cette pensée ; l'autre côté resta toujours aussi foncé.

« Et la maison ? et l'argent à la banque ?

– Cela n'a aucune importance désormais, n'est-ce pas ? » s'assura-t-elle avec l'arrogance typique que procure la puissance, comme la vie le lui avait appris. Une maison sans loyer à payer, 3 000 euros par mois : des broutilles aux yeux d'Ana Cavanella, qui s'apprêtait à toucher un tiers de l'immense héritage. Qu'est-ce que ces sommes dérisoires pouvaient bien signifier pour la mère du fils et de l'héritier du Roi du cuivre ?

« Il est mort dans des circonstances très malheureuses », assena Brunetti.

Il était clair qu'elle ne savait pas à qui Brunetti faisait allusion : si c'était à son fils, ou au père de son fils. Mais son visage se composa une pieuse expression qui convenait aux deux cas, et elle confirma : « Oui, très.

– Mais heureuses, d'une certaine manière, l'encouragea Brunetti. Davide n'aurait jamais été en mesure d'apprécier tout cet argent. »

Elle essaya d'effacer son sourire et n'y parvint qu'au bout d'un moment, mais la vue de ses dents suffit à susciter chez lui le désir de la frapper. Il fit un petit pas en arrière, mais c'était pour s'éloigner physiquement de sa personne, de la tentation de la violence, qui l'avait juste traversé comme un éclair, et qui l'avait choqué.

« J'aurais pu lui acheter tellement de choses, affirmat-elle avec une fausseté si palpable que Brunetti s'étonna que la femme du lit d'à côté ne se réveille pas en hurlant.

– Une radio, par exemple, suggéra Brunetti.

– Mais il était sourd.

– Il l'était ?

– Que voulez-vous dire par là ? »

La revoilà donc la fameuse question, qui était en fait une réponse. « Je veux dire que ses oreilles n'avaient aucun problème. L'ouïe, je veux dire. L'autopsie l'a montré.

– Je ne comprends pas.

– Tous les gens du quartier le comprennent, signora. »

Il la voyait remuer des idées, tourner des excuses, changer de poses. Comme elle ne pouvait pas lui demander à nouveau ce qu'il voulait dire, elle émit un bruit de colère au lieu de mots.

« Les gens savent, signora.

— Ils ne savent rien du tout, persifla-t-elle.

— Et une fois que vous aurez revendiqué l'héritage, ils sauront, aussi, ce qui est arrivé à Davide. Et si l'affaire passe devant la justice, ils apprendront l'histoire du chocolat chaud et des biscuits que vous lui avez servis, avec les petits bonbons jaunes. »

Cette fois, toute une moitié de son visage blêmit, tandis que l'autre moitié restait ponctuée des marques du coup. Elle essaya de parler, d'extérioriser l'indignation qu'elle était censée montrer, mais sa tentative échoua. Elle s'y essaya de nouveau, s'étouffant de rage. S'étouffant. Situation dont il avait pleinement conscience. Elle finit par réussir à cracher : « Cela n'a aucune importance. Ils peuvent bien penser tout ce qu'ils veulent. »

Brunetti entendit un grand bruit derrière lui ; il se tourna et vit une grue immensément haute lancer une boule de métal contre le dernier mur encore debout des bâtiments du vieil hôpital, qui se dressait au bord de la lagune. Un bout de ce mur s'écroula sur la pile de décombres accumulée en dessous et un énorme nuage de poussière blanche s'éleva le long du pan qui restait. À travers cette nouvelle ouverture Brunetti entraperçut, de l'autre côté de l'eau, l'enceinte du cimetière, le clocher de l'église par-derrière, ainsi que les sommets des paisibles cyprès.

Le commissaire décida de ne pas la contrarier. Qu'elle aille donc suivre les conseils de Borsetta et qu'elle la fasse, sa demande de test UDN. Qu'un juge miséricordieux lui accorde ce fameux test et que

Lucrezia et Lavinia – si elle devait refaire une apparition – donnent un échantillon de leur UDN, prouvant que leur père n'est pas le père de l'enfant de Ana Cavanella. Et qu'elle finisse donc ses jours ainsi : sans sa maison et sans son chèque mensuel, et avec ses voisins d'antan qui, ayant dépassé, comme il l'espérait, leur seuil de tolérance et d'acceptation de ce qui échappe aux preuves tangibles, éprouvent désormais le besoin de rejeter leur propre culpabilité sur quelqu'un d'autre et de l'en punir.

Et sans son fils. Même si rien, jusqu'à présent, ne laissait entendre qu'elle en souffrirait outre mesure.

Résolu à ne pas gaspiller un seul mot de plus à son sujet, Brunetti sortit de l'hôpital et prit un bateau pour aller se promener sur la plage du Lido.

Mort à La Fenice
Calmann-Lévy, 1997
et « Points Policier », n° P514

Mort en terre étrangère
Calmann-Lévy, 1997
et « Points Policier », n° P572

Un Vénitien anonyme
Calmann-Lévy, 1998
et « Points Policier », n° P618

Le Prix de la chair
Calmann-Lévy, 1998
et « Points Policier », n° P686

Entre deux eaux
Calmann-Lévy, 1999
et « Points Policier », n° P734

Péchés mortels
Calmann-Lévy, 2000
et « Points Policier », n° P859

Noblesse oblige
Calmann-Lévy, 2001
et « Points Policier », n° P990

L'Affaire Paola
Calmann-Lévy, 2002
et « Points Policier », n° P1089

Des amis haut placés
Calmann-Lévy, 2003
et « Points Policier », n° P1225

Mortes-eaux
Calmann-Lévy, 2004
et « Points Policier », n° P1331

Une question d'honneur
Calmann-Lévy, 2005
et « Points Policier », n° P1452

Le Meilleur de nos fils
Calmann-Lévy, 2006
et « Points Policier », n° P1661

Sans Brunetti
Essais, 1972-2006
Calmann-Lévy, 2007

Dissimulation de preuves
Calmann-Lévy, 2007
et « Points Policier », n° P1883

De sang et d'ébène
Calmann-Lévy, 2008
et « Points Policier », n° P2056

Requiem pour une cité de verre
Calmann-Lévy, 2009
et « Points Policier », n° P2291

Le Cantique des innocents
Calmann-Lévy, 2010
et « Points Policier », n° P2525

Brunetti passe à table
Recettes et récits
(avec Roberta Pianaro)
Calmann-Lévy, 2011
et « Points Policier », n° P2753

La Petite Fille de ses rêves
Calmann-Lévy, 2011
et « Points Policier », n° P2742

Le Bestiaire de Haendel
À la recherche des animaux dans les opéras de Haendel
Calmann-Lévy, 2012

La Femme au masque de chair
Calmann-Lévy, 2012
et « Points Policier », n° P2937

Les Joyaux du paradis
Calmann-Lévy, 2012
et « Points Policier », n° P3091

Curiosités vénitiennes
Calmann-Lévy, 2013

Brunetti et le mauvais augure
Calmann-Lévy, 2013
et « Points Policier », n° P3163

Gondoles
Histoires, peintures, chansons
Calmann-Lévy, 2014

Deux veuves pour un testament
Calmann-Lévy, 2014
et « Points Policier », n° P3399

L'Inconnu du Grand Canal
Calmann-Lévy, 2014
et « Points Policier », n° P4225

Brunetti entre les lignes
Calmann-Lévy, 2016

RÉALISATION : NORD COMPO À VILLENEUVE-D'ASCQ
IMPRESSION : CPI FRANCE
DÉPÔT LÉGAL : JUIN 2016. N° 129725 (3017000)
IMPRIMÉ EN FRANCE